더 이상 평안은 없다

No Longer at Ease

세계문학전집 208

더 이상 평안은 없다

No Longer at Ease

치누아 아체베

이소영 옮김 · 브루스 오노브락페야 그림

민음사

크리스티에게

우리는 우리의 터전인, 이 왕국으로 돌아왔다.
그러나 여기에 더 이상 평안은 없다, 저희들의 신을 부여잡는
이방인들의 낡은 율법하에서는.
나는 또 한 번 달갑게 죽어야 하리라.
—T. S. 엘리엇, 「동방 박사들의 여행」 중에서

차례

더 이상 평안은 없다   9

일러두기

1. 모든 각주는 옮긴이의 것이다.
2. 외국어 고유 명사의 한글 표기는 개정된 외래어 표기법에 따르는 것을 원칙으로 하
되, 일부 예외를 두었다.
3. 본문 중 아프리카인이 사용하는 브로큰잉글리시, 피진 잉글리시 등은 일부 조사를
생략하는 등의 방법으로 반영하였다.

제1장

　지난 삼사 주에 걸쳐서 오비 오콩코는 어떻게 해서든지 이 순간을 견뎌 내기 위해 마음을 단단히 먹었다. 그리고 그날 아침 오콩코는 피고석으로 걸어 들어가면서 충분한 준비가 되었다고 생각했다. 맵시 나는 팜비치 슈트를 차려입은 그의 모습은 평온하고 태연해 보였다. 심판 절차에 대해서는 별 관심이 없는 사람 같았다. 심의가 시작되자마자 변호사 한 사람이 판사로부터 꾸지람을 들은 아주 짧은 순간을 제외하곤 그랬다.

　"본 법정은 9시에 시작합니다. 어째서 늦은 겁니까?"

　라고스와 남부 카메룬 고등 법원의 법관 윌리엄 갤러웨이 판사는 희생자를 볼 때면 마치 포르말린으로 벌레를 고정시키는 곤충 수집가처럼 뚫어져라 바라보았다. 그는 돌진하는 숫양처럼 고개를 숙이고 금테 안경 너머로 변호사를 바라보았다.

　"죄송합니다, 판사님." 변호사가 더듬거렸다. "오는 길에 자동차가 고장이 났습니다."

판사는 한참 동안 변호사를 빤히 바라보았다. 그러다가 갑자기 퉁명스럽게 말했다.

"좋습니다, 아데예미 씨. 당신의 변명을 받아들이죠. 하지만 한마디만 더 하자면 이제는 계속해서 자동차 탓으로 돌리는 그런 변명도 아주 지겹습니다."

법정 여기저기서 참으려고 애쓰는 웃음소리가 들렸다. 오비 오콩코의 창백한 얼굴에 희미한 미소가 비치더니 그는 또다시 흥미를 잃었다.

재판정의 빈 공간은 구경꾼들로 가득 찼다. 서 있는 사람들의 숫자나 앉아 있는 사람들의 숫자나 거의 같았다. 이번 사건은 여러 주 동안 라고스의 주요 화제였고 공판 마지막 날인 이날에는 직장에서 빠져나올 수 있었던 사람들은 판결을 듣기 위해 모두 다 참석했을 정도였다. 일부 공무원들은 이날 병원 진단서를 끊기 위하여 10실링 6펜스나 되는 거금을 지불했다.

판사가 요약문을 낭독하기 시작할 때에도 냉담해 보이는 오비의 태도는 전혀 수그러들 기세가 없었다. 그런데 판사가 "당신처럼 교육도 받고 찬란한 미래가 약속되어 있는 젊은이가 어떻게 이런 일을 저지를 수 있었는지 도무지 이해할 수가 없다."라고 말했을 때 갑작스럽게 두드러진 변화가 일어났다. 오비의 마음을 아랑곳하지 않고 배신자처럼 그의 두 눈에서 눈물이 솟아나왔다. 그는 하얀 손수건을 꺼내더니 얼굴을 쓱쓱 문질렀다. 그렇지만 오비는 사람들이 땀을 닦을 때 하는 것처럼 얼굴을 문질러 댔다. 심지어는 눈물을 감추기 위해 미소를 지으려 애를 썼다. 어쩌면 미소를 짓는 게 당연한 반응이었을지도 모른다. 교육이니 약속이니 배반이니 하는 그 모든 것들이 불시에 그를 공격한 것은 아니었다. 이럴 거라고 이미 예상했던 오비는 친구처럼 익숙해질 때까지 바로 이런 장면에 대비해 수백 번이나 반복해서 연습을 했었다.

사실 몇 주 전 재판이 처음 시작되었을 때 그의 상사이자 검찰 측 증인인 그린 씨 역시 전도유망한 청년이라는 그런 비슷한 말을 했지만 오비의 마음은 전혀 동요하지 않았다. 다행스럽게도 최근에 어머니를 저세상으로 떠나보냈고 클라라도 그에게서 떠나갔다. 연이어 발생한 이 두 사건들로 인해 오비의 감성은 둔감할 대로 둔감해졌고 그는 전혀 다른 사람이 되어 있었으므로 '교육'이니 '전도유망'이니 하는 단어들에 무감각하게 대응할 수 있었다. 그러나 이제 가장 중요한 순간에 몹쓸 눈물이 그 모습을 드러냈던 것이다.

그린 씨는 5시부터 테니스를 치고 있었다. 상당히 이례적인 일이었다. 대체로 그는 일 때문에 너무 바빠 운동을 거의 하지 않았다. 통상적으로 하는 운동은 고작해야 저녁 시간에 하는 간단한 산책이었다. 그런데 오늘은 영국 문화원에서 일하는 친구와 운동을 한 것이다. 테니스를 친 뒤 두 사람은 클럽에 있는 술집으로 들어갔다. 그린 씨는 하얀 셔츠에 연노란 스웨터를 걸쳤고 목에 흰 수건을 두르고 있었다. 술집에는 다른 유럽인들도 많았는데, 일부는 높다란 의자에 몸을 반 정도 걸치고 앉아 있었고 일부는 두셋씩 서서 차가운 맥주, 오렌지 과즙, 진 토닉 등을 마시고 있었다.

"무엇 때문에 그런 짓을 했는지 도무지 이해가 안 돼요." 영국 문화원 직원이 생각에 잠겨 말했다. 얼음처럼 차가운 맥주가 담긴 희뿌연 유리잔에 맺힌 물방울을 따라 손가락으로 선을 그리고 있었다.

"난 알 수 있을 것 같아요." 그린 씨가 짤막하게 말했다. "내가 이해할 수 없는 건 당신 같은 사람들이 무엇 때문에 사실을 받아들이려 하지 않느냐 하는 겁니다." 그린 씨는 자신의 속마음을 직설적으로 표현하는 사람으로 알려져 있었다. 그는 벌겋게 달아오른 얼굴을 목에 두른 흰 수건으로 문질렀다. "아프리카 사람들은 모두 다 속속들이 타락했어요." 영국 문화원 직원은 필요에 의해서라기보다는 본능적으로 은밀하게 주변을 살폈다. 엄밀하게 말하자면 이제 아프리카 사람들에게도 클럽 출입이 허용되었지만 이곳에 드나드는 아프리카 사람들은 거의 없었기 때문이다. 물론 있는 듯 없는 듯 조심조심 시중을 들고 있는 웨이터들이 있었지만 그들을 제외하고는 이날은 특히 한 사람도 없었다. 클럽에 들어가 흰 유니폼을 입고 있는 이 웨이터들이 있는지 없는지 의식하지 못한 채 얼마든지 술을 마시고 계산서에 사인을 하고 친구들과 담소를 나눈 다음 다시 클럽 밖으로 나올 수 있었다. 모든 일이 순조로우면 그들을 보지 않아도 되었다.

"그들은 모조리 타락했어요." 그린 씨가 되풀이해서 말했다. "난 평등이니 뭐니 하는 그런 것들에 대찬성입니다. 개인적으로 나는 남아프리카에서 살고 싶은 마음은 없어요. 그렇지만 평등이 사실을 바꿔 놓지는 못할 겁니다."

"어떤 사실을요?" 이 나라에 온 지 비교적 오래되지 않은 영국 문화원 직원이 물었다. 겉으로는 내색하지 않았지만 많은 사람들이 그린 씨의 말에 귀를 기울이고 있었으므로 전체적으로 말수들이 많지 않았다.

"오랜 세기에 걸쳐서 아프리카 사람들이 지구상에서 최악의 기후와 생각할 수 있는 모든 질병의 희생자였다는 사실 말입니다. 결코 그들의 잘못이 아니죠. 그렇지만 그들은 점차 정신적으로 신체적으로 약화되었어요. 우리가 그들에게 서구 교육을 가져다주었는데 그게 그들에게 무슨 소용이 되었단 말입니까? 아프리카 사람들은……." 또 다른 친구의 도착으로 그린 씨의 말이 중단되었다.

"잘 지냈죠, 피터? 안녕하셨어요, 빌?"

"안녕하셨어요?"

"안녕하십니까?"

"여기 함께 앉아도 될까요?"

"물론이죠."

"그럼요. 뭘 드시겠습니까? 맥주? 좋습니다. 웨이터, 여기 맥주 한 병 주세요."

"어떤 걸로 드릴까요, 나리?"

"하이네켄."

"알겠습니다, 나리."

"우린 지금 뇌물을 받은 이 젊은이에 대한 이야기를 하던 중이었습니다."

"아, 그랬군요."

라고스 본토 어딘가에서 우무오피아 진보연맹의 긴급회의가 열리고 있었다. 우무오피아는 동부 나이지리아의 이보 마을로 오비 오콩코의 고향이다. 그 마을은 특별히 크지는 않지만 주민들은 자기 마을을 도시라고 부른다. 마을 사람들은 백인들이 들어와 모든 사람들을 똑같이 평정하기 전에는 이웃 마을에게 공포의 대상이었던 자신들의 과거에 대해 자부심이 상당히 강하다. 나이지리아 전역의 도시에서 일자리를 구하기 위해 고향을 떠나온 우무오피안들(스스로 자신들을 이렇게 부른다.)은 자신들을 일시 체류자라고 생각한다. 그들은 약 이 년마다 휴가를 내어 우무오피아로 돌아간다. 돈을 충분히 모았다 싶으면 고향에 남아 있는 친척들에게 아내를 구해 달라거나 아니면 가족의 소유지에 '양철' 집을 지어 달라고 부탁한다. 나이지리아의 어느 지역에서 지내든지 간에 그들은 우무오피아 진보연맹 지부를 설치한다.

최근 몇 주 동안 진보연맹은 오비 오콩코 사건으로 인해 수차례 모임을 가졌다. 첫 번째 모임에서 소수의 사람들은 얼마 전에 이 연맹에 대하여 놀랄 정도로 무례한 태도를 취했던 골치 아픈 탕자의 문제를 놓고 도대체 우리가 무엇 때문에 고민을 해야 하느냐는 견해를 표명하였다.

"그 친구를 영국에서 공부시키겠다고 우리가 800파운드나 주었잖습니까." 한 사람이 말했다. "그런데 고맙게 생각하기는커녕 별 볼일 없는 여자 하나 때문에 우리를 모욕했잖습니까? 게다가 이제 그런 사람을 위해 더 많은 돈을 모으려고 또다시 회의를 소집하기까지 하다니. 그 많은 봉급을 받아서 무엇을 한답니까? 우리는 이미 그 친구한테 너무나 많은 걸 해 주었다고 생각합니다."

이런 생각은 대체로 맞는 견해라고 인정은 받았지만 아주 진지하게 받아들여지지는 않았다. 왜냐하면 이 연맹의 회장이 지적했다시피 곤경에 처해 있는 동족은 비난의 대상이 아니라 구조의 대상이기 때문이다. 형제에 대한 분노는 뼛속 깊은 곳에서 느껴지는 게 아니라 피부에서 느껴지는 것이었다. 그리하여 진보연맹은 자신들의 기금에서 변호사 비용을 지원해 주기로 결정했다.

그러나 이날 아침 이 소송 사건이 패소했다. 그런 까닭에 또 다른 긴급회의가 소집되었던 것이다. 몰로니가(街)에 있는 회장 집에는 이미 많은 사람들이 모여서 그날의 판결에 대해 흥분을 감추지 못하고 떠들어 대고 있었다.

"진작부터 아무 가치 없는 사건이라는 걸 알았다니까." 처음부터 연맹의 개입을 반대했던 사람이 말했다. "돈을 그저 낭비하고 있잖아. 선조들이 한 말은 하나도 틀린 게 없다니까. 아무 쓸모없는 사람을 위해 싸우면 그 일로 인해 온통 흙과 검댕을 뒤집어쓰는 것 외에는 보여 줄 게 하나도 없다잖아."

그렇지만 이 사람을 지지하는 사람은 한 명도 없었다. 우무오피아 사람들은 마지막까지 싸울 태세였다. 그들은 오비에 대해 아무런 환상도 갖고 있지 않았다. 의심할 여지없이 오비는 아주 어리석고 제멋대로 구는 젊은이였다. 그렇지만 지금은 그런 걸 따질 시기가 아니었다. 여우부터 먼저 쫓아내야 한다. 그런 다음에 덤불로 들어가려는 암탉에게 경고를 주든지 말든지 해야 한다.

경고를 해야 할 때가 되면 우무오피아 사람들은 으레 이를 필요로 하는 이에게 흘러넘칠 정도로 꾹꾹 눌러 충분한 경고를 할 것이었다. 회장은 고급 공무원으로 일하는 사람이 단 20파운드 때문에 감옥에 간다는 건 있을 수 없는 일이라고 말했다. 그는 마치 단어 하나하나를 뱉어 내듯 20파운드라는 말을 되풀이했다. "나도 씨앗을 심지도 않은 사람들이 열매를 거두는 일에 대해서는 반대예요. 그렇지만 우리 속담에도 만일 두꺼비가 먹고 싶으면 통통하고 윤기 나는 놈으로 고르라고 하지 않았습니까."

"결국은 경험이 부족해서 그랬던 거야." 또 다른 사람이 말했다. "돈을 직접 받지 말았어야지. 다른 사람들은 가서 집에서 일하는 하인에게 건네주라고 하는데 말이야. 오비는 제대로 관례를 알아보지도 않고 남들이 모두 다 하는 짓을 하려고 했던 거지." 그는 도마뱀 친구와 수영하러 갔다가 추위로 죽은 집쥐에 대한 속담을 이야기했다. 도마뱀은 비늘이 있어서 몸이 축축하게 젖지 않았지만 털이 많은 쥐는 계속해서 몸이 젖은 상태로 있어야 했기 때문에 죽게 되었던 것이다.

이윽고 회장은 안주머니에서 회중시계를 꺼내어 보면서 모임의 개회를 선포할 시간이라고 말했다. 모든 사람들이 자리에서 일어나자 회장은 짤막하게 기도를 했다. 그런 다음 그는 모임에 콜라 열매 세 개를 희사했다. 그곳에 참석한 가장 연로한 회원이 그중 한 개를 깨뜨리며 또다시 기도를 했다. "콜라 열매를 내놓는 사람은 생명을 가져다주는 사람입니다."라고 그는 말했다. "우리에게는 다른 사람을 해칠 생각이 전혀 없지만 만일 어떤 사람이 우리를 해치려고 들면 그의 목이 부러지게 하소서." 그러자 회중이 '아멘'으로 화답했다. "우리는 이 땅에서 방문객으로 살아가고 있습니다. 만일 이 땅에 좋은 일이 생기면 우리에게도 몫이 돌아오게 하소서." 아멘. "그렇지만 혹시 나쁜 일이 생기면 어떤 신의 노여움을 달래 주어야 하는지 알고 있는 이 땅의 주인들에게 그것이 돌아가게 하소서." 아멘. "다른 많은 마을들은 이 도시에서 유럽인들의 자리에 넷 또는 다섯, 심지어는 열 명이나 자기 자식들을 배치시켰습니다. 우무오피아는 단 한 명뿐입니다. 그런데 이제 우리의 적들은 심지어 그 하나조차 우리에게 과분하다고 말합니다. 그렇지만 우리의 선조들은 그런 말에 동의하지 않을 겁니다." 아멘. "오직 하나뿐인 야자 열매를 불에 태워 없앨 수는 없습니다." 아멘.

오비 오콩코는 정말로 오직 하나뿐인 야자 열매였다. 오비의 완전한 이름은 '마침내 평안해진 마음'이란 뜻의 오비아줄루였다. 물론 그건 오비의 아버지의 마음을 일컫는 것이었다. 왜냐하면 오비가 태어나기 전에 딸만 네 명이었으므로 아버지는 당연히 초조해졌던 것이다. 기독교로 개종한 아버지(교리문답 교사였다.)는 두 번째 아내를 맞아들일 수 없었다. 그렇다고 오비의 아버지는 얼굴에다 슬픈 기색을 드러내는 그런 사람이 아니었다. 특히 이교도들 앞에서 자신이 불행하다는 사실을 나타낼 사람이 아니었다. 네 번째 딸을 '이 딸 역시 좋다'라는 뜻의 느와니딘마라고 불렀지만 그의 목소리에 확신은 담겨 있지 않았다.

그러나 라고스에서 콜라 열매를 깨트리며 오비 오콩코를 오직 하나뿐인 야자 열매라고 부른 나이든 회원은 오콩코의 가족을 생각하고 있는 것은 아니었다. 그는 아주 오래 전에 호전적이던 우무오피아 마을을 생각하고 있었다. 육칠 년 전에 마을을 떠난 우무오피아 사람들은 자기 마을에서 아주 똑똑한 청년들 몇 명을 뽑아 영국으로 유학을 보내기 위한 기금을 마련할 목적으로 연맹을 결성했다. 그들은 아주 무자비할 정도로 회비를 할당했다. 이런 계획 하에 생겨난 첫 번째 장학금이 그날로부터 거의 정확히 오 년 전에 오비 오콩코에게 지불되었다. 그들은 장학금이라고 말했지만 사실 이건 다시 갚아야만 하는 돈이었다. 오비의 경우 800파운드에 달하였고 귀국한 후 사 년 내에 갚아야 했다. 그들은 오비가 법률 공부를 하고 돌아와 이웃 마을 사람들과 분쟁 중인 모든 땅 문제를 해결해 주길 원했다. 그러나 오비는 영국에 가서 영문학을 공부했다. 오비의 고집은 새로운 게 아니었다. 진보연맹은 화가 났지만 결국 오비 마음대로 하도록 내버려 두었다. 오비는 변호사는 안 되겠지만 공무원이 되어 '유럽 사람들이 담당하고 있는 직위'를 차지할 것이다.

첫 번째 후보자를 선출하는 일은 연맹으로서는 전혀 어려운 문제가 아니었다. 오비가 확실한 1순위였다. 열두 살 또는 열세 살에 오비는 전 지역을 통틀어서 최고 점수로 6단계 시험을 통과했던 것이다. 게다가 동부 나이지리아에 있는 최고로 좋은 중학교에 진학할 수 있는 장학금도 받았다. 중학교 오 년 과정이 끝나 갈 무렵 오비는 케임브리지 대학 국가 고시를 여덟 개 과목 모두에서 우수한 성적으로 통과하였다. 사실 오비는 마을의 유명 인사였고 한때 그가 다닌 적이 있는 선교회가 운영하는 학교에서는 그의 이름이 종종 거론되었다. (요즘 들어 그가 전쟁 중에 아돌프 히틀러에게 편지를 써서 학교에 불명예를 가져온 사건에 대해 언급하는 사람은 단 한 명도 없었다. 당시에 교장은 눈물을 흘리다시피 하면서 오비가 대영제국에 불명예를 가져왔고 만일 나이가 조금만 많았더라면 오비는 분명 남은 일생을 비참하게 감옥에서 보냈을 거라고 말했다. 당시 오비는 열한 살밖에 안되었으므로 회초리로 궁둥이를 여섯 대만 맞고 곤경에서 벗어날 수 있었다.)

오비의 영국행은 우무오피아에 커다란 소동을 일으켰다. 그가 라고스로 떠나기 며칠 전에 오비의 부모는 자기 집에서 기도회를 열었다. 우무오피아에 있는 세인트 마가 성공회의 사무엘 이케디 목사가 사회를 보았는데 그는 이 일이 예언의 성취라고 말했다.

> 흑암에 앉은 백성이
> 큰 빛을 보았고
> 사망의 땅과 그늘에 앉은 자들에게
> 빛이 비치었도다.

목사는 삼십 분 이상 설교했다. 그런 다음 그는 누구라도 좋으니 기도회를 인도할 사람이 있느냐고 물었다. 대부분의 사람들이 눈을 감는 것은 둘째 치고 자리에서 일어날 틈도 없이 메리가 곧바로 목사님의 도전을 받아들였다. 메리는 우무오피아에서 가장 열성적인 성도 중에 속했고 오비의 어머니인 한나 오콩코의 친한 친구였다. 메리는 교회에서 5킬로미터 이상 떨어진 아주 먼 곳에 살고 있었는데도 목사가 닭이 우는 시각에 실시하는 새벽 기도회에 한 번도 빠진 적이 없었다. 우기가 한창인 때에도 겨울철에 하마탄이 불어오는 몹시 추운 날에도 메리는 빠짐없이 새벽 기도회에 참석했다. 어떤 때는 한 시간이나 일찍 도착하기도 했다. 등유를 아끼기 위해 강풍용 남포등을 끄고 기다란 진흙 의자에서 잠을 자기도 했다.

"아, 아브라함의 하나님, 이삭의 하나님, 야곱의 하나님이시여." 갑자기 메리의 커다란 목소리가 터져 나왔다. "시작이자 마지막이신 주여. 당신이 아니면 우리는 아무것도 할 수 없습니다. 거대한 강물도 당신의 손을 씻기에는 충분치 않습니다. 당신에게는 얌도 있고 칼도 있지만 당신께서 잘라 주시지 않으면 우리는 먹을 수가 없나이다. 우리는 당신이 보시기에 개미 같은 자들입니다. 우리는 어린아이 같아서 목욕할 때 등은 그대로 놔둔 채 단지 배만 닦을 뿐입니다……" 메리는 계속해서 말하고 또 말하고 고치에서 실이 풀리듯 그녀의 입에서는 속담이 술술 흘러나왔고 이 그림 저 그림을 계속해서 그려 대었다. 마침내 메리는 오늘의 기도회의 주제로 돌입하였고 다른 어느 것보다 최종 학업을 마치게 될 곳으로 떠나가는 친구 아들이 지금까지 살아온 이야기를 하나도 빼놓지 않고 완벽하게 다루었다. 메리가 기도를 끝마치자 사람들은 다시 한 번 저녁 무렵의 스러지는 빛에 익숙해지기 위해 오랜 시간 감고 있던 두 눈을 껌벅이며 비벼 댔다.

사람들은 학교에서 빌려 온 기다란 나무 의자에 앉았다. 사회자 앞에는 조그만 탁자가 놓여 있었다. 한쪽 끝에 교복 상의와 흰색 바지를 입은 오비가 앉았다.

건장한 사람 두 명이 부엌 쪽에서 나타났다. 그들의 몸은 함께 나르고 있는 커다란 무쇠 솥단지로 인해 구부정하니 휘어져 있었다. 단지가 또 하나 뒤따랐다. 젊은 여인 두 명이 불에서 방금 꺼내 부글부글 끓고 있는 뜨거운 스튜 단지를 들고 왔다. 종려주가 들어 있는 나무통들이 뒤를 따라 나왔고 성도들의 결혼, 출생과 장례 그리고 이런 종류의 다른 행사에 사용할 수 있도록 교회가 비축해 둔 수많은 접시와 스푼들도 나왔다.

이삭 오콩코 씨는 손님들 앞에 '변변치 못한 이 콜라 열매'를 내놓으면서 짤막하게 인사말을 했다. 우무오피아 기준으로 보면 그는 부유층에 속했다. 그는 이십오 년 동안 교회의 선교 단체에서 교리문답 교사로 일했고 일 년에 25파운드의 연금을 받으며 은퇴했다. 그는 우무오피아에 '양철' 집을 가장 먼저 세운 사람이었다. 그러므로 그가 잔치를 베풀 것이라는 기대가 없지는 않았다. 하지만 때로는 앞날을 생각지 않고 돈을 헤프게 쓴다고 말할 정도로 인심 좋은 사람으로 알려진 오콩코라 할지라도 이 정도 규모로 잔치를 베풀 줄은 아무도 상상하지 못했다. 돈의 씀씀이가 헤픈 남편에게 아내가 항의할 때마다 남편은 자기 아버지가 즐겨 말해 주던 속담을 이용하여 니제르 강둑에서 살아가는 사람은 침으로 손을 닦아서는 안 되는 법이라고 대꾸했다. 이 속담만 제외하고 아버지에 관한 모든 것을 거부했다는 건 참 이상한 일이었다. 어쩌면 자기 아버지가 이 속담을 종종 사용했다는 사실을 오래 전에 잊었는지도 모르겠다.

잔치가 끝나 갈 무렵에 목사가 또다시 장시간에 걸쳐 연설을 하였다. 우선 오콩코 씨에게 요즈음에 있었던 수많은 결혼식 피로연보다도 더 성대한 잔치를 베푼 것에 대해 감사했다.

이케디 목사는 우무오피아에 오기 전에 훨씬 더 커다란 마을에서 목회 활동을 했기 때문에 최근 초청장이 생겨난 이래로 여러 마을에서 결혼식 피로연이 꾸준히 줄어들고 있는 상황에 대해 말해 줄 수 있었다. 목사가 R. S. V. P.(쌀과 스튜가 풍부하다.)*라는 말이 쓰여 있는 초대장을 받지 못하면 이웃 사람의 결혼식에도 갈 수 없게 되었다는 말을 하자 그의 말을 듣고 있던 많은 사람들이 믿지 못하겠다는 듯 휘파람을 불어 댔다. 잔치 음식이 풍부하다는 말은 항상 과장된 말이기 때문이다.

그런 다음 목사는 오른쪽에 앉아 있는 젊은이에게로 몸을 돌렸다. 그는 오비를 향해 말했다. "옛날이라면 우무오피아가 자네에게 전쟁에 나가 적의 머리를 집으로 가져오라고 명령했을 것이네. 그렇지만 이제 우리는 그런 어둠의 시기에서 그리스도의 보혈로 구원을 받았지. 오늘 우리는 지식을 가져오라고 자네를 보내는 걸세. 주님을 경외하는 마음이 지혜의 시작임을 반드시 기억하게나. 다른 마을 청년들이 백인의 나라로 갔지만 학업보다는 육신의 정욕을 추구했다는 소문을 들었다네.

---

* Rice and Stew Very Plenty. 본래는 '회답 바람(Répondez s'il vous plaît)'이라는 뜻의 프랑스어.

심지어 백인 여자와 결혼한 사람들도 있다더군." 그런 행태를 강하게 비난하는 소리로 장내가 술렁거렸다. "그런 짓을 하는 사람은 부족 사람들은 안중에도 없는 거지. 그런 사람은 숲에서 낭비되는 빗물과 같은 거라네. 자네가 떠나기 전에 아내를 구해 줄까도 생각해 보았네만 이제는 시간이 너무 짧아. 여하튼 자네의 경우는 우리가 전혀 걱정할 필요가 없다는 걸 잘 안다네. 공부하고 오라고 자네를 보내 주는 거란 말일세. 인생을 즐기는 건 나중에라도 얼마든지 할 수 있으니까. 가장 중요한 춤은 아직 시작도 안 했는데 하도 춤을 많이 추어 절뚝거리게 된 어린 영양처럼 서둘러 이 세상의 즐거움을 향해 뛰어들지 말게나."

목사는 다시 한 번 오콩코 씨에게 감사의 말을 했고 그의 초청에 응한 손님들에게도 고맙다고 말했다. "여러분들이 그의 초청에 응하지 않았더라면 우리의 형제는 성경에서 혼인 잔치를 베푼 왕처럼 되었을 겁니다."

목사의 말이 끝나자마자 메리는 여자 성도들이 기도 모임에서 배운 찬양 한 곡을 소리 높여 불렀다.

예수여, 날 두고 가지 마소서. 기다려 주소서
나 농장에 갈 때.
예수여, 날 두고 가지 마소서. 기다려 주소서
나 시장에 갈 때.
예수여, 날 두고 가지 마소서. 기다려 주소서
나 음식 먹을 때.
예수여, 날 두고 가지 마소서. 기다려 주소서

나 목욕할 때.
예수여, 날 두고 가지 마소서. 기다려 주소서
그가 백인의 나라로 갈 때.
예수여, 그를 두고 가지 마소서. 기다려 주소서.

이 모임은 「호흡이 있는 자마다 여호와를 찬양할지어다」라는 노래를 부르면서 끝이 났다. 손님들은 오비에게 작별 인사를 했고 많은 사람들이 그에게 이미 주었던 충고의 말을 또다시 되풀이했다. 그들은 오비와 악수를 나누면서 연필을 사서 쓰고, 연습장을 사고, 여행길에 빵이라도 한 덩어리 사 먹으라고 이 사람이 1실링, 저 사람이 1페니, 오비의 손바닥에 선물들을 쥐어 주었다. 적대적이고 고갈된 땅에서 풍부하지 못한 살림을 꾸려 가느라 남자와 여자가 해마다 힘써 일해야만 하는, 돈이 아주 귀한 마을에서는 상당한 선물이었다.

제2장

오비는 사 년이 조금 못 되는 기간 동안 영국에서 지냈다. 그토록 짧은 기간이었다는 게 어떤 때는 믿어지지 않았다. 고통스러운 겨울이면 고향에 돌아가고 싶은 열망으로 통렬한 신체적 고통을 느꼈기에 사 년이 아니라 마치 십 년은 된 것 같았다. 나이지리아라는 명칭이 오비에게 맨 처음으로 단순한 나라 이름 이상의 것이 된 것은 영국에서였다. 바로 그게 영국이 오비에게 처음으로 준 멋진 선물이었다.

그렇지만 오비가 돌아온 나이지리아라는 나라는 영국에서 머물던 사 년 동안 그가 가슴속에 품고 있었던 그림과는 여러 가지 면에서 너무나 달랐다. 더 이상 인정하기 힘든 것들도 많았고, 또 라고스의 빈민굴과 같이 오비가 처음으로 목격하는 것들도 있었다.

우무오피아 마을에서 지내던 어린 시절에 오비는 전쟁에 출정했다 휴가를 받아 고향에 온 병사에게서 라고스에 대한 이야기를 처음 들었다. 그런 군인들은 거대한 세상을 직접 목격한 영웅들이었다. 그들은 아비시니아, 이집트, 팔레스타인, 미얀마 등등에 대해 이야기했다. 그들 중 일부는 마을에서는 무능한 낙오자들이었는데 이제는 영웅이었다. 그들의 가방 가득 돈이 들어 있었고 마을 사람들은 그들의 발밑에 앉아 그들이 하는 이야기에 귀를 기울였다. 그들 중 한 명은 정기적으로 이웃 마을 시장에 가서 좋아하는 것을 마음대로 사 먹었다. 제복을 갖추어 입고 군홧발로 여기저기 마구 돌아다녔지만 감히 아무도 그를 건드리지 못했다. 혹시라도 병사를 건드리면 나라에서 그냥 내버려 두지 않을 거라는 소문이 나돌았다. 게다가 병사들은 군대에서 맞은 주사로 인해 사자만큼이나 강했다. 바로 이런 병사들로부터 들은 이야기를 통해 오비는 라고스에 대한 첫 번째 그림을 그렸던 것이다.

"라고스에는 어둠이 전혀 없어." 병사는 감탄하며 듣고 있는 사람들에게 말했다. "왜냐하면 밤에도 전등이 태양처럼 빛을 발하고 항상 사람들이 나돌아 다니거든. 걷고 싶은 사람들이 말이지. 걷고 싶지 않으면 그저 손만 흔들면 돼. 그럼 유람차가 앞에 와서 서 주거든." 청중들은 탄성을 질렀다. 그런 다음 여담처럼 그가 말했다. "백인을 보게 되면, 모자를 벗어 인사를 해. 백인이 할 수 없는 단 한 가지는 사람을 만들어 내는 일이니까."

그 후 오랫동안 라고스 하면 항상 오비의 마음속엔 전깃불과 자동차들이 연상되었다. 심지어 영국으로 비행기를 타고 가기 전에 드디어 이 도시를 방문하여 몇 날을 보낸 후에도 오비의 생각은 많이 바뀌지 않았다. 물론 당시에는 라고스를 많이 돌아보지 못했다. 그때는 오비의 마음이 차원 높은 것들에 집중되어 있었다. 그는 며칠 동안 측량부에서 서기로 일하는 '고향 친구' 조셉 오케케와 함께 지냈다. 오비와 조셉은 우무오피아의 기독교 재단인 센트럴 학교에서 같은 반 친구였다. 그러나 조셉은 나이도 많고 부모가 가난했기 때문에 상급 학교에 진학하지 못했다. 그 대신 조셉은 82사단 교육 부대에 입대했고 전쟁이 끝난 후에는 나이지리아 정부의 행정 업무를 담당하게 되었다.

조셉은 라고스를 통과하여 영국으로 떠나는 운 좋은 친구를 만나기 위하여 라고스 모토 파크에서 기다리고 있었다. 그는 오발렌드에 있는 자신의 숙소로 친구를 데리고 갔다. 방은 단 하나뿐이었다. 연푸른 천으로 만든 커튼이 방바닥까지 길게 흘러내려 와 (조셉이 자신의 2인용 스프링 침대를 칭하는) '가장 신성한 장소'를 거실과 구분하고 있었다. 조리 기구들, 상자들, 기타 소지품들이 '가장 신성한 장소' 밑에 보이지 않게 넣어져 있었다. 거실에는 팔걸이의자 두 개, ('나와 내 여자 친구'라고 부르기도 하는) 소파, 그리고 그의 사진첩을 진열해 놓은 둥근 탁자가 있었다. 밤에는 심부름을 하는 소년이 둥근 탁자를 치우고 마룻바닥에 돗자리를 깔고 잤다.

오비가 라고스에 머무르는 첫날 밤에 조셉이 친구에게 해 줄 이야기가 어찌나 많던지 두 사람은 3시가 넘어서야 잠을 잤다. 조셉은 영화와 무도회장 그리고 정치적 모임에 대하여 오비에게 이야기해 주었다.

"요즘은 춤이 아주 중요해. 춤을 출 줄 모르면 널 쳐다볼 아가씨는 단 한 명도 없을 거야. 내가 조이를 처음 만난 곳도 댄스 교습소였어." "조이가 누군데?" 기이하고 사악한 이 새로운 세상을 조금씩 알아 가는 것에 매료된 오비가 물었다. "내 여자 친구였어. 그러니까……." 조셉은 손가락을 꼽기 시작했다. "……3월, 4월, 5월, 6월, 7월……. 다섯 달 사귀었는데 나한테 이 베갯잇을 만들어 주었어."

오비는 베고 있던 베개를 보려고 본능적으로 몸을 일으켰다. 그건 그날 일찍부터 특별히 눈에 뜨였던 것이다. 베갯잇에는 '접촉'이라는 특이한 영어 단어가 한 자 한 자 각기 다른 색실로 수놓아져 있었다.

"조이는 괜찮은 아가씨였지만 때로는 아주 바보 같았어. 그렇지만 어떤 때는 헤어지지 말걸 그랬다 싶기도 해. 그저 나한테 몸이 후끈 달아 있었거든. 내가 만났을 때는 처녀였는데, 여기서는 그런 일이 아주 드물어."

조셉은 이야기하고 또 이야기하더니 마침내는 말의 앞뒤가 점점 맞지 않았다. 그러더니 아무런 마무리도 없이 그의 이야기는 드렁드렁 코 고는 소리로 바뀌었고 아침까지 지속되었다.

바로 그 다음날 오비는 루이스 거리를 따라 걸을 수밖에 없었다. 조셉이 한 여자를 집에 데려왔고 오비가 방에 함께 머무는 건 바람직한 일이 아니라는 게 너무나도 분명했다. 그래서 오비는 한 바퀴 둘러보기 위해 밖으로 나왔다. 나중에 들은 이야기지만 이 아가씨는 조셉이 새로 찾아낸 상대 중 한 명이었다. 피부가 가무잡잡하고 키가 큰 그 아가씨는 몸에 꼭 달라붙는 빨갛고 노란 드레스 속에 엄청나게 풍만한 가슴을 숨기고 있었다. 입술과 기다란 손톱은 선명한 빨간색이었고 눈썹은 가느다란 검은 선이었다. 이코트엑펜*에서 만든 나무 가면과 별반 다를 게 없었다. 전체적으로 베갯잇에 여러 가지 색실로 수놓은 '접촉'이라는 단어와도 같이 그녀가 오비에게 남긴 뒷맛은 개운치 않았다.

몇 해가 흐른 후 영국에서 다시 돌아온 오비는 밤중에 그나마 덜 무서운 라고스의 슬럼 지역에서 클라라가 재봉사에게 옷감을 가져다주고 돌아오기를 기다리고 있었다. 자기 자동차 옆에 기대어 서서 그는 마음속으로 이전에 이 도시에서 받았던 첫인상을 다시 떠올렸다. 자동차, 전등, 밝게 차려입은 아가씨들 옆에 이런 장소가 있을 것이라고는 상상도 못했다.

오비는 살이 썩는 냄새가 강하게 올라오는 활짝 열린 빗물 배수관 가까이에 자동차를 주차시켜 놓았다. 택시에 치인 게 분명한 개의 잔해였다. 라고스에서는 어째서 그토록 많은 개들이 자동차에 치여 죽는지 오비는 이상하게 여기곤 했었다. 그러던 어느 날 그에게 운전을 가르쳐 주던 운전수가 일부러 개 한 마리를 치는 것이었다. 대경실색한 나머지 오비는 무엇 때문에 그런 짓을 했는지 물었다. "행운 때문이죠." 운전수가 말했다. "개들 새로 산 자동차에 행운 줘요. 그렇지만 오리 달라요. 혹시 오리 치면 사고 당하거나 사람 죽여요."

빗물 배수관 너머로 정육점이 보였다. 고기도 없었고 고기를 파는 사람도 보이지 않았다. 그렇지만 한 남자가 한쪽 탁자 위에 놓인 조그만 기계를 작동하고 있었다. 옥수수를 빻는다

* 나이지리아 남부 도시. 수공예품으로 유명함.

는 사실을 제외하면 꼭 재봉틀같이 생겼다. 한 여자가 남자 옆에 서서 자기가 가져온 옥수수를 빻고 있는 기계를 지켜보고 있었다.

길 반대편에서는 천으로 몸을 감싼 조그만 소년이 가로등 기둥 아래서 아카라라고 하는 콩깻묵 케이크를 팔고 있었다. 아카라가 담긴 사발은 먼지 속에 놓여 있었고 소년은 졸고 있는 것처럼 보였다. 그러나 사실은 조는 게 아니었다. 왜냐하면 야간 청소부가 빗자루와 강풍용 남포등을 흔들어 대면서 부패의 연기를 내뿜고 지나가자마자 소년은 잽싸게 벌떡 일어나더니 욕을 해 대기 시작했기 때문이다. 청소부가 빗자루로 공격을 가했지만 소년은 아카라 사발을 머리에 이고서 이미 저만큼 도망가고 있었다. 옥수수를 빻고 있는 사나이는 웃음을 터뜨렸고 여자도 합세했다. 야간 청소부는 소년의 어머니에 대해 상스러운 말을 지껄이더니 미소를 지으며 하던 일을 계속했다.

여기야말로 라고스라고 오비는 생각했다. 지금까지 그 존재조차 상상해 본 적이 없었던 진짜 라고스였다. 영국에서 보낸 첫 번째 겨울에 오비는 연습 삼아 나이지리아에 대한 회상적인 시를 한 편 썼다. 특별히 라고스에 대한 시는 아니었지만 라고스는 오비가 기억하는 나이지리아의 일부였다.

초저녁 나무 아래 누워
명랑한 새들과 연약한 나비의 황홀경을
함께 나누면 얼마나 신이 날까.
세속적인 우리의 육신은 진흙 속에 내맡기고
천체의 음악을 향해 날아올랐다

바람과 온화한 저녁놀과 함께
부드럽게 내려앉으면 얼마나 신이 날까.

오비는 이 시를 상기해 낸 다음 돌아서서 빗물 배수관에서 썩고 있는 개를 바라보고는 미소를 지었다. "숟가락에 놓인 악취 나는 동물의 시체를 맛보았다." 악문 치아 사이로 이 말이 새어 나왔다. "훨씬 더 적절한 말이로군." 마침내 클라라가 옆길에서 나타났고 두 사람은 자동차를 타고 달렸다.

그들은 한참 동안 아무 말 없이 좁고 사람들로 넘쳐 나는 거리를 헤치며 자동차를 몰아갔다. "도대체 어째서 이런 빈민굴에서 일하는 재봉사를 선택해야 하는지 도통 모르겠소." 클라라는 아무런 대꾸도 하지 않았다. 그 대신 그녀는 「케 세라 세라」*라는 노래를 흥얼거리기 시작했다.

아니나 다를까 토요일 밤 9시의 거리는 상당히 소란스러웠고 사람들로 복잡했다. 몇 미터 갈 때마다 전통 의상을 똑같이 차려입고 떼를 지어 걸어가는 춤꾼들을 만날 수 있었다. 사람이 살지 않는 버려진 집 앞에 화려한 색깔의 창고들이 임시로 세워져 있었는데, 약혼이나 결혼이나 탄생이나 승진이나 사업의 성공을 축하하거나 아니면 나이 많은 친척의 죽음을 기리기 위해 눈부신 형광등을 밝혀 놓고 있었다.

드럼 연주자 세 명과, 비단과 벨벳으로 만든 옷을 입고 기름을 발라 매끄러운 볼 베어링처럼 아주 손쉽게 허리를 돌려 대는 젊은 여인들로 커다란 일단을 이룬 사람들 가까이로 접근

---

* '될 대로 돼라'라는 뜻.

하면서 오비는 자동차 속도를 늦추었다. 한 택시 운전사가 성급하게 경음기를 울려 대더니 오비의 자동차를 추월하면서 차창 밖으로 고개를 내밀고 "미친 놈, 정신 어디 팔아!"하고 소리쳤다. 그러자 오비도 "빌어먹을 멍청이 같으니!"하고 응수했다. 거의 순간적으로 자전거를 탄 사람이 뒤도 돌아보지 않고 아무런 신호도 주지 않은 채 길 한가운데를 가로질러 갔다. 깜짝 놀란 오비가 난폭하게 브레이크를 밟자 포장도로를 달려가던 타이어가 귀에 거슬리게 끼익하고 날카로운 소리를 냈다. 클라라가 비명을 지르며 오비의 왼쪽 팔을 움켜쥐었다. 자전거를 탄 사람은 뒤를 한 번 힐끗 돌아보더니 그대로 내뺐다. 모든 사람들이 볼 수 있도록 검은색 자전거 가방에 적어 놓은 그의 야망은 '미래의 장관'이었다.

토요일 밤에 라고스 지역에서 이코이로 가는 것은 마치 시장에서 장례식장으로 가는 것과 같았다. 그리고 두 곳을 분리시키고 있는 라고스의 거대한 묘지는 이런 감정을 한층 더 강화시켜 주었다. 사치스러운 방갈로와 아파트들로 가득하고 푸른 나무들이 무성했지만 이코이는 무덤과도 같았다. 여하튼 그곳에서 살고 있는 아프리카 사람들에게는 지역 공동체로서의 생기가 전혀 없었다. 물론 그들이 항상 그곳에서 살았던 건 아니었다. 한때 그곳은 유럽 사람들을 위한 지정 지역이었다. 그러나 상황이 바뀌었고 '유럽 사람들의 자리'에 진입한 일부 아프리카 사람들에게 이코이에 있는 집들이 제공되었다. 예를 들어 오비 오콩코도 그곳에서 살았다. 오비는 라고스에서 자동차를 몰고 자기 집으로 오면서 한 나라 안에 있는 두 도시의 서로 다른 모습에 또다시 충격을 받았다. 그런 모습을 볼 때마다 한 야자나무 열매 속에 얇은 벽으로 나뉘어 있는 두 개의 핵이 연상되었다. 때때로 둘 중 한 핵은 검게 윤기가 흐르며 생생했지만, 다른 하나는 생기 없이 흰색 가루가 되어 있는 경우도 있었다.

"어째서 그토록 침울한 거요?" 오비는 가능한 한 그로부터 멀리 떨어져 앉아 보란 듯이 왼쪽 문에 바짝 붙어 있는 클라라를 곁눈질로 보았다. 그녀는 아무런 대꾸도 하지 않았다. "이봐요, 말 좀 해 봐요." 오비가 한 손으로 운전하며 다른 한 손으로 그녀의 손을 잡고 말했다. "날 좀 내버려 둬요, 제발." 손을 얼른 빼내며 클라라가 말했다.

클라라가 무엇 때문에 침울한지 오비는 아주 잘 알고 있었다. 그녀는 영화 구경 가고 싶다는 마음을 우회적으로 표시했었다. 둘의 관계가 현재 단계에 이른 상황에서도 클라라는 한번도 "우리 영화 구경 가요."라고 직접적으로 말하는 법이 없었다. 그 대신 그녀는 "캐피탈 극장에서 지금 좋은 영화를 상영하는데."라고 말했다. 오비는 영화를 좋아하지 않는 데다, 특히 클라라가 좋다고 하는 영화에는 별 흥미가 없었기에 한참 동안 침묵을 지키다가 말했다. "글쎄, 난 별로 보고 싶지 않지만 당신이 정 보고 싶다면 보도록 하죠." 클라라는 꼭 보겠다고 고집하지 않았지만 마음은 많이 상했다. 저녁 내내 서운한 감정을 마음에 품고 있었다. "지금이라도 늦지 않았으니 당신이 보고 싶다는 영화를 보러 갑시다."라고 오비는 항복의 뜻을 밝히면서 당장에라도 영화를 보러 갈 것처럼 행동했다. 그러자 클라라는 "보고 싶으면 당신이나 가세요. 난 안 갈 거니까요."

라고 말했다. 바로 사흘 전에 '아주 좋은 영화'를 보러 갔었는데 오비는 어찌나 화가 났는지 클라라가 그를 위해 이런저런 설명을 귓속말로 할 때를 제외하고는 아예 화면 자체를 쳐다보지도 않았다. "저 사람은 살해될 것 같아요." 하고 그녀가 예측하면 그 말이 끝나기가 무섭게 불운한 남자는 총에 맞아 죽곤 했다. 아래층에서 싸구려 입장권을 사서 들어온 관객들이 그런 행동에 아주 요란스럽게 참여했다.

화면에서 이렇게 닥치는 대로 죽이는 장면을 보면서 클라라가 어찌나 좋아하는지 오비는 보면 볼수록 놀라웠다. 사실 영화관 밖으로 나온 후에 그런 장면을 생각하면 다소 재미있다는 생각도 들었다. 그렇지만 영화관에 있는 동안에는 짜증만 날 뿐이었다. 클라라는 이런 사실을 잘 알고 있었기에 오비의 팔을 꼭 껴안는다거나 귀에다 대고 뭐라고 속삭인 다음 그의 귀를 깨무는 식으로 오비의 지루함을 달래 주려고 최선을 다했다. 클라라는 때때로 이런 말을 하곤 했다. "결국 당신이 시를 읽어 주기 시작하면 나는 당신과 싸우지 않잖아요." 사실 이는 틀린 말이 아니었다. 바로 그날 아침에도 오비는 병원으로 전화를 걸어 최근에 에누구에서 라고스로 이전해 온 친구와의 점심 식사에 함께 가자고 말했다. 사실 클라라는 그 친구를 전에 본 적이 있었고 별로 좋아하지 않았다. 그래서 그 친구를 별로 만나고 싶지 않다고 말했다. 그렇지만 오비는 끈덕지게 졸랐다. "내가 만나고 싶지 않은 사람을 만나는 자리에 당신은 어째서 날 데리고 가려는지 모르겠군요." "클라라, 그러니까 말인데, 당신은 꼭 시인 같아." 오비가 말했다. "만나고 싶지 않은 사람을 만난다, 정말 시적인 표현인걸. 꼭 T. S. 엘리엇 같아."

클라라는 오비가 무슨 말을 하는지 전혀 몰랐지만 점심을 먹으러 갔고 오비의 친구인 크리스토퍼를 만났다. 그래서 오비가 클라라를 위해 해 줄 수 있었던 최소한의 답례는 그녀가 말하는 '아주 좋은 영화'를 보러 가서 끝까지 앉아 있는 것이었다. 클라라도 오비와 크리스토퍼가 나이지리아 공직 생활에서의 뇌물에 대하여 따분한 대화를 나누는 동안 군소리 하나 없이 지루한 점심 식사를 했기 때문이다. 오비와 크리스토퍼가 만날 때면 나이지리아의 미래를 놓고 반드시 열띤 논쟁이 벌어졌다. 오비가 택하는 입장에 대하여 크리스토퍼는 항상 반대되는 입장을 택했다. 크리스토퍼는 런던 정경 대학을 나온 경제학자였는데 오비의 주장이 사실에 입각하지도 과학적 분석에 근거하지도 않았다고 항상 지적했다. 그렇지만 오비는 영문학을 공부한 사람이니까 별로 놀랍지는 않다고 말했다.

"소위 높은 자리를 차지한 노련한 사람들 때문에 관청이 얼마나 부패했는지 몰라." 오비가 말했다.

"그럼 자넨 경험을 믿지 않아? 대학을 갓 나온 친구를 사무차관에 임명해야 한다고 생각하는 거야?"

"내가 언제 대학을 '갓' 나온 사람이라고 말했어? 하지만 심지어 그런 경우라 해도 경험을 뒷받침해 주는 지적 토대가 전혀 없는 노인들로 고위직을 채우는 것보다는 더 나을지도 모르지."

"작년에 감옥에 들어간 토지 공무원은 어때? 그 사람은 대학을 갓 나왔다던데."

"그 사람은 예외지." 오비가 말했다. "그렇지만 이 나이든 사람들을 한번 보란 말이야. 아마도 그는 삼십 년 전에 초등학교를 나왔을 거야. 꼭대기까지 꾸준히 뇌물로 올라간 사람이잖아. 뇌물로 인해 호된 시련을 겪으면서 말이지. 그 사람한테는 뇌물이 아주 자연스럽지. 자기가 주었으니 다른 사람한테서도 받기를 기대하겠지. 만일 어떤 사람이 높은 자리에 있는 사람에게 경의를 표하면 그가 높은 자리에 올랐을 때 다른 사람들이 그에게 경의를 표할 거라고 흔히들 말하잖아. 그러니까, 노인들은 그렇게 말하지."

"궁금해서 묻는데, 젊은이들은 뭐라고들 할까?"

"대부분의 젊은이들에게는 뇌물이 전혀 문제가 되지 않아. 뇌물을 주지 않고도 곧장 꼭대기까지 올라가잖아. 그 사람들이 반드시 다른 사람들보다 더 나아서 그런 게 아니야. 단지 그들은 고결할 수 있는 여유가 있기 때문이지. 하지만 심지어 그런 식의 고결함도 습관이 될 수 있단 말이야."

"아주 적절한 표현이군." 크리스토퍼는 에구시 수프*에서 커다란 고깃덩어리를 집어 들면서 오비의 말을 인정했다. 그들은 으깬 얌과 에구시 수프를 손가락으로 먹고 있었다. 교육을 받은 제2세대 나이지리아 사람들이 옛날처럼 으깬 얌과 카사바 가루로 만든 음식을 손가락으로 집어 먹고 있었다. 그렇게 먹는 게 한층 더 맛있다는 합당한 이유 때문이었다. 또한 그들은 제1세대들만큼 '미개인'이라 불리는 것을 두려워하지 않는다는 더욱 당당한 이유도 있었다.

"자케어스!" 클라라가 소리쳤다.

---

* 고기와 고추로 만든 매운 스튜.

"네, 마담." 찬방에서 목소리가 들렸다.

"수프 좀 더 갖다 줘요."

자케어스는 대꾸하고 싶지 않은 마음도 있었지만 마음을 가다듬고 마지못해 대답했다. "네, 마담." 자케어스는 주인이 마담과 결혼하면 곧바로 그만둘 것이라고 마음을 굳게 먹고 있었다. "주인을 너무너무 좋아하지만 이 마담은 결코 좋지 않아." 그의 소견이었다.

제3장

오비와 클라라 사이의 연애는 엄밀히 말해 첫눈에 반한 사랑이라고 말할 수 없었다. 두 사람은 나이지리아와 카메룬 민족 회의의 런던 지부가 준비한, 세인트팬크라스 시청에서 열렸던 댄스파티에서 만났다. 오비도 아주 잘 알고 있던 한 학생이 함께 참석한 클라라를 오비에게 소개시켜 주었다. 오비는 곧바로 클라라의 미모에 매료되었고 홀을 돌고 있는 그녀를 눈으로 좇았다. 결국 오비는 클라라와 춤을 추는 데 성공했다. 그렇지만 너무나 흥분했던 나머지 오비가 기껏 찾아낸 말은 "계속해서 춤을 추셨나요?"였다. 그러자 클라라에게서는 "아니요. 그런데 왜요?"라는 짤막한 답변이 나왔을 뿐이다. 오비는 평소에도 춤을 잘 추는 편은 아니었지만 그날 밤 그의 춤 솜씨는 정말로 형편없었다. 춤추기 시작하면서 오비는 곧바로 네 차례나 그녀의 발가락을 밟았다. 그러자 클라라는 때맞춰 발을 옆으로 움직이는 데에만 모든 주의를 집중시켰다. 춤이 끝나자마자 그녀는 도망치듯 가 버렸다. 오비는 그녀가 앉은 자리까지 쫓아가 "대단히 고맙습니다."라고 말했고 클라라는 그를 쳐다 보지도 않고 고개를 끄덕였다.

두 사람이 또다시 만난 건 거의 열여덟 달이 지난 후 리버 풀의 해링턴 부두에서였다. 우연히도 두 사람은 같은 날 같은 배를 타고 나이지리아로 돌아오게 되었다.

열두 명의 승객과 쉰 명의 선원을 태운 조그만 화물선이었 다. 오비가 부두에 도착했을 때 다른 승객들은 이미 모두 승선 하여 통관 절차를 마친 후였다. 대머리에 키가 작은 세관 공무 원이 아주 친절하게 대했다. 그는 제일 먼저 오비에게 영국에 서 머무는 동안 행복하게 지냈는지 물었다. 영국에서는 대학 을 다녔나요? 날씨가 무척 추웠겠군요.

"결국 날씨는 그다지 문제 되지 않던걸요." 영국 사람들은 자기 나라 날씨에 대해서 투덜댈 수 있지만 외국인이 합세하 는 건 못마땅해 한다는 걸 터득하고 있었던 오비는 이렇게 대 꾸했다.

휴게실로 들어간 오비는 클라라를 보자 거의 쓰러질 뻔했 다. 그녀는 나이가 지긋해 보이는 부인과 한 젊은 영국인과 함 께 이야기를 나누고 있었다. 오비는 그들에게 다가가 함께 앉 으며 자신을 소개했다. 라이트 부인이라는 노부인은 프리타운 으로 돌아가는 중이었다. 이름이 맥밀런인 청년은 북부 나이지 리아의 행정관이었다. 클라라는 자신을 미스 오케케라고 소개 했다. "이전에 만난 적이 있는 것 같군요." 오비가 말했다. 클라 라는 깜짝 놀란 듯했고 다소 적대적인 태도를 취했다. "런던에 서 나이지리아와 카메룬 민족 회의가 주선한 댄스파티에서 말입니다." "그랬군요." 마치 리버풀 부두에서 배에 함께 올라탔다는 이야기를 방금 들은 사람처럼 심드렁하게 말하더니 클라라는 라이트 부인과의 대화를 다시 계속했다.

배는 오전 11시에 부두를 떠났다. 그날 내내 오비는 다른 사람들과 어울리지 않고 혼자 지내며 바다를 바라보거나 아니면 자신의 선실에서 책을 읽었다. 오비에겐 이번이 첫 번째 바다 항해였는데, 그는 이미 그것이 비행기를 타는 것보다 한없이 좋다는 결론을 내렸다.

다음 날 아침 잠에서 깨어났을 때 그동안 수도 없이 들었던 뱃멀미의 징후는 전혀 없었다. 다른 승객들이 잠자리에서 일어나기 전에 오비는 따뜻한 물로 목욕을 하고는 바다를 보기 위해 난간으로 올라갔다. 전날 저녁 바다는 무척 잔잔했다. 지금은 꼭대기가 하얀, 작은 언덕만 한 파도들이 쉴 새 없이 들쭉날쭉 부단히 부서지고 있었다. 오비는 거의 한 시간 동안 난간에 서서 훼손되지 않은 공기를 들이마셨다. "배를 타고 바다로 나가는 사람들⋯⋯."이라는 시구가 생각났다. 요즈음 그에게 남아 있는 신앙심은 거의 없었지만 그럼에도 불구하고 깊은 감동을 받았다.

아침 식사를 알리는 종이 울렸을 때 그의 식욕은 아침 공기만큼이나 민감해져 있었다. 그 전날 이미 좌석 배치는 확정되었다. 가운데에 열 명이 앉을 수 있는 커다란 탁자가 있었고 식당 여기저기에 두 명씩 앉는 좌석이 여섯 개 마련되어 있었다. 상석에는 선장, 한쪽 끝에는 일등 기관사가 앉은 가운데 테이블에 열두 명의 승객 중 여덟 명이 앉았다. 오비는 맥밀런과 이름이 스티븐 우돔인 나이지리아 공무원 사이에 앉았다. 오비 바로 앞에는 유나이티드 아프리카 회사에서 뭔가로 근무하는 존스 씨가 앉았다. 존스 씨는 항상 양이 많은 다섯 가지 코스 요리 중 네 가지를 실속 있게 먹은 다음 '그냥'이라는 단어를 강조하며 독선적으로 절도 있게 "그냥 커피만 주세요." 하고 종업원에게 말했다.

존스 씨와는 대조적으로 일등 기관사는 음식에 거의 손을 대지 않았다. 그의 얼굴을 바라보고 있으면 식당에서 설사약인 사리염(瀉利鹽), 대황 뿌리, 황산마그네슘을 제공한 걸로 생각할 것이다. 배설에 대한 지속적인 두려움에 휩싸인 사람처럼 그의 양 어깨는 올라가 있었고 두 팔은 옆구리에 딱 붙어 있었다.

클라라는 존스 씨 왼편에 앉았지만 오비는 의도적으로 그녀가 앉아 있는 쪽을 쳐다보지 않았다. 그녀는 언어와 방언의 차이점을 설명해 주고 있는 이바단 출신의 교육부 직원과 이야기하고 있었다.

처음에는 비스케이 만*이 매우 잔잔하고 차분했다. 이제 배는 희미하게나마 햇볕을 약속하듯 저 멀리 밝아 보이는 지평선을 향해 나아가고 있었다. 하나로 보이던 바다와 하늘은 이제 구분되어 신이 타고 있는 비행기라도 이륙할 것 같은 거대한 타르머캐덤 활주로처럼 두드러질 정도로 서로가 분명한 대조를 이루고 있었다. 그러다가 저녁이 가까워 오면서 평화와 평온은 급작스럽게 사라지고 바다 표면이 분노로 일그러졌다.

---

* 프랑스 서해안과 스페인 북해안 사이에 있는 만.

오비는 다소 어지럽고 머리가 너무나 무거웠다. 저녁 식사를 하러 내려가서는 단지 음식을 바라보기만 할 뿐이었다. 승객 한두 명은 아예 나타나지도 않았다. 다른 사람들도 거의 입을 다문 채 식사만 했다.

오비는 선실로 돌아가 곧바로 잠자리에 들었다. 그때 누군가가 문을 톡톡 두드렸다. 나가 보니 문 앞에 클라라가 서 있었다.

"오비 씨 몸이 별로 좋아 보이지 않아서요." 클라라가 이보어로 말했다. "그래서 아보마인 몇 알을 가져왔어요." 그녀는 흰색 알약 여섯 개가 들어 있는 봉투를 내밀었다. "자기 전에 두 알 드세요."

"대단히 고맙습니다. 정말로 친절하시군요." 오비는 완전히 압도당했고 미리 연습해 두었던 냉정함과 무관심은 어디론가 자취를 감추었다. "그렇지만." 그는 말을 더듬었다. "당신이 드실, 음…… 음…… 제가 빼앗는 건 아닌가요?"

"아, 아니에요. 승객 전체에게 나눠 줘도 남을 만큼 많아요. 그러니까 간호사가 배에 함께 타면 좋다는 것 아니겠어요?" 그녀는 살짝 미소 지었다. "지금 막 라이트 부인과 맥밀런 씨에게도 나눠 주고 왔어요. 안녕히 주무세요. 아침이면 훨씬 나아질 거예요."

어둠 속에서 끙끙거리고 삐걱거리는 조그만 배의 발작적인 움직임과 보조라도 맞추듯 오비는 밤새도록 침대 이쪽 끝에서 저쪽 끝으로 굴러다녔다. 잠을 잘 수도 깨어 있을 수도 없었다. 그렇지만 여하튼 밤이 지새도록 한 번에 몇 초씩 클라라를 놓고 이런저런 생각을 했다. 그녀에게 아무런 관심도 보이지 않겠다고 굳게 결심했었다. 하지만 문을 열고 클라라를 마주하는 순간 틀림없이 기쁨과 혼란으로 뒤엉킨 그의 모습이 명백하게 드러났을 것이다. 그런데 클라라는 오비에게 그저 또 하나의 환자를 대하듯이 말했다. "승객 전체에게 나눠 줘도 남을 만큼 많아요. 라이트 부인과 맥밀런 씨에게도 몇 알씩 주었어요." 그렇지만 그녀는 마치 "우리는 함께해야 해요. 같은 언어를 사용하잖아요?"라고 말하는 것처럼 처음으로 이보어를 사용했다. 게다가 클라라는 걱정하는 것처럼 보였다.

다음 날 아침에 일찌감치 일어난 오비는 몸이 아직 완전하진 않았지만 그래도 어제보다는 괜찮은 것 같았다. 선원들이 벌써 갑판의 물청소를 마친 터라 오비는 젖은 나무 바닥 위로 미끄러질 뻔했다. 그는 난간에 올라가 마음에 꼭 드는 자리로 가서 섰다. 잠시 후 여자의 가벼운 발걸음 소리가 들려와 뒤를 돌아다보니 클라라였다.

"안녕히 주무셨습니까?" 오비가 이를 드러내고 웃으며 인사했다.

"안녕하세요?" 이렇게 말하며 클라라는 지나가려고 했다.

"알약을 주셔서 고마웠어요." 오비는 이보어로 말했다.

"약 드시니까 좀 괜찮으세요?" 그녀는 영어로 물었다.

"네, 많이 좋아졌어요."

"다행이군요." 그녀는 이렇게 말하고는 지나갔다.

오비는 다시 난간에 기대어 안절부절못하고 몸부림치는 바다를 지켜보았다. 이제 바다는 뾰족한 바위투성이 황무지와도 같이 각을 이루며 어색하게 움직이고 있었다. 리버풀을 떠난 후 처음으로 보는 시퍼런 바다였다. 수많은 잔물결이 서로 부딪쳐 부서지면서 위로 반짝반짝 빛나는 하얀 거품을 일으키는 깊이를 헤아릴 수 없는 푸른색 바다였다. 누군가가 활기차게 육중한 발걸음으로 걸어오다가 넘어지는 소리가 들렸다. 맥밀런이었다.

"저런, 다치진 않으셨습니까?" 오비가 말했다.

"아, 괜찮습니다." 바보스럽게 껄껄대고 웃으며 축축해진 양복바지의 엉덩이 부분을 털면서 상대방이 말했다.

"좀 전에 나도 넘어질 뻔했답니다." 오비가 말했다.

"오케케 양, 조심하세요." 다시금 다가오는 클라라에게 맥밀런이 말했다. "갑판이 아주 미끄러워서 제가 방금 넘어졌거든요." 맥밀런은 아직도 축축한 양복바지의 엉덩이 부분을 털고 있었다.

"선장님이 그러는데 내일은 섬에 도착하게 될 거래요." 클라라가 말했다.

"그래요, 마데이라 제도요." 맥밀런이 말했다. "아마 내일 저녁일 겁니다."

"그럭저럭 도착할 시간이 다 된 것 같은데." 오비가 말했다. "바다가 싫으세요?"

"아니, 좋아해요. 하지만 닷새나 지났으니 변화가 필요하죠."

오비 오콩코와 존 맥밀런은 갑작스럽게 친해졌다. 맥밀런이 젖은 갑판에서 넘어지는 순간부터 그렇게 되었다. 곧바로 두 사람은 함께 탁구도 치고 서로에게 술도 샀다.

"오콩코 씨, 어떤 걸로 드시겠습니까?" 맥밀런이 물었다.

"맥주로 주세요. 날씨가 다소 더워지는 것 같군요." 오비는 엄지손가락으로 얼굴을 쓱 문지르더니 땀을 털어 냈다.

"그렇죠?" 가슴으로 공기를 불어넣으며 맥밀런이 말했다. "그건 그렇고 당신의 이름은 뭐죠? 나는 존이에요."

"오비입니다."

"오비, 이름이 참 좋네요. 뜻이 뭡니까? 아프리카 사람들의 이름에는 어떤 의미가 들어 있다고 들었거든요."

"글쎄, 난 '아프리카 사람들'의 이름은 잘 모릅니다. 그렇지만 이보족 이름은 알지요. 이름이 종종 기다란 문장이기도 해요. 성경에서 자기 아들에게 '남은 자가 돌아오리라'는 뜻의 이름*을 지어 준 선지자**처럼 말입니다."

"영국에서는 뭘 공부하셨나요?"

"영문학이요. 왜요?"

"아, 그냥 궁금했어요. 그리고 나이는 몇 살이세요? 제가 너무 꼬치꼬치 물었나요?"

"스물다섯 살입니다." 오비가 말했다. "당신은요?"

"그것 참 신기하군요. 나도 스물다섯 살이거든요. 오케케 양은 몇 살일 것 같아요?"

"여자와 음악은 나이를 추정하는 게 아니라지만." 오비가 미소를 지으며 말했다. "한 스물세 살쯤 되지 않았을까 생각하는데요."

"오케케 양이 상당히 아름답죠?"

"아, 그래요. 정말로 아름다워요."

이제 마데이라 제도 가까이로 접근하고 있었다. 두 시간 정

---

* 스알야숩. 구약성서에 나오는 선지자 이사야의 아들.

** 이사야. 기원전 8세기경 유대의 선지자.

도 남았다고 누군가가 말했다. 승객들 모두가 난간으로 올라가 서로에게 술도 한잔씩 사 주며 지켜보고 서 있었다. 갑자기 존스 씨의 시심이 발동하였다. "물, 물, 사방에 물. 하지만 마실 물은 단 한 방울도 없네." 그는 목소리를 깔고 시를 읊어 대기 시작했다. 그러더니 시는 산문으로 바뀌었다. "이 무슨 물의 낭비람!"

갑자기 오비는 정말 맞는 말이라는 생각이 들었다. 이 무슨 물의 낭비란 말인가. 대서양의 아주 작은 부분만 가지고도 사하라 사막은 무성한 초원으로 바뀔 것이다. 가능한 최상의 세상이란 말은 이제 그만하자. 여기는 과잉이고 저기는 전혀 없다.

해 질 무렵 배가 푼샬에 닻을 내렸다. 한 청년이 노를 젓고 두 명의 소년이 앉아 있는 조그만 보트가 옆으로 다가왔다. 둘 중 더 어린 소년은 열 살도 안 돼 보였다. 다른 한 명은 아마 두 살쯤 더 먹었을 것이다. 소년들은 돈을 벌기 위해 잠수하기를 원했다. 곧바로 높은 갑판에서 던진 동전들이 바다 속으로 날아갔다. 소년들은 하나도 빠짐없이 모두 집었다. 스티븐 우돔이 페니 한 개를 던졌다. 아이들은 움직이지 않았다. 페니를 위해서는 잠수하지 않는다고 아이들이 말했다. 사람들이 모두 다 깔깔대고 웃었다.

해가 뉘엿뉘엿 넘어가자 바위투성이인 푼샬의 언덕들과 녹색 나무들 그리고 하얀 담벼락과 빨간 타일로 이루어진 집들이 마치 마법에 걸린 섬 같았다. 저녁 식사가 끝나자마자 맥밀런, 오비, 클라라는 함께 뭍으로 향했다. 그들은 택시 승차장에 있는 진기한 승용차들을 지나 자갈길을 걸어갔다. 그저 차바퀴 위에 평평한 판자를 올려놓은 것에 불과한 짐마차를 끌고 가는 소 두 마리도 지나갔다. 짐마차에는 뭔가를 담은 자루와 함께 한 사람이 타고 있었다. 그들 세 사람은 자그마한 정원과 공원을 돌아다녔다.

"정원 도시예요!" 클라라가 말했다.

약 한 시간 후 다시 부둣가로 돌아온 그들은 빨간색과 초록색의 커다란 우산 아래에 앉아 커피와 와인을 주문했다. 한 남자가 와서 그들에게 우편엽서를 팔더니 자리에 앉아 마데이라 포도주에 대해 설명해 주었다. 알고 있는 영어 단어는 몇 개 안 되었지만 그 사람이 무슨 말을 하는지 알아듣지 못하는 사람은 한 명도 없었다.

"라 팔마 와인과 이탈리아 와인, 순전히 물이다. 마데이라 와인, 눈이 두 개였다 네 개였다 한다." 모두들 깔깔대고 웃었고 그 사람도 웃었다. 그런 다음 그 사람은 그들이 배로 돌아가기도 전에 광택이 사라질 걸 누구나 다 아는 겉만 번지르르한 싸구려 장식물을 맥밀런에게 팔았다.

"여자 친구가 좋아하지 않을 텐데요, 맥밀런 씨." 클라라가 말했다.

"우리 집에서 일하는 집사의 아내에게 줄 거예요." 맥밀런이 설명했다. 그런 다음 그는 덧붙여 말했다. "나는 맥밀런 씨라고 불리는 게 정말로 싫어요. 그 말을 들으면 내가 굉장히 늙은 것 같거든요."

"죄송해요." 그녀가 말했다. "존이었죠? 그리고 당신은 오비고. 난 클라라예요."

배가 11시에 출항할 것이라고 선장이 말했기 때문에 10시에 그들은 자리에서 일어났다. 맥밀런은 아직도 포르투갈 동전이 몇 개 남은 걸 알고는 와인 한 잔을 더 시켰고 오비와 나눠 마셨다. 그런 다음 클라라의 오른손은 맥밀런, 왼손은 오비가 붙잡고 배로 돌아갔다.

다른 승객들은 아직 돌아오지 않았고 배는 텅 빈 것 같았다. 그들은 난간에 기대어 푼샬에 대한 이야기를 나눴다. 그러다가 맥밀런은 집에다 보내야 하는 중요한 편지가 있다고 하면서 "아침에 봅시다."라고 인사했다.

"나도 편지를 써야 할 것 같아요." 클라라가 말했다.

"영국으로요?" 오비가 물었다.

"아니요, 나이지리아로요."

"그렇다면 급할 것 하나도 없어요." 오비가 말했다. "프리타운에 도착하기 전에는 나이지리아로 보내는 편지는 부치지도 못해요. 그렇다고들 말하던 걸요."

맥밀런이 선실 문을 쾅 하고 닫는 소리가 들렸다. 두 사람의 눈이 순간적으로 마주쳤고 아무 말 없이 오비는 그녀를 품에 안았다. 오비가 되풀이해서 키스를 퍼붓는 동안 그녀는 부들부들 떨고 있었다.

"이거 놓으세요." 그녀가 속삭였다.

"사랑합니다."

오비의 품 안에서 용해되기라도 한 양 클라라는 한동안 침묵했다.

"그렇지 않아요." 클라라가 갑자기 말했다. "우리는 단지 실없는 장난을 하고 있는 거예요. 아침이 되면 당신은 까맣게 잊을 거예요." 오비를 바라보던 클라라는 오비에게 격렬하게 키스했다. "아침이 되면 난 내 자신이 미워 어쩔 줄 모를 거예요. 당신은 날 사랑하지 않아요. 이거 놓으세요, 저기 누가 오 잖아요."

아프리카 서부에 자리한 프리타운 출신인 라이트 여사였다.

"벌써들 돌아오셨어요?" 라이트 여사가 물었다. "다른 사람들은 어디 있죠? 잠을 통 이룰 수가 없었어요." 소화 불량이라고 그녀는 말했다.

제4장

정해진 요일에 라고스 부두에 입항하는 우편선과는 달리 화물선은 언제 입항하는지 예측하기가 거의 불가능했다. 그리하여 발동기선인 '사사호'가 도착했을 때 애틀랜틱 터미널에 승객을 마중 나온 친구는 눈을 씻고 보아도 찾아보기 힘들었다. 우편선이 들어오는 날이면 아름답고 통풍이 잘 되는 대합실은 배가 도착하기를 기다리면서 시원한 맥주나 코카콜라를 마시거나 아니면 빵을 먹는 화사한 차림의 친구들이나 친척들로 가득하였다. 때로는 슬픈 얼굴로 아무 말 없이 기다리고 있는 작은 무리도 발견할 수 있었다. 그런 경우에는 아들이 영국에서 백인 여자와 결혼했다고 보면 틀림없을 것이다.

'사사호'를 기다리는 무리는 전혀 없었다. 그런 상황에 대해 스티븐 우돔 씨가 몹시 실망했다는 걸 너무나 명백하게 알 수 있었다. 라고스가 시야에 들어오자마자 그는 자신의 선실로 돌아갔다가 무척이나 더운 10월임에도 불구하고 삼십 분 후에 검은 정장에 중산모자를 쓰고 접은 우산을 들고 나타났다.

이곳에서의 세관 절차는 관리가 리버풀보다 다섯 배나 많았는데도 시간은 세 배나 더 오래 걸렸다. 사실 소년에 가깝다고 볼 수 있는 한 청년이 오비의 선실을 담당하였는데, 그는 오비에게 전축에 대한 관세가 5파운드라고 말했다.

"알았습니다."라고 오비는 말하면서 뒷주머니를 만졌다. "영수증을 써 주세요." 소년은 영수증을 쓰는 대신 오비를 잠시 바라보더니 말했다. "당신에게는 특별히 2파운드로 감해 줍니다."

"어떻게요?" 오비가 물었다.

"제가 알아 합니다. 그렇지만 정부 영수증 없습니다."

잠시 동안 오비의 말문이 막혔다. 그런 다음 그는 그저 "바보 같은 소리 말아요. 혹시 여기에 경찰이 있다면 당신을 그 사람에게 넘기겠소."라고 말했다. 소년은 두말도 하지 않고 그의 선실에서 도망쳤다. 한참 있다 보니 그 소년은 다른 승객들을 처리하고 있었다.

"그리운 나이지리아여." 다른 관리가 나타나기를 기다리면서 그는 혼잣말을 했다. 다른 승객들을 모두 다 처리한 다음 마침내 한 사람이 나타났다.

만일 오비가 우편선을 타고 귀국했더라면 우무오피아 진보 연맹(라고스 지부)은 항구에서 오비를 맞이하는 멋진 환영식을 베풀었을 것이다. 여하튼 그들은 모임에서 언론사 기자들과 사진사들을 초대해 놓고 성대한 환영회를 열기로 결정했다. 또한 나이지리아 방송사에도 초대장을 보내어 오비의 환영 연회도

다뤄 주고 또한 새로운 노래를 많이 연습한 우무오피아 여성 보컬 오케스트라의 공연도 녹음해 달라고 부탁했다.

환영 연회는 토요일 오후 4시에 연맹 회장이 두 개의 사무실을 소유하고 있는 몰로니가에서 열렸다.

사람들은 모두 다 나이지리아 전통 의상이나 유럽식 양복을 점잖게 차려입고 나타났다. 그런데 막상 이 연회의 주빈인 오비는 열기 때문에 와이셔츠 차림으로 나타났다. 이건 오비의 첫 번째 실수였다. 사람들은 영국에서 돌아온 청년이 강한 인상을 남겨 줄 모습으로 나타나기를 기대했다.

기도가 끝난 후 진보연맹의 비서관이 환영사를 낭독했다. 그는 자리에서 일어나 헛기침을 한 다음 커다란 종이 한 장을 펼치고 읽어 내려가기 시작했다.

"런던에서 학위를 받은 마이클 오비 오콩코에게 우무오피아 진보연맹의 임원들과 회원들이 황금양털을 찾아서 영국에 갔다가 돌아온 것을 기념하며 전하는 환영사.

오콩코 님, 위에서 언급한 진보연맹의 임원들과 회원들은 전례 없는 당신의 탁월한 학문적 성과에 대하여 겸허하게 감사하는 마음으로 사의를 표명하는 바입니다……."

비서관은 오비가 아주 오래된 우무오피아 마을에 가져다준 커다란 명예에 대해 이야기했다. 그리하여 이제는 우무오피아도 정치적인 민족 통일주의, 사회적 평등, 경제적 해방을 향하여 나아가는 다른 부족들의 대열에 합세할 수 있게 되었다고 했다.

"이러한 진보를 위한 행진에 우리의 자손이 선두에 서 있다는 것이 얼마나 중요한지는 두말할 필요가 없습니다. 우리 속담에 '우리의 것은 우리의 것이지만 나의 것은 나의 것이다.'라는 말이 있습니다. 모든 마을과 모든 부락들이 우리의 정치적인 발전에서 상당히 중대한 이런 시기에 '이것은 나의 것이다.'라고 말할 수 있는 것을 소유하기 위하여 투쟁하고 있습니다. 오늘 우리는 빛나는 업적을 몸소 이루고 돌아온 우리의 자손이자 오늘의 주빈으로 인해 매우 귀중한 자산을 갖게 된 것이 무척이나 기쁩니다."

그는 오비가 외국에 나가 공부할 수 있게 해 준 우무오피아 장학금의 계획안이 생겨나게 된 역사를 추적하면서 그것이 많은 이익 배당금을 산출해 내야 하는 투자라고 말했다. 그런 다음 그는 (물론 아주 간접적으로) 이 계획안의 수혜자가 앞으로 사 년에 걸쳐서 어떤 방식으로 그의 빚을 되갚을 것이고 그렇게 함으로써 "올림퍼스 산기슭에 있는 지식의 깊은 샘에서 영감을 마음껏 들이마실 수 있는 학생들의 물결이 끝없이 이어질 수 있도록" 기여할 것인지에 대해 언급했다.

두말할 필요도 없이 이 연설은 되풀이되는 환호 소리와 박수 소리로 여러 차례 중단되었다. 우리의 젊은 비서관이 어쩌면 저토록 빈틈없고 똑똑하냐고 모두들 한 마디씩 했다. 저 청년 역시 영국에 갈 만한 자격이 충분하다고 입에 침이 마르도록 칭찬했다. 그는 그들이 제대로 이해하지는 못한다 해도 감탄할 만한 영어로 연설문을 작성했다. 소문난 마른 고기처럼 입맛을 충족시키는 그런 연설이었다.

반면에 오비의 영어는 별 감동을 주지 못했다. '입니다'와 '이었습니다'를 사용하여 그는 교육의 가치에 대하여 말했다. "교육은 화이트칼라 직업이나 넉넉한 봉급을 위한 것이 아니라 봉사를 위한 것입니다. 우리의 위대한 나라가 바야흐로 독립 국가로 진입하는 과정에서 우리나라를 위해 제대로 충실하게 봉사할 준비가 되어 있는 사람들이 필요합니다."

오비가 자리에 앉자 청중은 의례적으로 박수를 쳤다. 이것이 오비의 두 번째 실수였다.

그런 다음 시원한 맥주, 청량음료, 야자주와 비스킷이 제공되었고 여자들이 백인들의 나라에 다녀온 오비 오콩코와 우무오피아에 대한 노래를 부르기 시작했다. 후렴에서는 표범의 힘이 그 갈고리 발톱에 있다는 말을 반복했다.

"그 사람들이 자네가 일할 직장을 아직 마련해 놓지 않았는가?" 회장이 음악 소리 너머로 오비에게 물었다. 나이지리아에서는 정부가 '그 사람들'이었다. 정부는 너 또는 나와는 아무런 상관도 없는 곳으로 아주 이질적인 기관이었고 사람들이 할 일은 말썽에 휘말리지 않고 그곳으로부터 가능한 한 많은 것을 얻어 내는 것이었다.

"아직은 없습니다. 월요일에 인터뷰를 하러 갈 예정이에요."

"물론 자네처럼 공부를 많이 한 사람들은 아무런 어려움이 없을 거야." 오비의 왼편에 앉아 있던 부회장이 말했다. "그렇지 않다면 사전에 몇몇 사람을 '만나 보라고' 권해 주었겠지만 말이야."

"아마 그럴 필요는 없을 겁니다." 회장이 말했다. "그들은 대부분 백인들일 테니까요."

"백인들은 뇌물을 먹지 않는다고 생각하세요? 우리 부서에와 보세요. 요즘에는 그들이 흑인들보다도 더 많이 받아요."

환영회가 끝난 후 조셉은 오비를 데리고 저녁 식사를 하기 위해 '팜 그로브'로 갔다. 그다지 크지 않은 그곳은 라고스 사람들이 좀 더 활기차게 즐기고 싶어 하는 토요일 밤에는 사람들의 발길이 그다지 많지 않은 깔끔한 장소였다. 라운지에는 소수의 사람들이 앉아 있었는데 유럽 사람 열 명 정도와 세 명의 아프리카 사람들이었다.

"여기 주인은 누구야?"

"아마 시리아 사람인 것 같아. 라고스에서는 그 나라 사람들이 모든 걸 소유하고 있지."라고 조셉이 대답했다.

두 사람은 한쪽 모퉁이로 가서 비어 있는 테이블에 앉았다. 그런데 바로 위 천장에 선풍기가 달려 있어서 다른 테이블로 자리를 옮겼다. 부드러운 불빛이 흘러나오는 커다란 전구를 둘러싸고 하루살이들이 미친 듯이 춤추고 있었다. 아마도 그놈들은 각 전구마다 언젠가 지금의 자신들처럼 신나게 춤췄던 다른 많은 사체들이 붙어 있다는 것을 모르는 것 같았다. 아니면 그런 사실을 알아챘다 해도 아랑곳하지 않는지도 몰랐다.

"여기요!" 조셉이 거드름을 피우며 종업원을 불렀다. 그러자 흰색 상의와 바지에 빨간 허리띠를 매고 빨간 터키모자를 쓴 종업원이 나타났다. "뭘 드시겠습니까?" 그가 오비에게 물었다. 종업원은 몸을 앞으로 구부리고 손님들의 시중을 들었다.

"정말로 난 더 이상 아무것도 마시고 싶지 않다니까."

"말도 안 되는 소리 하지 마. 아직도 시간이 창창하잖아. 시원한 맥주를 마셔."

조셉은 종업원에게로 몸을 돌리더니 말했다. "하이네켄 두 병이요."

"아니야. 한 병이면 충분해. 그것 가지고 나눠 마시자."

"하이네켄 두 병 주세요." 조셉이 반복해서 말했고 종업원은 판매대로 가더니 곧바로 맥주 두 병을 쟁반에 받쳐 들고 나타났다.

"여기에 나이지리아 음식도 있어?"

그 질문에 조셉은 깜짝 놀랐다. 품위 있는 식당 중에 나이지리아 음식을 파는 곳은 한 곳도 없었다. "나이지리아 음식이 먹고 싶어?"

"물론이지. 으깬 얌과 비터 나뭇잎 수프가 얼마나 먹고 싶었는지 몰라. 영국에서는 세몰리나 가루로 어떻게 견뎠지만 똑같지는 않잖아."

"내일 오후에 으깬 얌 요리를 만들어 달라고 우리 집 소년에게 부탁해야겠군."

"역시 넌 좋은 친구야!" 그 소리에 얼굴이 환해진 오비가 말했다. 그런 다음 옆 테이블에 앉아 있는 유럽 사람들이 들으라고 일부러 영어로 덧붙여 말했다. "삶은 감자는 이젠 정말 지겨워." '삶았다'라는 단어를 통하여 오비는 자신이 갖고 있는 모든 혐오감이 그 안에 투입되었기를 바랐다.

하얀 손이 오비가 앉아 있는 의자를 뒤에서 꽉 잡았다. 재빨리 뒤돌아보니 나이가 많은 여자 매니저가 흔들리는 발걸음을 지탱하기 위해 의자를 붙잡았던 것이다. 일흔 살은 훨씬 넘었고, 어쩌면 여든 살이 넘었을지도 모르는 노부인이 뒤뚱뒤뚱 걸어서 라운지를 가로질러 가더니 카운터 뒤로 들어갔다. 그런 다음 그녀는 부들부들 떨리는 우유 잔을 들고 다시 나타났다.

"누가 저 먼지떨이를 저기다 놓았지?" 그녀가 부들부들 떨리는 왼쪽 손가락으로 마룻바닥에 놓여 있는 노란색 천 조각을 가리키며 말했다.

"저 모르는 일인데요." 지목당한 종업원이 대답했다.

"어서 치워." 그녀가 목쉰 소리로 말했다. 명령하는 일에 온통 신경을 쏟은 나머지 그녀는 들고 나온 우유 잔은 새까맣게 잊었다. 불안정한 손아귀에서 우유 잔이 옆으로 기울어지더니 그녀가 입고 있는 산뜻한 꽃무늬 드레스로 쏟아졌다. 그녀는 모퉁이에 있는 좌석으로 가더니 빗속에 오래 서 있어서 녹슬어 버린 낡은 기계와도 같이 끙끙거리고 삐걱대면서 자리에 풀쩍 주저앉았다. 머리 바로 위에 앵무새장이 걸려 있는 것을 보니 그 자리는 그녀가 즐겨 앉는 자리임에 틀림없었다. 그녀가 자리에 앉자마자 앵무새가 새장에서 나와 튀어나온 막대기 위에 앉더니 꼬리를 내리고 똥을 쌌는데 연로한 부인을 살짝 비껴 떨어졌다. 오비는 바닥에 떨어진 새똥을 보기 위해 좌석에서 몸을 살짝 일으켰다. 그렇지만 새똥은 어디에도 없었다. 모든 게 아름답게 정리되어 있었다. 축축한 새똥으로 얼추 찬 쟁반이 노부인의 의자 옆에 있었다.

"이 집 주인은 시리아 사람이 아닌 것 같아."라고 오비가 말했다. "저 부인은 영국 사람이잖아."

그들은 여러 가지 구이 요리를 먹었고 그다지 나쁘지 않다고 오비도 인정했다. 그렇지만 식사 도중 내내 오비는 머릿속으로 자신이 영국을 떠나기 전에 부탁했는데 어째서 조셉은 그의 집에 자기를 숙박시켜 주지 않는지 의아해하고 있었다. 그렇게 하는 대신 우무오피아 진보연맹이 비용을 들여서 야바 외곽에 있는 나이지리아 사람이 운영하는 그다지 좋지 않은 호텔에 머무르도록 주선해 주었다.

"영국에서 내가 마지막으로 보낸 편지 받았어?"

조셉은 받았다고 했다. 그는 편지를 받자마자 진보연맹의 집행부와 의논했고 적절한 호텔에 숙박하게 해 주자는 의견에 합의했다. 마치 오비의 생각을 읽기라도 한 것처럼 조셉이 말했다. "자네도 알다시피 나는 방이 하나뿐이잖아."

"실없는 소리 하지 마!" 오비가 말했다. "난 내일 아침 이 불결한 호텔에서 나가 자네 집으로 들어갈 거야."

조셉은 깜짝 놀랐지만 다른 한편으로는 매우 흐뭇해했다. 그는 또다시 반대 의사를 표명하려 들었지만 본심은 그게 아닌 게 분명했다.

"다른 마을 사람들이 영국에서 돌아온 우무오피아의 아들이 오발렌드에 있는 방 하나를 나눠 썼다는 말을 들으면 뭐라고들 하겠어?"

"자기들 마음대로 떠들라고 해."

두 사람은 잠시 동안 아무 말 없이 식사를 했다. 마침내 오비가 입을 열었다. "우리나라 사람들은 아직도 갈 길이 멀어." 오비가 그 말을 하는 찰나에 조셉도 뭔가 말하려다 멈췄다.

"그래, 무슨 말을 하려 했는지 어서 말해 봐."

"난 운명을 믿는다고 말하려 했어."

"그래? 어째서?"

"우리 담임 선생님이시던 아넨 씨가 자네에게 영국에 가게 될 거라고 종종 말씀하셨던 것 기억날 거야. 당시 자네는 코흘리개 어린 꼬마였지만 매 학기가 끝날 때마다 항상 1등을 했지. 우리가 자네를 '사전'이라고 불렀던 것 기억해?"

조셉이 목청껏 소리 높여 말하는 바람에 오비는 무척 당황스러웠다.

"실은 아직도 콧물이 나와. 알레르기 때문이라더군."

"그리고 말이지." 조셉이 말했다. "자네가 히틀러한테 편지를 썼잖아."

오비는 좀처럼 보이지 않는 커다란 웃음소리를 냈다. "그땐 내가 뭔가에 씌었던 것 같아. 아직도 때때로 그때 생각을 하지. 나한테 히틀러는 어떤 존재였고 또 나는 히틀러에게 어떤 존재였을까? 히틀러가 안됐다고 생각했던 것 같아. 그리고 난 '전쟁 승리를 위한 노력'의 일환으로 날마다 야자 씨를 줍기 위해 숲으로 가는 게 정말 싫었어." 오비는 갑자기 진지해졌다. "그리고 잘 생각해 봐. 교장 선생님이 매일 아침마다 어린 학생들에게 야자 씨 하나를 주울 때마다 그걸로 히틀러의 관에 박을 못을 사는 거라고 말하는 게 얼마나 부도덕한 일인지 말이야."

그들은 식당에서 라운지로 다시 돌아왔다. 조셉은 맥주를 더 시킬 참이었지만 오비는 단호히 거절했다.

오비가 앉은 자리에서 자동차들이 브로드가(街)를 지나가는 게 보였다. 기다란 드소토 자동차가 정확하게 출입구에 서더니 잘생긴 청년이 라운지로 걸어 들어왔다. 사람들은 모두 다 그 사람을 보려고 몸을 돌렸고 각자 자기 옆에 있는 사람에게 낮은 목소리로 저 사람이 국무장관이라고 말해 주느라 쉬쉬하는 소리가 온 방에 가득했다.

"저 사람이 샘 오콜리 국무장관이야." 조셉이 속삭였다. 그렇지만 오비는 어둑어둑한 곳에 서 있는 드소토 자동차를 바라보다가 갑자기 벼락 맞은 사람처럼 기겁을 했다.

샘 오콜리 장관은 그의 선거구인 라고스와 동부 나이지리아에서 인기가 아주 많은 정치가였다. 언론사들은 그를 라고스에서 옷을 가장 잘 입는 신사이자 최고의 신랑감으로 지목했다. 분명히 서른 살은 넘었는데도 불구하고 그는 항상 학교를 갓 졸업한 소년 같았다. 키가 크고 탄탄한 체격의 장관은 모든 사람들에게 미소를 날려 보냈다. 그는 판매대를 향해 가로질러 가서는 처치맨 담배 한 통을 사고 돈을 지불했다. 그동안 내내 오비의 시선은 클라라가 타고 있는 드소토 자동차가 주차된 바깥쪽 길에 고정되어 있었다. 그녀의 모습을 단지 번개처럼 힐끗 보았을 뿐이었다. 어쩌면 그녀가 아닐 수도 있었다. 장관은 자동차로 돌아갔고, 그가 자동차 문을 열 때 또다시 희미한 자동차의 실내 불빛이 호화로운 쿠션을 감쌌다. 이제는 의심할 여지가 전혀 없었다. 클라라였다.

"왜 그래?"

"아무것도 아니야. 저 아가씨를 만난 적이 있거든, 그게 다야."

"영국에서?"

오비는 고개를 끄덕였다.

"그럼 그렇지! 아가씨들을 그냥 내버려 두었을 리가 없지!"

제5장

　고령의 아프리카계 고위 공직자를 대학 출신의 젊은이들로
대체하기 전에는 나이지리아의 공공 서비스가 계속해서 부패
한 상태로 남을 것이라는 이론을 오비가 처음으로 공식화한
것은 런던에 있는 나이지리아 학생 연맹에서 발표한 글에서였
다. 그렇지만 런던 유학생들이 만들어 낸 대부분의 이론들과
는 달리 귀국이라는 첫 번째 충격 이후에도 이 이론은 오비에
의해 계속해서 고수되었다. 사실상 오비는 귀국 후 한 달도 채
지나지 않아서 고령의 아프리카계 고위 공직자의 전형을 두 번
이나 목격했다.
　첫 번째 사람은 직장 때문에 만나게 된 공무원 인사 관리처
직원이었다. 오비로서는 다행스럽게도, 이 사람 때문에 흥분하
기 전에 이미 위원회에 우호적인 인상을 남겨 둔 터였다.
　위원장은 몸이 뚱뚱하고 명랑한 영국인이었는데 공교롭게도
현대 시와 현대 소설에 대한 관심이 아주 많았으며 그것들에

대해 이야기하는 것을 즐기는 사람이었다. 한 명의 유럽인과 세 명의 아프리카 사람으로 구성된 나머지 위원들은 그런 방면에 대해서는 문외한이었기 때문에 나름대로 감동했다. 아니 아주 엄격하게 말하자면 아마도 세 사람만 감동을 받았을 것이다. 왜냐하면 네 번째 사람은 인터뷰 내내 잠들어 있었기 때문이다. (나이지리아의 단합을 위하여 이 지역 이름을 밝히지 않을 터이지만) 만일 이 신사분이 나이지리아의 세 지역 중 한 지역의 유일한 대표가 아니었더라면 표면적으로는 이런 사실이 전혀 중요하지 않은 문제로 보일지도 모른다.

위원장이 오비와 나눈 대화는 그레이엄 그린으로부터 아모스 투투올라에 이르기까지 다양했고 삼십 분인 인터뷰 시간의 대부분을 잡아먹었다. 나중에 오비는 자신이 터무니없는 소리를 많이 지껄였다고 했지만 그건 박학하고 인상적인 종류의 허튼소리들이었다. 자기 입에서 말이 술술 흘러나오는 걸 보고 심지어 오비 자신도 깜짝 놀랐다.

"자네는 그레이엄 그린을 상당히 좋아한다고 말하는데『사건의 핵심』에 대해서는 어떻게 생각하나?"

"서부 아프리카에 대해 유럽인이 쓴 소설 중 유일하게 분별 있는 소설이고 제가 읽은 소설 중에서 최고라고 말할 수 있습니다." 오비는 잠시 말을 멈추었다가 뒤늦게 생각났다는 듯이 덧붙였다. "다만 마지막을 해피 엔드로 처리하는 바람에 실패작이 될 뻔했죠."

위원장이 의자에서 똑바로 고쳐 앉았다.

"해피 엔드라고? 자네가 지금 생각하는 작품이『사건의 핵심』이 분명한가? 유럽인 경찰관이 자살하잖은가?"

"어쩌면 해피 엔드라고 하는 게 약간 비약일지 모르지만 다르게 표현할 길이 전혀 없네요. 경찰관은 하나님에 대한 사랑과 여인에 대한 사랑 사이에서 갈팡질팡하다가 자살을 감행합니다. 지나칠 정도로 단순화되었어요. 비극은 결코 그런 것이 아닌데요. 우리 마을에 기독교로 개종하신 노인이 한 분 계셨는데요, 그분에게 재난이 닥치고 또 닥쳤습니다. 그분은 인생이란 영원무궁토록 한 번에 조금씩 훌짝이는 쓰디쓴 쑥국 한 사발과 같다고 말씀하셨어요. 그분이야말로 비극의 본질을 이해하신 겁니다."

"자네는 자살이 비극을 망친 거라고 생각하는군." 위원장이 말했다.

"그렇습니다. 진정한 비극은 결코 문제가 해결되는 법이 없지요. 영원히 절망적인 상황이 계속되지요. 전통적인 비극은 너무나 쉬워요. 영웅은 죽고 우리는 감정의 정화를 느끼게 됩니다. 진정한 비극은 W. H. 오든의 말을 인용하면 깨끗하지 못한 모퉁이 같은 곳에서 발생하기 때문에 다른 사람들은 알아채지 못합니다. 소설 『한 줌의 먼지』에서 토드 씨에게 디킨스를 읽어 주는 남자처럼 말입니다. 그에게 해방은 결코 없어요. 소설은 끝나는데 그는 여전히 책을 읽고 있습니다. 우리는 그 자리에 없기 때문에 우리에게 감정의 정화는 결코 일어나지 않습니다."

"그것 참 흥미로운 이야기로군." 위원장이 말했다. 그런 다음 그는 탁자를 빙 둘러보며 다른 위원들에게 혹시 오콩코 씨에게 질문할 게 있느냐고 물었다. 잠을 자고 있는 사람을 제외하고 모두 없다고 대답했다.

"자네는 어째서 공무원이 되려고 하는 거지? 뇌물을 받을 수 있기 때문인가?" 위원장이 물었다.

오비는 멈칫거렸다. 제일 처음 마음속에서 일어난 충동을 따른다면 그건 천치 같은 질문이라고 말하고 싶었다. 그렇지만 오비는 그 대신 이렇게 말했다. "그런 질문에 대해 제가 어떤 대답을 하리라고 기대하시는지 모르겠습니다. 제가 공무원이 되고 싶은 이유가 혹시라도 뇌물을 받기 위한 것이라 할지라도 위원장님께서는 제가 이 위원회 앞에서 그걸 시인할 걸로 기대하시지는 않으실 겁니다. 그러므로 이 질문은 그다지 유익한 질문은 아닌 것 같습니다."

"어떤 질문이 유익한지 결정하는 사람은 자네가 아닐세, 오콩코 씨." 성공하진 못했지만 여하튼 엄숙하게 보이려고 애쓰면서 위원장이 말했다. "좌우간 머지않아 우리한테서 자네에게 소식이 갈 걸세. 수고했네, 잘 가시게."

인터뷰했던 얘기를 들은 조셉은 별로 기뻐하지 않았다. 그의 견해로는 직장을 구하는 사람은 결코 화를 내서는 안 된다는 것이었다.

"쓸데없는 소리!" 오비가 말했다. "바로 그런 게 식민지 사고 방식인 거야."

"네 맘대로 생각해." 조셉이 이보어로 말했다. "자네가 나보다 가방끈은 길지만 내가 나이도 더 많고 세상 물정도 더 많이 안단 말이야. 모름지기 사람은 자신의 치*와 레슬링 시합을 하지 않는다는 걸 잘 알아 둬."

---

* 개인의 신.

조셉의 집에서 심부름을 하는 마크가 쌀밥과 스튜를 들여왔고 그들은 곧바로 먹기 시작했다. 그런 다음 마크는 코끝에 검댕을 묻힌 채 길 건너편에 있는 가게로 가더니 얼음같이 찬 물병 둘을 한 병에 1페니씩 주고 사 들고 돌아왔다. 입김을 불어 가며 불을 지피느라 마크의 두 눈은 약간 빨갰고 물기가 있었다.

"지난 사 년 동안 자네가 많이 변했다는 걸 알고 있어?" 한동안 아무 말 없이 음식을 먹던 오비가 말했다. "과거에 자네 관심사는 딱 두 가지였잖아, 정치와 여자."

조셉이 미소 지었다. "뱃속이 텅 비어 있는데 정치가 무슨 말이야."

"그건 그래." 오비가 명랑하게 말했다. "여자는 어때? 내가 여기 이틀 있었는데 아직 한 명도 보지 못했는걸."

"곧 결혼할 예정이라고 내가 말하지 않았나?"

"그게 무슨 상관이야?"

"신부 값으로 130파운드를 지불한 데다가 단지 이류급 사무원에 불과하다면 더 이상 다른 여인들에게 할애할 돈이 남아 있지 않다는 걸 알게 될 걸세."

"신부 값으로 130파운드를 지불했단 말이야? 신부 값에 대한 법은 어찌 된 거야?"

"값이나 올려놓았지, 뭐. 그게 다야."

"세 명의 누이를 너무 일찍 결혼시킨 게 정말로 애석한 일이로군. 우리도 누이들 덕분에 돈 좀 벌 수 있었는데 말이지. 다른 누이들 시집보낼 때 보상을 받아야겠군."

"결코 웃을 일이 아니야." 조셉이 말했다. "자네가 결혼하고 싶을 때까지 기다려 봐. 그 사람들은 자네가 고위직에 있는 걸 알고 어쩌면 500파운드를 내놓으라고 할지도 몰라."

"내가 어디 고위직에 있다고 그래. 내가 그 바보한테 내 생각을 곧이곧대로 말했기 때문에 그 직장을 못 얻을 거라고 자네가 방금 말해 놓고는 무슨 그런 말을 해. 여하튼 고위직이건 아니건 간에 난 부인을 얻는 데 500파운드는 내놓지 못해. 단 100파운드, 아니 심지어 50파운드도 지불하지 않을 거야."

"설마 진심은 아니겠지?" 조셉이 대답했다. "가톨릭 신부가 되려는 계획이 있다면 또 모르겠지만."

인터뷰 결과를 기다리는 동안 오비는 동부 지역에서 멀리 800킬로미터나 떨어져 있는 고향 마을 우무오피아를 짧게 방문했다. 여행 자체는 별로 신나지 않았다. 그는 '절대로 항소 못하는 하나님의 사건'이라 불리는 소형 트럭에 탑승하여 일등석에 앉아서 갔다. 일등석이라 해 봤자 앞좌석에 운전사와 아기가 딸린 젊은 여자와 함께 앉아서 갔다는 말이다. 뒷자리는 정기적으로 라고스와 니제르 강둑에 있는 유명한 오니차 시장을 오가는 상인들이 차지했다. 트럭에 너무나 많은 짐을 실었

으므로 상인들이 다리를 늘어뜨릴 공간도 전혀 없었다. 그들은 구운 닭고기처럼 두 발의 높이를 엉덩이와 똑같이 하고 무릎을 끌어당겨 턱에 바짝 붙이고 앉았다. 그렇지만 그들은 전혀 개의치 않는 것 같았다. 그들은 대부분 어머니 대신 간호사나 교사가 된 젊은 여자들을 겨냥하여 음탕한 가사로 쓰인 흥겨운 노래들을 부르며 즐거운 시간을 보냈다.

트럭 운전사는 아주 조용한 사람이었다. 그는 콜라 열매를 먹거나 아니면 담배를 피웠다. 늦은 오후에 시작하여 밤새도록 달린 다음 이른 아침에 끝나는 여행길이었으므로 콜라는 밤에 잠을 자지 않고 깨어 있기 위한 것이었다. 때때로 그는 오비에게 성냥에 불을 붙여서 담뱃불을 붙여 달라고 부탁했다. 사실 오비가 먼저 그렇게 해 주겠다고 제의했다. 운전사가 성냥을 찾아 더듬거리면서 그의 팔꿈치로 운전대를 조종하는 걸 보고 오비는 깜짝 놀랐던 것이다.

이바단을 지나 64킬로미터 정도 갔을 때 갑자기 운전사가 말했다. "저런 빌어먹을 경찰 놈들!" 30미터 정도 떨어진 길가에서 두 명의 경찰관이 트럭을 향해 정지하라는 신호를 보내고 있었다.

"면허증을 보여 주시죠." 한 경찰관이 운전사에게 말했다. 이때야 비로소 오비는 그들이 깔고 앉은 좌석이 돈과 귀중한 서류를 넣어 두는 금고 역할도 한다는 걸 알게 되었다. 운전사는 승객들에게 일어나라고 했다. 그는 상자의 자물통을 열고 한 묶음의 서류를 꺼냈다. 경찰관은 그것들을 꼼꼼히 살펴보았다. "도로 사용 허가증은 어디 있죠?" 운전사는 그의 도로 사용 허가증을 보여 주었다.

그러는 동안 보조 운전사가 다른 경찰관에게 접근하고 있었다. 하지만 그가 뭔가를 경찰에게 넘겨주려는 찰나에 오비가 그들이 있는 방향을 쳐다보았다. 경찰은 위험을 무릅쓸 준비가 되어 있지 않았다. 어쩌면 오비가 범죄 수사대에 근무하는 사람일지도 모르기 때문이었다. 그리하여 경찰관은 도덕적으로 상당히 분개하며 보조 운전사를 쫓아버렸다. "당신 여기서 뭐하자는 겁니까? 저리 가세요!" 그러는 사이에 다른 경찰관이 운전사의 서류에서 결점을 찾아냈고 그의 면허증에서 세부 사항을 적어 내려갔다. 운전사의 항변과 애원은 아무런 쓸모가 없었다. 마침내 운전사는 차를 몰았다. 아니 몰고 가는 척했다. 약 500미터 정도 앞으로 가더니 자동차를 세웠다.

"경찰한테 2실링 주려고 하는데 어째서 당신 그 사람 얼굴 쳐다본 거요?" 운전사가 오비에게 물었다.

"경찰이 당신한테서 2실링을 받을 권리가 전혀 없잖소." 오비가 답변했다.

"그건 그 사람 마음이지. 그러니 당신같이 공부깨나 했다는 사람들 난 태우고 싶지 않아." 운전사가 툴툴거렸다. "당신 같은 사람들 너무 많이 알아서 병이야. 당신하고 아무 상관 없는 일에 뭣 때문에 참견이냐고? 그러니까 이제 경찰은 나한테 10실링 물려."

얼마 지나지 않아서 어째서 자동차가 멈춰 섰는지 오비는 알게 되었다. 거북스럽게 쳐다보는 사람들이 하나도 없으면 경찰관들이 좀 더 유순하게 군다는 걸 잘 아는 보조 운전사가 다시 경찰한테로 달려갔던 것이다. 하도 많이 달린 탓에 숨을 헐떡거리며 보조 운전사가 곧바로 돌아왔다.

"얼마 달래?" 운전사가 물었다.

"10실링이요." 보조가 헐떡이며 말했다.

"거 봐요." 운전사가 오비에게 말했다. 벌써부터 오비의 마음속에서는 미안한 감정이 솟아나고 있었다. 특히나 뒤에 앉은 상인들도 무슨 일이 벌어지고 있는지 모두들 알게 되자 공격 대상을 직업여성에서 '잘난 척하는' 젊은이들로 바꾸었다. 나머지 여행길에서 운전사는 오비에게 단 한마디도 건네지 않았다.

'정말로 썩을 대로 썩었군!' 오비는 혼자 투덜거렸다. '어디부터 시작해야 하나? 일반 대중들로부터? 대중을 교육시켜서?' 오비는 고개를 절레절레 흔들었다. '그건 천만의 말씀이지. 수백 년은 걸릴 거야. 고위직에 있는 소수의 사람들은 어떨까. 아니면 비전을 가진 한 사람만 있어도 될지 몰라. 현명한 독재자라면 말이지. 요사이 사람들은 독재자라는 단어를 무서워하잖아. 하지만 어떤 민주주의가 이토록 많은 부패와 무지와 함께 공존할 수 있겠어? 어쩌면 중간 지점으로 일종의 타협의 형태를 취할 수 있지 않을까?' 머릿속 생각이 이 지점에 도달했을 때 오비는 영국도 바로 얼마 전까지 상당히 부패한 나라였음을 상기했다. 사실 오비는 더 이상 골치 아픈 생각을 할 기분이 아니었다. 좀 더 유쾌한 풍경 속을 헤매고 돌아다니고 싶어 그의 마음이 조바심쳤다.

오비의 왼쪽에 앉아 있는 젊은 여인은 아기를 가슴에 꼭 껴안고 잠들어 있었다. 그녀가 가는 곳은 베닌이었다. 그녀에 대해 아는 건 그게 전부였다. 그녀는 영어를 거의 한마디도 하지 못했고 오비는 비니어를 알지 못했다. 두 눈을 감고 오비는 이 여인이 클라라라고 상상해 보았다. 두 사람의 무릎이 맞닿아 있었다. 하지만 아무래도 그녀를 클라라라고 상상하기는 불가능했다.

어째서 클라라는 오비가 아직은 부모님께 자신에 대해서 아무 말도 하면 안 된다고 고집하는 것일까? 아직도 오비와 결혼할 마음이 확정되지 않았다는 뜻인가? 그럴 가능성은 아주 희박해 보였다. 정식으로 약혼하기를 오비만큼이나 바라지 않았던가. 단지 클라라는 오비가 직장을 구할 때까지는 반지를 사는 데 비용을 들여서는 안 된다고 말했을 뿐이다. 혹시 자기가 먼저 자기 부모님께 말하고 싶은 걸까? 하지만 혹시 그렇다 치더라도 그토록 비밀스럽게 구는 건 또 뭐람. 어째서 간단하게 자기 부모님께 먼저 상의드릴 거라고 말하지 않는 걸까. 아니면 클라라는 오비가 생각했던 것만큼 솔직하지 못하고, 오비를 자신에게 좀 더 강하게 묶어 두기 위해 이런 긴장감을 이용하는 것인가? 오비는 여러 가능성을 하나씩 검토해 보았지만 모두 다 타당성이 없어 보였다.

밤이 깊어 가면서 세차게 밀려드는 공기가 처음에는 서늘하고 신선했지만 나중에는 으슬으슬했다. 운전사는 깔고 앉아 있던 헝겊 조각들 중에서 갈색 천으로 만든 더러운 모자를 끄집어내더니 머리에 뒤집어썼다. 젊은 베닌 여자는 머리에 감았던 천을 귀까지 싸서 다시 묶었다. 오비에게는 영국에 간 첫 해에 구입한 낡은 스포츠 재킷이 있었다. 지금까지는 나무로 된 등받이를 부드럽게 하려고 등에 대고 있었지만 이제는 등과 어깨에 걸쳤다. 하지만 지금은 그의 신체 부위 중에서 발과 다리만이 유일하게 편안한 부분이었다. 조금 전까지만 해도 다소 불편했던 엔진의 열기가 이제는 냉랭한 공기로 인해 부드럽게 바뀌어 발과 다리를 감싸 주었다.

오비는 졸리기 시작했고 그의 생각은 점점 더 육욕적인 것으로 흘러갔다. 혼자 있을 때조차 큰 소리로 말하지 못하고 마음속 깊이 숨겨 두었던 말들을 머릿속에서 되새겼다. 이상하게도 그런 말들이 모두 다 모국어였다. 오비는 아무리 상스러운 말이라 하더라도 모든 영어 단어들은 입으로 내뱉을 수 있었지만, 어떤 단어들은 그저 이보어로는 입에서 나오지가 않았다. 이런 자기 검열은 의심할 여지없이 어린 시절의 교육 때문이었다. 영어 단어들은 나중에 습득했기 때문에 이런 여과 장치를 그냥 통과했던 것이다.

운전사가 갑자기 자동차를 길가에 세우더니 두 눈을 비비면서 자신이 한두 차례 잠에 취해 운전했다고 말할 때까지 오비는 계속해서 반쯤 조는 상태였다. 사람들은 모두 다 당연히 운전사를 걱정하며 도움을 주려고 애를 썼다.

"당신 콜라 열매 하나 없소?" 뒤에서 상인 한 사람이 물었다.

"오후 내내 나 먹던 게 뭐겠소?" 운전사가 물었다. "이렇게 졸음이 몰려오다니 도저히 이해 안 돼. 지난 밤 제대로 잠 못 잔 건 사실이지만 이번이 처음 아닌데 왜 이러지." 잠은 상당히 터무니없는 현상이라는 점에 모두들 동의했다.

이런 주제로 잠시 동안 이런저런 대화를 나눈 후에 운전사는 나름대로 최선을 다해 보겠다는 약속과 결심을 하고서 또다시 나아가던 길을 계속해서 나아갔다. 오비는 운전사가 자동차를 세우면서부터 잠이 두 눈에서 싹 달아났다. 마치 태양이 떠올라 마음에 자리하고 있던 이슬을 몽땅 거두어 간 것처럼 그의 마음은 곧바로 맑아졌다.

트럭 뒤에 앉아 있는 상인들은 또다시 노래를 부르기 시작했고 이번에는 음란한 표현은 전혀 없었다. 오비도 후렴을 알고 있었기에 영어로 바꾸어 보려고 했다. 그리고 난생처음으로 오비는 그것의 진짜 의미를 깨닫게 되었다.

한 사돈이 그의 사돈을 만나러 갔다네
오이에무 ── 오
그의 사돈이 그를 붙잡아 죽였다네
오이에무 ── 오
카누를 가져오게, 노를 가져오게
오이에무 ── 오
노가 영어로 말하네
오이에무 ── 오.

얼핏 보기에 이 노래에는 논리나 의미가 전혀 없었다. 그렇지만 마음속으로 이 노래를 이리 생각해 보고 저리 생각해 보던 오비는 심지어 이런 평범한 노래 속에도 풍성한 의미가 들어 있는 걸 알고서 무척 놀랐다. 우선 어떤 사람이 자기 사돈을 붙잡아 죽였다는 말은 듣도 보도 못한 일이었다. 이보 사람들의 생각에 이런 일은 배신의 극치였다. 마을의 원로들이 한 사람의 사돈은 그의 개인적인 신인 치라고들 하지 않았던가? 이런 행위를 배경으로 또 다른 엄청난 배신 행위가 제시되었다. 갑자기 노가 주인인 어부도 모르는 언어로 말하기 시작한 것이다. 그렇다면 간단히 말해서 이 노래가 지고 있는 무거운 짐은 '뒤집어진 세상'이 아니겠는가? 자신의 해설에 대해 흡족

한 마음이 들자 오비는 머릿속에서 이런 해석을 해 볼 수 있는 다른 노래들도 찾아보기 시작했다. 그렇지만 이제 상인들이 부르는 노래가 너무나 시끄럽고 상스러웠으므로 오비는 자기 생각에 집중할 수가 없었다.

요즘엔 영국에 가는 것이 마을 냇가에 가는 것만큼이나 흔해 빠진 일이 되었다. 하지만 오 년 전에는 달랐다. 오비의 귀향은 거의 축제나 다름없었다. 오니차에는 약 80킬로미터 떨어져 있는 우무오피아까지 오비를 품위 있게 태우고 갈 '승용차'가 대기하고 있었다. 그렇지만 그들이 출발하기 전에 오비가 거대한 오니차 시장을 잠시나마 둘러볼 시간은 있었다.

제일 먼저 오비의 눈길을 끈 것은 확성기로 현지 음악을 쩌렁쩌렁 울려 대고 있는 덮개 없는 지프였다. 자동차 주위로 몰려든 무리 속의 많은 사람들처럼 자동차 안의 두 남자도 음악에 맞추어 몸을 흔들고 있었다. 음악이 갑자기 멈추었을 때 오비는 도대체 무슨 일이 일어난 걸까 무척이나 궁금했다. 자동차 안에 있던 한 남자가 모든 사람들이 볼 수 있게 병을 하나 치켜들었다. 병 속에 '장수를 위한 건강식'이 들어 있다고 말하더니 그 남자는 무리를 향해 그 약에 대하여 떠들어 대기 시작했다. 아니 그보다는 그 놀라운 효능을 모두 다 설명해 준다는 건 불가능한 일이기 때문에 몇 가지만 말해 주었다. 다른 남자는 전단지를 한 묶음 꺼내더니 사람들에게 나누어 주었다. 대부분의 사람들은 글을 모르는 것 같았다. "이 종이에 '장수를 위한 건강식'에 대한 설명이 적혀 있다."라고 그는 말했다. 만일 종이에 그것의 효능에 대해 뭔가를 적어 놓았다면 분명 그건 사실임에 틀림없다는 게 너무나도 명확했다. 오비는 전단지 한 장을 받아서 거기 적힌 질병 리스트를 읽어 보았다. 맨 앞에 써 놓은 세 가지는 '류머티즘, 황열병, 개한테 물렸을 때'였다.

길 건너편 부둣가 가까이에는 여인들이 한 줄로 죽 앉아서 흰색 에나멜을 칠한 커다란 주발에 담아 놓은 카사바 가루를 팔고 있었다. 거지가 한 명 나타났다. 많은 사람들이 이름을 부르는 걸 보니 그는 이미 잘 알려진 사람임에 틀림없었다. 아마도 그는 약간 미친 것 같았다. 그의 이름은 '원 웨이'*였다. 그는 에나멜 그릇을 들고서 여자들 앞을 순회하기 시작했다. 여인들은 텅 비어 있는 담뱃재떨이로 리듬을 맞추었고 '원 웨이'는 줄을 따라가며 춤을 추면서 그릇에 여인들이 한 사람씩 건네주는 한 줌의 카사바 가루를 받고 있었다. 줄의 끝에 다다르자 그의 그릇에는 두 번은 충분히 해 먹을 수 있을 정도의 카사바 가루가 담겨 있었다.

음악대는 우무오피아에서 오니차로 이어지는 도로 3킬로미터 앞에까지 나와 오비가 도착하기를 기다리고 있었다. 우무오피아 기독교 재단 학교의 취주 악단은 제외한다 해도 적어도 서로 다른 그룹이 다섯 개는 되는 것 같았다. 마치 온 마을이 잔치를 벌이는 것 같았다. 길에 나와 기다리지 않는 사람들, 특히 나이 지긋한 어른들은 이미 다수가 오콩코 씨 집에 도착해 있었다.

---

* 일방통행.

유일한 문제점은 비가 올 것 같다는 것이었다. 사실 많은 사람들이 기독교로 인해 이삭 오콩코가 분별력을 잃게 되었다는 사실을 보여 주기 위해서라도 비가 심하게 내리기를 조금씩은 바랐다. 이런 경사가 있는 날에는 우무오피아의 최고 기우사에게 야자 술과 수탉과 얼마간의 돈을 가져다주어야 한다는 사실을 이삭만 유일하게 알지 못하는 것 같았다.

"그 사람이 우리가 아는 유일한 기독교도는 아니잖아." 하고 한 사람이 말했다. "하지만 그건 우리가 마시는 야자 술과 같은 거야. 어떤 사람은 그걸 마셔도 계속 총명할 수 있지만 다른 사람들은 제정신을 잃고 말잖아."

"그래 맞아, 정말로 맞는 말이고말고." 또 다른 사람이 말했다. "새로운 속담이 멍청한 사람들의 나라에 들어오면 온통 거기에 열중하게 되지."

바로 그 순간에 이삭 오콩코는 그를 축하해 주기 위해 온 나이 많은 노인들 중 한 사람과 기우 문제를 놓고 논쟁을 벌이고 있었다.

"설마 자네는 지금 어떤 사람들이 적들을 향해 벼락을 내려보낼 수 없다는 말을 나한테 하려는 건 아니겠지?" 하고 그 노인이 물었다.

오콩코 씨는 그런 걸 믿는다는 건 어리석음을 되새김질하는 거라고 노인에게 말했다. 그런 행동은 요리용 냄비에 머리를 집어넣는 것처럼 아주 바보 같은 짓이었다.

"악마가 우리가 사는 이 세상에 와서 성취한 일은 참으로 엄청나지요." 오콩코가 말했다. "악마 혼자서 그런 끔찍한 생각을 사람들의 뱃속 깊이 처넣을 수 있으니까 말이죠."

노인은 참을성 있게 오콩코의 말이 끝나기를 기다렸다가 말했다.

"자네는 우무오피아의 풍습에 대해 무지한 이방인이 아닐세. 조상님들이 예전부터 벼락이 내려쳐 우무오피아의 자녀를 죽일 수 없다고 하던 말을 자네도 익히 들어 알고 있지 않은가. 요즘이건 아니면 옛날이건 그렇게 죽은 사람에 대해 들어본 적이 있는가?"

오콩코는 그런 사람을 한 명도 알지 못한다고 인정해야 했다. "하지만 그건 신이 하는 일입니다." 그가 말했다.

"그 일은 우리 조상님들이 하시는 거야." 노인이 말했다. "그분들은 벼락으로부터 자신들을 보호하기 위해 효능이 많은 처방을 만드셨단 말일세. 그분들만이 아니라 대대로 후손들 모두를 보호해 주고 있지."

"정말로 맞는 말씀입니다." 또 다른 사람이 말했다. "그런 사실을 부정하는 사람은 누구라도 쓸데없는 짓을 하는 거죠. 그런 사람은 작년에 벼락을 맞은 은워케케에게 가서 물어보라고 하세요. 피부가 모두 뱀 껍질처럼 벗겨졌지만 죽지는 않았잖아요."

"도대체 어쩌다가 벼락에 맞았는데요?" 오콩코가 물었다. "조상님이 정말로 보호해 주신다면 애당초 벼락에 맞지 말았어야 하는 것 아닌가요?"

"그건 그 사람과 그의 치 사이의 문제지. 하지만 그 사람은 집에서가 아니라 음바이노에 갔다가 벼락을 맞았다는 사실을 알아야 해. 아마도 벼락이 처음에는 그가 음바이노에 있는 걸 보고서 음바이노 사람이라고 생각했나 보지."

영국에서 사 년을 지내는 동안 오비의 마음은 우무오피아로 돌아가고 싶다는 열망으로 가득했다. 어떤 때에는 이런 감정이 어찌나 강렬하게 몰려오던지 학위를 받겠다고 영문학을 공부하는 자신이 수치스러워 견딜 수가 없었다. 이보어를 전혀 사용할 필요가 없는 경우라 해도 오비는 이보어를 사용했다. 런던 버스에서 이보어를 사용하는 학생을 만나기라도 하면 그보다 더 큰 기쁨은 없었다. 하지만 나이지리아의 다른 종족 출신의 학생과 영어로 말해야만 할 때에는 오비는 목소리를 낮추었다. 자기 동포와 외국어로 말해야 한다는 사실이 굴욕스러웠다. 특히나 그 언어를 자랑스럽게 여기는 주인들의 면전에서 그래야만 할 때에는 더욱더 그러했다. 아마도 그들은 자신들을 언어가 없는 민족이라고 추정할 것이다. 오비는 그 사람들이 지금 이 자리에 와서 보기를 소원했다. 그들이 지금 우무오피아로 와서 훌륭한 대화술을 만들어 낸 사람들이 나누는 대화를 들을 수 있다면 얼마나 좋을까. 그들이 여기로 와서 다른 나라 사람들에게 살아가는 방식을 가르친다고 큰소리치는 사람들의 지배하에서도 여전히 삶의 즐거움이 파괴되지 않은 채 진정한 삶의 모습을 보여 주고 있는 남녀노소를 직접 볼 수 있으면 좋으련만.

오비의 환영식에는 수백 명의 사람들이 모였다. 우선 우무오피아의 기독교 재단 센트럴 학교의 전 직원과 학생들이 참석했고 그 학교 취주 악대의 「오래된 칼라바르 강」 연주가 방금 끝났다. 그들은 또한 오래된 복음 송가도 연주했는데, 이 곡들은 오비가 학교 다니던 시절, 특히 영연방 경축일에 개신교 학생들과 가톨릭 학생들이 운동 경기를 할 때 개신교 학생들이 반

가톨릭적인 말을 집어넣어 불렀던 곡들이었다.

오타 실리 오수쿠으 온옌쿠지 파다
에 미시시 야 올리 아우오-오.

이것을 영어로 번역하면 다음과 같다.

야자수 열매를 먹는 로마 가톨릭 교사여,
그의 아내는 아귀같이 두꺼비를 먹어 치우네.

먼저 400번의 악수와 수백 번의 포옹이 끝난 후 오비는 커다란 거실에서 아버지 쪽으로 연로하신 친척분들과 함께 잠시 동안 앉아 있을 수 있었다. 사람들이 모두 앉기에는 의자가 충분치 않아서 많은 사람들이 마룻바닥에 염소 가죽을 펼치고 그 위에 앉았다. 의자에 앉은 사람들조차 먼저 의자에다 염소 가죽을 펼쳤기 때문에 의자에 앉건 마룻바닥에 앉건 별 차이는 없었다.

"백인의 나라는 정녕 멀고도 멀 거야." 한 사람이 말했다. 사람들은 누구나 그곳이 아주 멀다는 건 알았지만 젊은 친척의 입에서 나오는 말로 다시 한번 확인하고 싶었던 것이다.

"그건 말로 표현하기가 정말로 힘든데요." 오비가 말했다. "그곳에 도달하기까지 백인의 배를 타고 십육 일이 걸렸어요. 장날이 네 차례 돌아오는 시간이 걸린 거지요."

"어휴, 세상에." 한 사람이 나머지 사람들에게 말했다. "장날이 네 번 돌아온다네. 게다가 카누도 아니고 풀 위를 미끄러지

듯 달려가는 뱀과도 같이 물 위로 쏜살같이 달리는 백인의 배를 타고서 말이지."

"때로는 이번 장날에서 다음번 장날이 돌아오기까지 그 여러 날 동안 눈앞에 육지가 전혀 보이지 않을 때도 있어요." 오비가 말했다. "앞에도 뒤에도 오른쪽에도 왼쪽에도 육지가 전혀 보이지 않고 단지 물만 있답니다."

"저런 세상에." 앞서 말한 사람이 또다시 다른 사람들에게 말했다. "다음번 장날이 돌아오기까지 육지가 하나도 보이지 않는다네. 우리가 예전에 들었던 이야기에서 보면 일곱 개의 강과 일곱 개의 숲과 일곱 개의 언덕을 넘어야지 신령한 땅에 도달한다고 했잖아. 의심할 여지없이 자네는 신령한 땅에 다녀왔구먼."

"참말로 자네가 다녀왔군, 우리 아가." 또 다른 연로하신 어른이 오비에게 말했다. "아직(Azik)." 오비의 아버지 이삭을 부르는 소리였다. "이 아이의 무사한 귀향을 축하하기 위해 콜라 열매를 내오게. 어서 깨트리세."

"우린 기독교도예요." 오비의 아버지가 대답했다.

"기독교도의 집에서는 콜라 열매도 먹을 수 없는가?" 노인이 비꼬아 말했다.

"여기서도 콜라 열매는 먹지만 우상들에게 바치진 않는다는 거지요." 오콩코 씨가 대꾸했다.

"누가 제물에 대해 이야기했다고 그래? 여기 이 자리에 영적 세계에서 맞붙어 싸우다가 무사히 돌아온 어린 자식이 있는데 자네는 거기 앉아서 야자주가 코로 들어간 사람처럼 기독교도의 집이니 우상이니 입이나 나불거리고 있구먼." 그는 넌더리가 난다는 듯 거세게 비난하더니 염소 가죽을 집어 들고 밖으로 나가 앉았다.

"오늘 같은 날 다투면 안 되지." 또 다른 노인이 말했다. "내가 콜라 열매를 가져오면 되잖아." 그는 의자에 걸어 두었던 염소 가죽 가방을 집어 들더니 그 속을 뒤지기 시작했다. 그가 가방을 뒤적거리자 그 속에 있던 물건들, 그러니까 뿔로 만든 술잔, 코담배 병과 숟갈 같은 것들이 서로서로 부딪혔다. "그러니까 기독교도 방식으로 깨트리면 되잖아." 그렇게 말하면서 그는 콜라 열매를 끄집어냈다.

"이러지 마세요, 오그부에피 오독구 씨." 오콩코가 그에게 말했다. "내가 콜라 열매를 내놓지 않겠다는 게 아니잖아요. 내 말은 내 집에서는 콜라 열매가 이교도 제물로 사용될 수 없다는 뜻이에요." 오콩코는 내실로 들어가더니 곧바로 접시에 콜라 열매 세 개를 담아 들고 돌아왔다. 오그부에피 오독구는 자기가 가져온 콜라 열매도 함께 놓으라고 고집을 피웠다.

"오비야, 콜라 열매를 모든 사람에게 보여 드리렴." 아버지가 말했다. 이 방에서 가장 나이 어린 오비는 그렇게 하려고 벌써 자리에서 일어나 있었다. 모든 사람들에게 보인 다음 오비는 최고령자인 오그부에피 오독구 씨 앞에 접시를 놓았다. 기독교도는 아니었지만 오독구는 기독교에 대해 한두 가지는 알고 있었다. 우무오피아의 다른 많은 사람들과 마찬가지로 그는 일 년에 한 차례 수확기에 예배에 참석한다. 기독교 예배에 대하여 그가 유일하게 비판하는 한 가지는 회중이 설교에 대해 대꾸할 권리가 없다는 점이었다. 오독구가 특별히 좋아하고 이해하는 것 중 하나는 찬송가에 나오는 "태초로 지금까지 또 영원무궁토록"이란 구절이다.

오독구는 종종 말했다. "사람은 이 세상에 온 것처럼 이 세상을 떠나갈 거야. 작위를 가진 사람이 죽게 되면 그 사람이 올 때처럼 되돌아갈 수 있도록 작위를 나타내는 발찌를 잘라 준다네. 태초에 그 일이 이루어진 것처럼 끝에도 이루어질 거라는 기독교도들의 말은 정녕 맞고말고."

그는 접시를 받더니 탁자로 사용하기 위해 자신의 두 무릎을 끌어 모은 다음 접시를 무릎 위에 놓았다. 손바닥을 위로 향한 채 두 손을 들어 올리더니 그는 "우리가 이걸 먹을 때 우리 육신에 유익하도록 이 콜라 열매를 축복하여 주시기를 예수 그리스도의 이름으로 간구합니다. 태초에 그 일이 있었던 것처럼 끝에도 이루어질 것입니다. 아멘." 하고 말했다. 모든 사람들이 아멘으로 화답했고 기도를 한 연로한 오독구 씨에게 갈채를 보냈다. 심지어 오콩코까지도 그런 환호에 합세하지 않을 수 없었다.

"어르신은 기독교도가 되어야 해요." 오콩코가 말했다.

"그래, 자네가 나를 목회자로 만들어 주겠다고 동의하면 그렇게 하지." 오독구가 말했다.

모든 사람이 또다시 큰 소리로 웃었다. 그런 다음 대화의 주제가 다시 오비에게로 돌아갔다. 매튜 옥본나는 이전에 오니차에서 목수로 일했기 때문에 필연적으로 세상 물정에 밝은 사람이었다. 그는 오비가 집에 백인 아내를 데려오지 않은 것에 대하여 모두들 하나님께 감사해야 한다고 말했다.

"백인 아내요?" 어떤 사람이 물었다. 그 사람한테는 그 말이 다소 억지스러웠다.

"그래, 내 두 눈으로 그런 걸 똑똑히 보았다니까." 매튜가 말했다.

"맞아요." 오비가 말했다. "백인의 나라에 가는 많은 흑인 남자들이 백인 여자와 결혼을 해요."

"모두들 들었지?" 매튜가 물었다. "오니차에서 내 두 눈으로 똑똑히 보았다고 그랬잖아. 그 백인 여자는 심지어 자식을 둘이나 낳았어. 그렇지만 결국 어떤 일이 벌어졌는지 알아? 그 여자가 자식들을 떼어 놓고 자기 나라로 돌아간 거야. 그렇기 때문에 백인 여자와 결혼하는 흑인 남자는 시간을 낭비하는 거라니까. 그 여자가 남편과 함께 보낸 시절은 마치 하늘에 달이 떠 있는 시간과 같단 말이지. 때가 되면 그녀는 떠날 테니까."

"정말로 맞는 말이야." 여행 경험이 있는 또 다른 사람이 말했다. "그런데 중요한 건 말이지 백인 여자가 떠나는 게 아니고 그녀가 이곳에 머무는 동안 남편의 얼굴을 친척들로부터 돌려 놓는다는 거야."

"자네가 무사히 돌아와서 얼마나 기쁜지 몰라." 매튜가 오비에게 말했다.

"오비는 이구에도의 아들이잖아." 연로한 오독구 씨가 말했다. "우무오피아에 아홉 마을이 있지만 이구에도는 이구에도라네. 물론 우리에게도 결점은 있겠지만 흰 걸 보면 흰둥이가 되고 검은 걸 보면 검둥이가 되는 그런 어리석은 사람들은 아니란 말이지."

오비의 속마음은 차오르는 자부심으로 뿌듯했다.

"오비는 단독으로 백인들과 맞서 싸우다가 죽은 오그부에피 오콩코의 손자가 아닌가. 일어서!"

오비가 순순히 일어났다.

"오비를 잘 보게나." 오독구가 말했다. "오비는 우리 곁으로 다시 돌아온 오그부에피 오콩코라네. 오비는 틀림없이 완벽한 오콩코란 말일세."

오비의 아버지는 당황하여 헛기침을 했다. "죽은 사람들은 다시 돌아오지 않죠." 그가 말했다.

"분명히 말하건대 이 아이는 오콩코야. 태초에 그 일이 이루어진 것처럼 끝에도 이루어질 거야. 자네가 믿는 종교가 그렇게 말해 주고 있잖아."

"그렇지만 죽은 사람이 살아서 돌아온다는 말은 하지 않아요."

"이구에도는 위대한 사람들을 길러 내지."라고 오독구가 주제를 바꾸어 말했다. "어렸을 때 나는 오콩코, 에제우두, 오비에리카, 오콜로, 은워수와 같은 사람들을 보았다네." 그는 오른쪽 손가락들을 왼손에 대고 꼽으면서 그들의 이름을 확인하였다. "그리고 또 다른 사람들도 많았어. 모래알만큼이나 많았다니까. 그분들의 아버지 세대에서는 은두, 은워시시, 이케디, 오비카 그리고 그의 동생인 이웨카를 꼽을 수 있는데, 모두들 거인들이었어. 한창 때에 이들은 정말로 대단했지. 오늘날엔 대단하다는 의미가 바뀌었지만 말이야. 직함도 더 이상 대단한게 아니고 곡식 창고도 아내가 여럿 있는 것도 자식이 많은 것도 더 이상 대단한 게 못 되는 세상이야. 요즘은 위대함이 백인의 물건 속에 들어 있지. 그래서 우리의 견해도 바뀌고 말았잖아. 아홉 마을을 통틀어 우리가 제일 처음으로 우리의 자손을 백인의 나라에 보냈던 거야. 아주 옛날부터 위대함은 이 구에도에 속한 것이었어. 그건 사람이 만드는 게 아니야. 얌이나 옥수수는 심을 수 있지만 위대함은 심을 수 없는 것이니까. 숲의 왕자라고 할 수 있는 이로코 나무를 도대체 누가 심었단 말인가? 이 세상에 있는 이로코 종자를 모두 모아 땅을 파고 심을 수는 있겠지. 하지만 그건 모두 헛수고에 불과할 거야. 위대한 나무는 자기가 자랄 곳을 선택하는 것이고 우리는 그저 그것을 발견할 뿐이지. 사람의 위대함도 이와 똑같은 이치란 말일세."

제6장

　결국 오비의 귀향은 그가 꿈꿨던 것처럼 행복한 사건은 되지 못했다. 그것은 어머니 때문이었다. 사 년이 흐른 지금 어머니는 오비가 믿기 어려울 정도로 너무나 연로하고 허약해졌다. 어머니가 오랫동안 아프다는 소식은 듣고 있었지만 이 정도일 줄은 전혀 생각하지 못했다. 모든 방문객이 돌아가자 어머니가 다가와 오비를 껴안으며 그의 목에 두 팔을 둘렀을 때 그의 눈에서는 또다시 눈물이 솟아났다. 이후로 오비는 돌로 만든 목걸이와도 같이 어머니의 슬픔을 목에 걸고 다녔다.

　어머니만큼 심각해 보이지는 않았지만 아버지 역시 온통 뼈만 앙상했다. 집에 먹을 양식이 충분치 않다는 게 너무나도 분명했다. 아버지는 거의 삼십 년을 교회에서 봉사했는데 은퇴후 받는 연금이 한 달에 2파운드라니 정말로 너무하다는 생각이 들었다. 게다가 그중 상당 부분은 수업료와 다른 기부금 형식으로 똑같은 교회로 다시 들어갔다. 그리고 밑으로 난 두 자녀가 아직도 학교에 다니고 있었는데 각기 학교와 교회에 수업료와 헌금을 내야 했다.

오비와 아버지는 다른 식구들이 잠자리에 들고 난 후에도 옆으로 기다란 장방형 방에 한참 동안 앉아 있었다. 두 개의 창문이 달린 그 방은 중앙에 밖으로 통하는 커다란 문이 있었다. 이 방은 기독교 집안에서는 골방이라고 불렸다. 오비를 보겠다고 계속해서 밀려드는 이웃 사람들을 막기 위하여 문과 창문을 모두 다 닫았다. 몇몇 사람은 그날만 벌써 네 번째로 찾아왔다.

아버지가 앉은 의자 옆에 강풍용 남포등이 놓여 있었다. 그것은 아버지의 전용 남포였다. 그는 공 모양의 전등갓을 직접 닦았다. 어느 누구에게도 그 일을 믿고 맡기는 법이 없었다. 남포는 오비보다도 더 오래된 것이었다.

골방 벽은 최근에 새롭게 석회 칠을 입혔다. 지금까지 오비는 그런 애정 어린 찬사를 듣느라 집 안을 둘러볼 시간이 없었다. 마룻바닥 또한 깨끗이 닦여 있었다. 그렇지만 그날 수많은 발들이 밟고 지나다닌 터라 벌써 시뻘건 흙과 물로 또다시 문질러야 할 판이었다.

마침내 오비의 아버지가 침묵을 깨뜨렸다.

"주여, 이제 당신의 종이 당신의 말씀을 따라 평화롭게 떠날 수 있게 하소서."

"아버지, 그게 무슨 말씀이세요?" 오비가 물었다.

"때때로 네가 돌아오는 걸 보지 못하고 이 세상을 떠나게 될까 봐 걱정했단다."

"왜요? 아버지는 이전만큼 강건해 보이시는데요."

오비의 아버지는 의례적인 인사말을 무시하고 계속해서 자신의 생각을 펼쳐 나갔다. "내일은 우리 모두가 교회에서 예배를 드릴 거다. 목사님이 너를 위해 특별 예배를 드려 주시겠다고 했다."

"하지만 꼭 그렇게 해야 할 필요성이 있어요, 아버지? 오늘밤 했던 것처럼 여기서 함께 모여 기도해도 충분하잖아요?"

"필요성이 있다." 아버지가 말했다. "집에서 기도하는 것도 좋지만 하나님의 집에서 기도하는 게 더 좋단다."

오비는 속으로 생각했다. '만일 내가 벌떡 일어나 '아버지, 난 더 이상 아버지가 믿는 하나님을 믿지 않아요.'라고 말한다면 어떤 일이 벌어질까?' 죽었다 깨어나도 자신은 그렇게 할 수 없다는 걸 오비는 잘 알고 있었지만, 그래도 만일 자기가 그런 말을 하면 어떤 일이 발생할지 그저 궁금했다. 오비는 종종 그런 엉뚱한 생각을 했다. 마찬가지로 몇 주 전 런던에서도 오비는 이런 상상을 했다. 아프리카 학생들을 앞에 놓고 중앙 아프리카 연방이라는 정치 기구에 대하여 강연하던 말솜씨 좋은 하원 의원에게 혹시 자신이 자리에서 벌떡 일어나 "꺼져 버려, 이 형편없는 위선자들아!" 하고 외친다면 어떤 일이 벌어졌을까 무척 궁금했다. 하기야 이건 아주 똑같은 상황은 아니었다. 오비의 아버지는 열렬하게 하나님을 믿었지만 말솜씨 좋은 하원 의원은 그저 형편없는 위선자에 불과했다.

"영국에서 지내는 동안 성경을 읽을 시간은 있었니?"

그런 질문에는 그저 거짓말을 할 수밖에 다른 수가 없었다. 때로는 거짓말이 진실보다 더 친절한 법이었다. 오비는 아버지가 무엇 때문에 그런 질문을 하는지 잘 알았다. 그날 저녁 기도회에서 오비는 아주 형편없이 성경 구절을 읽었던 것이다.

"어쩌다가요. 그렇지만 영어 성경이었어요."라고 오비는 답변했다.

"그랬구나, 잘 알았다." 아버지가 말했다.

한동안 대화가 중단되었다. 그 사이에 오비는 어린 시절 자기 몫의 성경 구절을 읽을 때 자신이 얼마나 더듬거렸는지 기억해 내고는 수치심을 느꼈다. 첫 번째 성경 구절을 읽으면서 할례라고 해야 하는데 산(山)이라는 뜻의 우구우라고 발음했던 것이다. 네다섯 명이 즉각적으로 정정해 주었는데, 첫 번째로 지적한 사람은 다름 아닌 막내 누이 유니스였고 그녀는 당시 열한 살로 4학년이었다.

온 가족이 아주 오래된 강풍용 남포를 가운데 놓고 커다란 탁자 주위에 둘러앉았다. 아버지, 남동생, 여섯 명의 누이들, 그리고 오비 모두 아홉 명이었다. 아버지가 성서 연합 단체에서 발행한 매일 성경 읽기 카드에서 그날의 성경 말씀을 큰 소리로 낭독했을 때 오비는 유니스와 함께 보는 성경책에서 별 어려움 없이 그 구절을 찾아낸 자신이 기특하게 생각되었다. 그런 다음 마음의 눈을 열게 해 달라는 기도를 하고 나서 돌아가며 성경 구절을 한 사람이 한 절씩 읽기 시작했다.

오비의 어머니는 뒤편에 낮은 의자에 앉아 있었다. 결혼한 딸들이 낳은 네 명의 어린 손주들이 어머니가 앉은 의자 옆에 깔아 놓은 돗자리에 누워 있었다. 어머니도 글을 읽을 수는 있었지만 가족의 성경 읽기에는 한 번도 참석하지 않았다. 그녀는 단지 남편과 아이들이 읽는 성경 말씀에 귀를 기울였다. 아이들이 기억하는 한 항상 그랬다. 어머니는 신앙심이 아주 돈독한 분이었지만 혹시라도 어머니 마음대로 해도 좋다고 한다면 자녀들에게 외할머니한테 들었던 옛날이야기들을 더 들려주고 싶어 했을지도 모른다는 생각이 들곤 했다. 실제로 어머니는 누나들에게는 그렇게 옛날이야기들을 해 주곤 했다. 그렇지만 그건 오비가 태어나기 이전의 일이었다. 어머니는 아버지가 그렇게 하는 걸 금지하자 더 이상 하지 않았다.

"우리는 이교도가 아니란다." 아버지는 말씀하셨다. "그런 이야기는 교회에 다니는 사람들에게는 맞지 않아."

그리고 어머니 한나는 자녀들에게 옛날부터 전해 내려오는 이야기들을 더 이상 들려주지 않았다. 어머니는 남편과 새롭게 믿기 시작한 종교에 충실했다. 외할머니는 외할아버지가 돌아가신 후에 자녀들과 함께 교회에 등록했다. 그들이 '허무에 속한 사람'이기를 중단하고 '믿음에 속한 사람'이 되었을 때 어머니는 이미 성인이었다. 초기 기독교인들의 신념은 상당할 정도로 확실하였으므로 그들은 다른 믿지 않는 사람들을 '허무에 속한 사람', 또는 때때로 좀 더 관대한 마음으로 '세상에 속한 사람들'이라고 불렀다.

이삭 오콩코는 그저 단순히 기독교도가 아니었다. 그는 교리문답 교사였다. 처음 결혼하여 몇 년 동안 아버지는 아내인 한나에게 교리문답 교사의 아내로서 져야 할 무거운 책임을 맡겼다. 그리고 어머니는 자신에게서 기대되는 것이 어떤 것인지 알게 되자 어떤 때는 심지어 남편보다도 더 큰 열성을 보였다. 어머니는 자녀들에게 이웃집에서 음식을 받아먹지 않도록 가르쳤다. 왜냐하면 그 사람들은 음식을 우상에게 바치기 때문이었다. 그런 사실 하나만으로도 어머니는 자기 아이들을 다른 집 아이들과 구별시켜 놓았다. 왜냐하면 이보 사람들은 자식들이 어디서든 자유롭게 음식을 먹도록 허용하기 때문이었다. 어느 날 이웃 사람이 얌 한 조각을 당시 네 살이던 오비에게 먹으라고 주었다. 오비는 분별력이 훨씬 더 많던 누나들처럼 고개를 살래살래 흔들면서 "우리는 이교도 음식은 먹지 않아요."라고 말했다. 그의 누나 자넷이 손으로 오비의 입을 막으려 했지만 너무 늦었다.

그렇지만 이런 투쟁에서 어쩌다가 패배를 경험한 때도 있었다. 오비가 학교에 들어간 후 한두 해가 지났을 때 그런 좌절을 겪게 되는 사건이 발생했다. 오비가 아주 좋아하면서도 두려워하던 수업이 있었는데 그것은 '구술하기'라는 수업이었다. 이 시간에는 선생님이 아무 학생이나 한 명을 호명하여 반 학생들 앞에서 이야기를 하라고 시켰다. 오비는 이 이야기들을 아주 좋아했지만 그가 할 수 있는 이야기는 하나도 없었다. 어느 날 선생님이 오비의 이름을 부르더니 학생들 앞에 서서 이야기를 하라고 했다. 오비는 앞으로 나와 학생들 앞에 서자 몸이 부들부들 떨렸다.

"옛날에 아주 옛날에." 하고 오비는 남들이 하는 대로 이야기를 시작했지만 그게 그가 아는 전부였다. 그의 입술이 바르르 떨렸지만 더 이상 아무런 소리도 나오지 않았다. 교실 전체가 조롱하는 웃음을 터뜨렸고 자기 자리로 돌아가는 오비의 두 눈에 눈물이 차오르더니 주르르 뺨을 타고 흘러내렸다.

오비는 집에 돌아오자마자 어머니에게 그날 학교에서 있었던 일을 이야기했다. 어머니는 아버지가 저녁 기도회를 위해 돌아오실 때까지 참고 기다리라고 말했다.

몇 주가 지난 후 오비의 이름이 다시 불렸다. 그는 담대하게 친구들 앞에 서서 어머니가 해 준 새로운 이야기들 중 하나를 발표했다. 심지어는 끝부분을 약간 각색하여 학생들 모두가 깔깔대고 웃게 만들었다. 그의 이야기는 오래된 친구인 양의 어린 새끼들을 먹고 싶어 했던 사악한 암표범에 관한 것이었다. 표범은 양이 시장에 간 것을 알고는 양의 우리로 가서 어린 새끼들을 찾기 시작했다. 양은 새끼들을 주변에 널려 있던 야자 열매 속에 숨겨 놓고 갔는데 표범은 그런 사실을 전혀 알지 못했다. 마침내 수색을 포기한 표범은 너무너무 배가 고팠으므로 가기 전에 돌멩이 두 개를 가져다 야자 열매를 깨려고 했다. 첫 번째 열매를 깨자마자 씨앗이 덤불 속으로 날아갔다. 표범은 깜짝 놀랐다. 두 번째 열매 역시 덤불 속으로 날아 들어갔다. 세 번째로 깬 가장 먼저 태어난 새끼도 덤불 속으로 날아갔을 뿐만 아니라 오비의 각색에 의하면 날아가기 전에 표범의 두 눈을 세게 때렸다.

"우리와 함께 지낼 수 있는 날이 나흘밖에 안 된다고 그랬니?"

"네." 오비가 말했다. "그렇지만 일 년 안에 다시 오도록 최선을 다해 볼게요. 직장을 알아보려면 라고스에 있어야 해요."

"알았다." 아버지는 천천히 말했다. "직장이 최우선이지. 마룻바닥에 앉을 자리 하나도 확보 못한 사람이 깔개를 찾기 시작하면 안 되는 법이지." 잠깐 지체한 다음 아버지는 또다시 말했다. "할 이야기는 많지만 오늘 밤은 그만두자. 네가 무척 피곤할 것이고 잠도 자야할 테니."

"피곤하지 않아요, 아버지. 하지만 내일 이야기하는 게 더 좋을 것 같네요. 그렇지만 한 가지는 마음 편하게 생각하세요. 존이 초등학교를 끝마치지 못하는 일은 결코 없을 거예요."

"애야, 잘 자거라. 주님의 축복이 너와 함께하실 거다."

"안녕히 주무세요, 아버지."

오비는 자기 방으로 가는 길을 밝히기 위해 오래된 남포를 빌렸다. 옥수숫대가 가득 들어 딱딱한 매트리스를 올려 놓은 오래된 나무 침대 위에는 한 번도 사용하지 않은 흰색 시트가 깔려 있었다. 섬세한 꽃무늬 디자인으로 수놓은 베갯잇은 의심할 여지없이 에스더가 만든 것이었다. '착한 누이 에스더!' 하고 오비는 생각했다. 그는 어린 시절 에스더가 막 교사가 되었을 때가 생각났다. 사람들은 예의 없는 짓이라면서 누이를 더이상 에스더라 부르지 말고 선생님이라고 부르라고 했다. 그래서 그는 에스더 누이를 미스라고 불렀다. 때때로 오비는 그걸 잊고는 에스더라고 불렀는데 그럴 때마다 채리티 누나는 버릇 없다고 오비를 꾸짖었다.

그 시절에 오비는 세 명의 누나들 즉 에스더, 자넷, 아그네스와는 관계가 아주 좋았지만 바로 위의 누나인 채리티와는 그렇지 못했다. 채리티의 이보 이름은 '이 딸 역시 좋다'라는 뜻이지만 누나와 싸울 때마다 오비는 '이 딸은 좋지 못하다'라고 놀리곤 했다. 누나는 어머니가 가까이에 없는 경우에는 오비가 엉엉대고 큰 소리로 울 때까지 때렸고 혹시라도 어머니가 주변에 계시면 때리기를 뒤로 미루었다. 채리티 누나는 무쇠처럼 단단하여 이웃에 살고 있는 아이들, 심지어는 남자아이들도 두려워하는 대상이었다.

오비는 자리에 누운 후에도 한참 동안 잠을 이루지 못했다. 그는 자신의 책임에 대해 생각해 보았다. 부모님은 더 이상 자력으로 살아갈 수 없는 게 분명했다. 그들은 한 번도 몇 푼 안 되는 아버지의 연금에만 의존했던 적이 없었다. 아버지는 얌을 키웠고 어머니는 카사바와 코코얌을 재배했다. 어머니는 또한 야자나무 재와 기름을 걸러 내어 비누를 만들어서 마을 사람들에게 이익을 조금만 남기고 팔았다. 그렇지만 이제 부모님은 그런 일을 하기에 너무나 연로했다.

"매달 봉급에서 용돈을 드려야겠구나." 그런데 얼마를 드리지? 10파운드를 드릴 수 있을까? 우무오피아 진보연맹에 매달 20파운드를 갚지 않아도 되면 가능할 텐데. 게다가 존의 수업료도 있었다.

'어떻게든 되겠지.' 오비는 마음속으로 크게 외쳤다. '양손에다 떡을 쥘 수는 없는 법이니까. 오늘날 이 나라에는 나에게 주어진 기회를 획득하려고 자신을 희생할 젊은이들이 쎄고 쎘잖아.'

밖에서는 강한 바람이 갑작스럽게 일어났고 바람에 흔들리는 나무 소리로 한층 더 소란스러웠다. 번갯불이 번득이는 모습이 덧문을 통해 나타났다. 비가 오려나 보다. 오비는 밤에 내리는 비를 좋아했다. 그는 자신의 책임을 모두 잊고 클라라에 대해 생각했다. 이런 날 밤에 자기 몸에 맞닿은 균형 잡힌 넓적다리와 부드럽고 풍만한 가슴 등 그녀의 서늘한 몸을 느낄 수만 있다면 더 이상 바랄 게 없으련만!

클라라는 어쩌서 아직은 부모님께 자신에 대하여 말해서는 안 된다고 그랬을까? 아직도 마음이 확정되지 않았단 말인가? 적어도 어머니한테는 말씀드리고 싶었다. 분명 어머니는 무척이나 기뻐하실 것이었다. 어머니는 언젠가 오비의 첫아이를 보게 되면 언제라도 마음 편히 떠나갈 수 있을 거라고 말씀하셨다. 그건 오비가 영국으로 떠나기 전이었다. 에스더 누나의 첫아이가 태어났을 때였던 것 같다. 에스더는 자녀가 셋, 자넷은 둘, 아그네스는 하나가 있었다. 첫째 아이가 살았더라면 아그네스도 두 아이의 엄마였을 텐데. 맏자식을 잃는다는 건 정말로 끔찍한 일일 것이다. 특히 아그네스처럼 어린 소녀에게는 한층 더 그랬다. 그녀는 결혼할 무렵 정말로 어린 소녀에 불과했다. 적어도 그녀의 행실은 그랬다. 심지어 지금도 아그네스는 다 자란 성인이라고 보기 어려웠다. 어머니는 아그네스에게 항상 그렇게 말했다. 오비는 한두 시간 전에 기도회가 끝난 후 있었던 작은 사건을 기억해 내고는 캄캄한 데서 미소를 지었다.

어머니가 아그네스에게 마룻바닥에서 벌써 잠들어 버린 어린 아이들을 침대로 데려다 뉘라고 했다.

"먼저 아이들을 깨워서 소변을 뉘어라. 그러지 않으면 자다가 요에다 쌀 거다." 에스더가 말했다.

아그네스는 첫째 아이의 손목을 움켜쥐더니 잡아 일으켰다.

"아그네스! 아그네스!" 잠들어 있는 아이들 옆 낮은 의자에 앉아 있던 어머니가 소리쳤다. "넌 정말 생각 좀 하고 행동하라고 내가 항상 말했지? 아이를 깨우기 전에 먼저 이름을 부르라고 얼마나 여러 차례 말했니?"

"아이를 갑자기 잡아 일으키면 잠에서 깨어나기 전에 그 아이의 영혼이 몸으로 돌아가지 못할 수 있다는 걸 누난 정말 모른단 말이야?" 오비도 엄청 화가 난 척 끼어들어 한마디 했다.

누나들은 깔깔대고 웃었다. 오비는 조금도 변하지 않았다. 오비는 여전히 누나들과 장난치는 것을 즐겼고 어머니도 예외가 아니었다. 어머니는 미소를 지으셨다.

"웃음보가 터졌으면 웃을 수밖에." 어머니는 관대하게 말했다. "그렇지만 내 웃음보는 터지지 않아."

"그러니까 아버지가 어리석은 아가씨들이라고 그러죠." 오비가 말했다.

이제는 천둥 번개와 함께 비가 내리기 시작했다. 처음에는 커다란 빗방울들이 철제 지붕을 쿵쿵 두드렸다. 마치 타격의 힘을 줄이려고 천 조각으로 하나하나 싸맨 수천 개의 조약돌이 하늘에서 풀려나기라도 한 것 같았다. 오비는 다시 한번 열대성 폭우를 볼 수 있게 지금이 대낮이었으면 하고 바랐다. 점차 그 세력이 커지고 있었다. 커다란 방울들이 하나씩 떨어지며 쿵쿵거리는 대신 이제는 계속해서 억수같이 쏟아져 내렸다.

'11월에 이토록 세차게 비가 내릴 수 있다는 걸 잊고 있었구

나.' 오비는 몸 전체를 가리고자 허리에 걸쳤던 요의를 다시 매
만지며 이런 생각을 했다. 사실 이런 비는 아주 드물었다. 마치
공중에 있는 물방울을 감독하는 조물주가 재고 파악을 해 보
고 손가락으로 남은 달을 세어 본 다음 비가 너무 많이 남아
있는 걸 알고서 임박한 건기가 오기 전에 뭔가 과감한 조처를
취해야만 한다고 생각한 것 같았다.

마음을 가라앉힌 오비는 잠에 빠져들었다.

제7장

오비가 관청에서 보낸 첫날은 거의 이십 년 전 우무오피아의 기독교 학교에서 보낸 첫날만큼이나 기억에 남았다. 당시에는 백인들이 아주 드물었다. 사실 존스 씨는 오비가 두 번째로 만난 백인이었으며 당시 오비는 일곱 살 정도였다. 첫 번째로 본 백인은 니제르의 주교였다.

존스 씨는 장학관으로 전국 여러 지방에서 모두들 두려워하는 존재였다. 그는 카이저 황제의 전투에 참가한 적이 있고 그것에 대한 자부심이 대단하다는 소문이 나돌았다. 몸이 거구인 그는 키가 180센티미터도 넘었다. 오토바이를 타고 다녔는데 아무도 모르게 학교에 들어올 수 있도록 그는 항상 1킬로미터 정도 떨어진 곳에다 오토바이를 놓아 두고 나타났다. 그렇게 해야 누군가가 불법을 저지르는 현장을 잡을 수 있다고 확신했던 것이다. 그는 이 년에 한 번 정도 학교를 방문했는데 그는 다음번에 학교를 방문할 때까지 결코 잊지 못하고 기억될 만한 그런 일을 반드시 행했다. 이 년 전 그는 한 소년을 창문 밖으로 내던졌다. 그날 곤경에 빠진 사람은 다름 아닌 교장이었다. 하지만 그 일이 모두 다 영어로 진행되었기 때문에 어떤 말썽이 있었는지 오비는 전혀 알 수 없었다. 존스 씨는 격분하여 새빨개진 얼굴로 이리저리 교실 안을 서성거렸다. 어찌나 큼직한 보폭으로 성큼성큼 걸었던지 오비는 어느 시점에 그가 곧바로 자기를 향해 달려들고 있다고 생각할 지경이었다. 교장인 은두카 씨는 그동안 내내 뭔가 설명하려고 무척이나 애를 쓰고 있었다.

"입 닥쳐!" 존스 씨는 고함쳤고 이어서 찰싹 뺨을 때리는 소리가 났다. 사이먼 은두카는 다소 늘그막에 백인들의 방식을 따르게 된 사람들 중 하나였다. 게다가 젊은 시절 그가 배워 둔 것 중에 상당한 레슬링 기술이 있었다. 눈 깜짝할 사이에 존스 씨가 바닥에 납작 엎드러져 있었고 학교는 혼란 상태에 빠졌다. 이유도 모른 채 교사들과 학생들은 모두 다 도망쳤다. 백인을 내동댕이친다는 것은 마치 조상의 영혼이 쓰고 있는 가면을 벗기는 것과 똑같았다.

그건 이십 년 전 일이었다. 오늘날에는 학교에서 교장의 얼굴을 때릴 생각을 하는 백인은 거의 없을 것이고 실제로 그런 짓을 할 사람도 결코 없을 것이다. 그런 사실이 오비의 상사인 윌리엄 그린 씨와 같은 사람들에게는 비극이었다.

오비는 그날 아침 벌써 그린 씨와 만났다. 출근하자마자 오비는 그에게로 인도되어 첫인사를 했다. 그린 씨는 자기 자리에서 일어나지도, 손을 내밀지도 않은 채 몇 마디 중얼거렸다. 첫째, 오비가 천성적으로 게으름뱅이가 아니고 둘째, 오비가 머리를 이용할 자세가 되어 있는 사람이라면 자신이 맡게 된 일을 좋아하게 될 거라는 취지였다. "자네한테 이용할 머리가 있는 걸로 생각하겠소." 그린 씨는 그렇게 말을 맺었다.

몇 시간 후 그린 씨는 그날 근무할 장소로 오비에게 배정된 오모 씨 사무실에 나타났다. 업무 총괄 비서였던 오모 씨는 거의 삼십 년간 근무하면서 수천 개의 서류를 다루었으며 그의 아들이 영국에서 하고 있는 법률 공부를 끝마치면 은퇴할 예정이라고 말했다. 오비는 첫 번째 날을 오모 씨의 사무실에서 보내면서 사무 행정에 관한 일을 몇 가지 배우고 있었다.

그린 씨가 들어오자마자 오모 씨는 벌떡 일어났다. 그와 동시에 그는 반 정도 먹다 남은 콜라 열매를 주머니에 쑤셔 넣었다.

"어째서 휴학 신청 서류가 아직도 나한테 넘어오지 않은 거지?" 그린 씨가 물었다.

"제 생각에는……."

"오모 씨, 당신에게 봉급을 주는 것은 말이지 생각하라고 주는 게 아니라 지시받은 걸 하라고 주는 거요. 분명히 알아들었소? 즉시 그 서류를 나한테 보내시오."

"알겠습니다, 그린 씨."

그린 씨는 나가면서 문을 쾅 하고 닫았고 오모 씨는 자신이 직접 서류를 들고 따라갔다. 그린 씨의 방에서 돌아온 오모 씨는 틀림없이 이 모든 문제를 일으킨 것 같은 하급 직원을 나무라기 시작했다.

오비는 이제 그린 씨를 좋아하지 않기로 굳게 마음먹었고 오모 씨는 부정부패에 일조한 구식 아프리카인 중 한 명이라고 생각하게 되었다. 그의 생각을 뒷받침이라도 하듯이 전화벨

이 울렸다. 전화벨이 울렸을 때 오모 씨는 언제나처럼 우물쭈
물하더니 마치 수화기가 물어뜯기라도 할 것처럼 주저하는 표
정으로 그것을 집어 들었다.

"여보세요. 네, 그린 씨." 그는 짐짓 안도하는 듯한 표정을
지으며 전화기를 오비에게 넘겨주었다. "오콩코 씨, 당신 전화
입니다."

오비는 수화기를 받았다. 그린 씨는 오비가 공식적으로 임명
장을 받았는지 알고 싶어 했다. 오비는 "아니요, 받지 못했습니
다."라고 말했다.

"오콩코 씨, 상관에게 말할 때는 가장 정중한 표현을 사용
하세요." 하더니 귀청이 터지도록 쾅 하는 소리와 함께 전화가
끊어졌다.

오비는 임명장을 받고 나서 일주일 후에 모리스 옥스퍼드
자동차를 구입했다. 그린 씨는 오비가 자동차 융자를 받을 자
격이 있는 고급 공무원이라는 취지로 자동차 판매업자에게 건
네줄 편지를 써 주었다. 더 이상 아무것도 필요 없었다. 자동차
판매장에 들어간 오비는 신종 자동차를 건네받았다.

같은 날 일찍이 오모 씨는 몇 가지 서류에 사인을 하라고
오비를 불렀다.

"인지가 어디 있나요?" 오비가 들어가자마자 오모 씨가 물
었다.

"무슨 인지요?" 오비가 물었다.

"학위도 받으신 분이 동의서에 인지를 붙여야 한다는 걸 모
른다고요?"라고 하는 말에 오비는 당혹스러웠다.

오모 씨는 큰 소리로 조롱하는 웃음을 웃어 댔다. 좋지 못한 그의 치아는 담배와 콜라 열매로 새까매져 있었다. 앞니가하나 빠져 있어서 그가 웃으면 벌어진 틈이 마치 빈민굴의 텅빈 구역처럼 보였다. 하급 직원들은 오모 씨에 대한 충성심으로 그와 함께 깔깔대고 웃었다.

"협정서에 사인하지 않아도 정부에서 그냥 60파운드를 줄거라고 생각해요?"

바로 그제야 오비는 이게 다 무슨 말인지 알아들었다. 오비에게 비품 수당으로 60파운드가 나온 것이었다.

"오늘 참 신나는 날이에요." 오비는 전화로 클라라에게 말했다. "호주머니에 60파운드가 들어왔고 오후 2시에 자동차를 인도받을 겁니다."

클라라는 기쁜 나머지 소리를 질렀다. "샘에게 전화해서 오늘 저녁에 자동차를 보낼 필요가 없다고 말해도 되겠죠?"

국무장관인 샘 오콜리 각하는 그들에게 함께 만나서 술이라도 마시자고 청하면서 운전사를 보내 주겠다고 제의했다. 클라라는 사촌과 함께 야바에서 살고 있었다. 그녀는 수간호사로 근무해 달라는 제의를 받았고 일주일 정도 후에는 일을 시작할 것이었다. 그런 다음 좀 더 나은 숙소를 찾아볼 예정이었다. 오비는 아직도 오발렌드 지역에 있는 조셉의 방에서 기거하고 있었지만 이번 주말에 이코이에 있는 고급 공무원 아파트로 이사할 예정이었다.

오비는 샘 오콜리 각하에게 클라라에 대한 흑심이 전혀 없다는 사실을 알게 된 순간부터 그를 좋아할 마음이 생겼다.

사실 그는 클라라의 가장 친한 친구와 곧 결혼할 예정이었고 클라라는 들러리가 되어 달라는 부탁을 받고 있었다.

"들어와요, 클라라. 어서 와요, 오비." 샘 오콜리 각하는 평생 동안 이 두 사람을 알고 지냈던 것처럼 다정하게 말했다. "차가 참 멋진데요. 자동차는 잘 굴러갑니까? 어서 들어와요. 클라라, 오늘 참 예뻐 보이는 걸요. 오비, 우린 오늘 처음 만나는 거지만 난 당신에 대해 아주 많은 걸 알고 있습니다. 당신이 클라라와 결혼할 사이라니 정말로 기쁘군요. 어서 앉아요. 아무 데나 괜찮아요. 그리고 뭘 마실 건지 말해 봐요. 먼저 숙녀부터요. 백인들이 들여온 식이잖아요. 우린 백인들이 이 땅에서 떠나가기를 원하지만 그래도 난 그들을 존경한답니다. 스쿼시라고? 천만의 말씀! 내 집에서 스쿼시를 마시는 건 절대로 용납 못해요. 샘슨, 숙녀분께는 셰리를 갖다 드려요."

"예, 나리." 놋쇠 단추가 달려 있는 티 하나 없이 하얀 옷을 입은 샘슨이 말했다.

"맥주요? 위스키를 조금 마셔 보지 그래요?"

"원래 독주는 입에 대지 않습니다." 오비가 말했다.

"해외에서 귀국한 많은 젊은이들이 출발은 그렇게 하지요." 샘 오콜리가 말했다. "좋아요. 샘슨, 맥주 하나, 그리고 나한테는 위스키에 소다를 넣어서 갖다 줘요."

오비는 호사스러운 거실을 둘러보았다. 정부가 각 공관마다 35000파운드나 되는 비용을 들여 장관들이 살 집을 건축하기로 결정했을 때 많은 논란이 있었다는 걸 신문에서 읽은 적이 있었다.

"집이 정말 좋습니다." 오비가 말했다.

"그리 나쁘지는 않죠." 장관이 말했다.

"전축이 엄청나게 크군요!" 오비는 자리에서 일어나 가까이 다가가 자세히 살펴보았다.

"녹음기도 붙어 있답니다." 장관이 설명해 주었다. 오비가 지금 무슨 생각을 하는지 잘 아는 것처럼 그는 덧붙여 말했다. "이 집에 딸려 있는 게 아니에요. 내가 275파운드 주고 산 겁니다." 장관은 방을 가로질러 가더니 녹음기의 전원을 켰다.

"장학 위원회에서 맡고 있는 일은 마음에 드십니까? 여기 있는 이걸 누르면 녹음이 시작됩니다. 중단하고 싶으면 이걸 누르시면 되고요. 이건 녹음기를 트는 거고 이건 라디오예요. 우리 부서에 공석이 있었더라면 당신과 함께 일할 수 있어서 좋았을 텐데." 장관은 녹음기를 끄고 뒤로 돌리더니 재생 스위치를 다시 눌렀다. "우리가 나눈 대화를 모두 다 들을 수 있어요." 장관은 자기 자신의 목소리를 들으면서 만족스러운 듯 미소 지었고 이따금씩 피진어로 논평을 덧붙였다.

"백인들 별 성과 없어요. 우리 공연스레 떠드는 거 아니오." 장관이 말했다. 그러다가 그는 자신의 위치를 인식하는 것 같았다. "여하튼 그들은 여기를 떠나야 해요. 이곳 그들 나라 아니오." 그는 위스키 한 잔을 더 따라 마시더니 라디오를 튼 다음 자리에 앉았다.

"장관님 부서에는 차관보가 한 명뿐인가요?" 오비가 물었다.

"현재는 그렇습니다. 4월에 한 명 더 뽑았으면 해요. 이전에는 나이지리아 사람이 나의 차관보였는데 아주 바보였습니다. 이바단 대학을 다녔다고 해서 병정개미처럼 자만심에 빠져 있었어요. 지금은 옥스퍼드 대학을 나온 백인인데 나를 '나리.'

하고 부른답니다. 아직도 우리 민족이 가야 할 길이 아주 멀어
요."

그날 아침 한 달에 4파운드 10실링을 주기로 하고 고용한
운전사가 20킬로미터 떨어져 있는 이케야로 데려갈 때 오비는
뒷좌석에 클라라와 함께 앉아 있었다. 새 자동차를 산 기념으
로 외식을 하기로 했기 때문이었다. 그렇지만 드라이브도 식사
도 별 성과가 없었다. 클라라가 만족스러워하지 않는 모습이
너무나도 명백했다. 클라라의 긴장을 풀거나 그녀의 입을 열게
하려는 오비의 노력은 모두가 허사였다.

"무슨 일이오?"

"아무 일도 아니에요. 기분이 그냥 침울할 뿐이에요. 다른
거 없어요."

자동차 안은 어두웠다. 오비는 클라라를 팔로 감싸 안고 자
기 쪽으로 끌어당겼다.

"제발 여기서는 이러지 말아요."

오비는 감정이 상했다. 특히 운전사가 이 말을 들었다는 걸
알았기에 더욱 그러했다.

"미안해요." 클라라가 자기 손을 오비의 손에 놓으며 말했
다. "나중에 설명해 줄게요."

"언제?" 오비는 그녀의 말투에 깜짝 놀랐다.

"오늘이요. 당신이 식사한 다음에요."

"무슨 뜻이오? 그럼 당신은 안 먹겠단 말이오?"

자신은 먹고 싶은 생각이 전혀 없다고 클라라가 말했다. 오
비는 그렇다면 자신도 먹지 않겠다고 했다. 그래서 두 사람은

함께 먹기로 했다. 그러나 심지어 집을 나설 때는 식욕이 왕성했던 오비조차도 막상 음식이 나오자 그저 바라만 보았다.

꼭 봐야 한다고 클라라가 제안한 영화가 상영 중이었다. 오비는 자신은 영화를 보는 대신 클라라가 무슨 생각을 하고 있는지 꼭 알고 싶다고 말했다. 두 사람은 수영장이 있는 방향으로 산책을 나갔다.

'사사호'라는 화물선에서 클라라를 만나기 전까지 오비는 사랑이란 것이 유럽 사람들이 상스럽게 과대 포장한 또 하나의 발명품이라고 생각했다. 물론 오비가 여자들에게 무관심한 것은 아니었다. 그와는 반대로 영국에 있었을 때 오비는 나이지리아 여자, 서인도 제도 여자, 영국 여자 등 몇몇 여자들과 아주 친밀한 관계를 맺었다. 하지만 오비가 사랑이라고 생각했던 그들과의 친밀감은 그다지 진지하지도 깊지도 않았다. 분별 있는 부분이라고 말할 수 있는 그의 일부분은 항상 열정적인 관계를 냉소적인 경멸감으로 지켜보았고 마치 자신은 사랑의 범주 밖에 서 있는 것 같은 태도를 유지했다. 그 결과 오비의 반쪽은 아가씨에게 키스하며 "당신을 사랑해요." 하고 우물거리지만 다른 반쪽은 "바보같이 굴지 마!"라고 말하곤 했다. 마법이 열기와 함께 증발해 버린 후 궁극적으로 남는 건 항상 이 두 번째 반쪽이었고 터무니없는 실망만 남을 뿐이었다.

클라라를 만난 후론 변했다. 처음부터 아주 달랐다. 거만한 미소를 지으며 오비 바로 옆에 붙어 있던 우월한 반쪽은 어디론가 사라지고 없었다.

"난 당신과 결혼 못해요." 수영장 가장자리에 있는 커다란 망고 나무 아래서 오비가 키스하려 들자 클라라가 갑자기 이렇게 말하더니 눈물을 터뜨렸다.

"도대체 왜 그러는 거요, 클라라?" 오비는 정말로 클라라를 이해할 수 없었다. 오비를 더 확실하게 묶어 두려는 여자의 꼼수인가? 그렇지만 클라라는 그런 여자가 아니었다. 그녀는 절대로 내숭 떠는 법이 없었다. 여하튼 그런 짓은 별로 하지 않았다. 그런 점 때문에라도 오비는 클라라가 상당히 좋았다. 지금까지 그녀는 꽤 자신감에 차 있는 사람처럼 보였으며 다른 여자들과는 달리 자신이 얼마나 빨리 얼마나 쉽사리 남자에게 사로잡혔는가에 대해 신경 쓰지 않았다.

"무엇 때문에 결혼할 수 없단 말이오?" 오비는 침착한 말투로 말할 수 있었다. 클라라는 대답 대신 오비의 품에 자신을 맡기고는 오비의 어깨에 기대어 격렬한 울음을 토해 냈다.

"왜 그래요, 클라라? 어서 말해 봐요." 오비는 더 이상 침착할 수가 없었다. 그의 목소리에도 울음기가 섞여 있었다.

"난 오수*란 말이에요." 그녀는 엉엉 울었다. 침묵이 흘렀다. 클라라는 울기를 멈추더니 차분하게 오비로부터 떨어졌다. 여전히 오비는 아무 말도 하지 못했다.

"그러니까 우리는 결혼할 수 없단 말이에요." 아주 단호하게 클라라가 말했다. 끔찍하게도 쾌활하다고까지 말할 수 있는 어조였다. 단지 눈물만이 그녀가 울고 있다는 사실을 알려 주었다.

"말도 안 되는 소리!" 오비가 말했다. 그 말을 오비는 거의 외치다시피 했다. 마치 지금 그 말을 외치게 되면 모든 것이 정지된 채 그가 말하기를 헛되이 기다렸던 그 모든 침묵의 순간들을 몰아낼 수 있을 것만 같았다.

오비가 돌아왔을 때 조셉은 잠들어 있었다. 자정이 지난 시간이었다. 문은 닫혀 있었지만 잠기지는 않았다. 오비는 가만가만 걸어 들어갔다. 문소리가 아주 살짝 났는데도 조셉은 잠에서 깨어났다. 옷을 벗지도 않은 채 오비는 조셉에게 클라라의 이야기를 했다.

"바로 그 점이 나도 자네한테 묻고 싶었던 거였어. 그토록 착하고 아름다운 아가씨가 어떻게 지금까지 결혼하지 않고 혼자 지낼 수 있었을까 생각했거든." 오비는 넋이 나간 사람처럼 멍한 상태로 옷을 벗고 있었다. "여하튼 초기에 그런 사실을 알게 되어 정말로 다행이다. 아직은 상처를 입을 단계가 아니잖아. 잠을 잔다고 눈이 손상되는 건 아니지." 조셉은 다소 무

---

* 방랑자들. 신을 모시는 데 바쳐진 사람들로 금기이며 어떤 식으로든 일반인과 섞이는 것이 허락되지 않는다.

의미한 말을 지껄였다. 조셉은 오비가 자신의 말에 아무런 신경도 쓰고 있지 않다는 걸 눈치챘다.

"난 클라라와 결혼하겠어." 오비가 말했다.

"뭐라고!" 조셉이 침대에서 벌떡 일어나 앉았다.

"클라라와 결혼할 거야."

"이봐, 오비." 조셉은 침대보를 허리에 걸치며 자리에서 일어났다. 이제 조셉은 영어로 말하고 있었다. "너는 공부는 좀 했는지 모르지만 이건 결코 지식으로 해결될 문제가 아니야. 자네 오수가 뭔지나 알아? 아니, 자네가 어떻게 알 수 있겠어?" 조셉의 그 짧은 질문은 기독교 집안의 양육과 유럽식 교육을 받으며 자라난 오비가 자기 나라에서 이방인과 같은 존재가 되었다는 취지를 표명한 것이었다. 이거야말로 오비의 마음을 가장 아프게 하는 말이었다.

"그것에 대해서는 자네보다 내가 더 많이 알고 있어." 오비가 말했다. "그래도 난 클라라와 결혼할 거야. 사실 난 자네의 허락을 구한 게 아니었어."

조셉은 이 문제는 당분간 접어 두는 게 상책이라고 생각했다. 그는 다시 잠자리에 들더니 곧바로 코를 골기 시작했다.

이런 반대 세력이 나타나자 오비는 오히려 마음이 더 편해졌고 자신의 결정에 대해서도 자신감이 커졌다. 의심할 여지없이 앞으로 이런 반대 세력은 계속해서 나타날 것이었다. 어쩌면 그건 사실 결정할 문제도 아니었다. 그에게는 단 한 가지 선택만이 남아 있을 뿐이었다. 단순히 한참 거슬러 올라간 아가씨의 역대 선조가 신을 섬기기로 헌신하고 남들과 격리된 생활을 함으로써 이 세상의 종말이 오기까지 자기 자손들을 사회적 지위를 상실한 계급으로 몰아넣었기 때문에 20세기 중반에 이른 이 시점에 어떤 남자도 그런 아가씨와 결혼을 해서는 안 된다니 그건 정말 언어도단이었다. 도저히 믿기 어려운 일이었다. 그리고 여기에 배울 만큼 배운 사람이 오비에게 아무것도 모른다고 질책하고 있었다. "심지어 우리 어머니가 나선다 해도 날 막을 순 없을걸." 오비는 조셉의 옆자리에 누우며 말했다.

다음 날 2시 30분에 오비는 클라라에게 전화를 걸어서 약혼반지를 사기 위해 킹스웨이로 나가자고 말했다.

"언제요?" 이것이 클라라가 물을 수 있는 전부였다.

"지금, 지금이요."

"그렇지만 난 말하지 않았잖아요……"

"아, 시간 낭비하지 말아요. 다른 할 일도 많으니까. 우리 집에서 일해 줄 소년도 아직 구하지 못했고 냄비와 프라이팬들도 사야 한단 말이오."

"물론 알아요. 아파트로 이사 가는 날이 내일이죠? 잊어버릴 뻔했어요."

두 사람은 자동차를 타고 킹스웨이에 있는 보석상을 찾아 들어가 20파운드를 주고 반지를 구입했다. 60파운드의 묵직하던 돈다발이 이제는 엄청 줄어들었다. 30파운드, 아니 거의 40파운드 되는 돈이 사라졌다.

"성경은 어떻게 해요?" 클라라가 물었다.

"무슨 성경?"

"반지와 함께 사잖아요. 당신은 그것도 몰라요?"

오비는 그건 몰랐다. 두 사람은 C. M. S. 서점으로 건너가 지퍼가 달린 보기 좋은 성경책을 조그만 걸로 샀다.

"요즘엔 물건마다 지퍼가 달렸군." 한두 차례 바지 지퍼 올리기를 깜빡했던 일이 생각나 오비는 확인하기 위해 본능적으로 바지 앞자락을 살펴보며 말했다.

두 사람은 오후 내내 쇼핑을 하면서 시간을 보냈다. 오비도 처음에는 클라라가 그를 위해 구매하는 여러 다른 도구들에 대해 클라라만큼 관심을 가지고 살펴보았다. 그렇지만 한 시간이 흐르도록 조그만 냄비 하나밖에 구입한 게 없자 오비는 쇼핑에 대해 관심 비슷한 것도 남지 않았고 단순히 양순한 개처럼 클라라의 꽁무니만 터벅터벅 쫓아다닐 뿐이었다. 클라라는 한 가게에 들어가 알루미늄 냄비를 퇴짜 놓더니 브로드가 끝까지 걸어가 또 다른 가게로 들어가서는 똑같은 가격에 똑같은 물건을 구매하는 것이었다.

"이게 아까 U.T.C. 가게에서 본 것하고 뭐가 다르지?"

"남자들은 보는 눈이 없다니까요." 클라라가 말했다.

오비가 조셉의 방으로 돌아왔을 때는 거의 밤 11시가 다 되었다. 조셉은 아직도 잠을 자지 않고 깨어 있었다. 사실 조셉은 그들이 지난밤에 나중으로 미루었던 이야기를 마무리 짓기 위해 오후 내내 기다리고 있었던 것이다.

"클라라는 어때?" 조셉이 물었다. 미리 준비해 둔 게 아니라 무심코 던진 질문인 것처럼 말했다. 오비는 무턱대고 돌진할 자세가 되어 있지 않았다. 여러 해 전에 하르마탄*이 부는

---

* 사하라 사막에서 서해안으로 부는 건조한 열풍.

추운 계절에 아침 목욕을 해야 했을 때 오비가 선택했던 방법이 있었는데 이번에도 그 방법을 채택하고 싶었다. 그것은 한쪽 끝에서부터 시작하는 것이었다. 모든 신체 부위 중에서 찬물이 등에 닿는 게 가장 싫었다. 그는 물 양동이 앞에 서서 냉수 목욕하는 문제를 어떻게 해결할 수 있을까 궁리하곤 했다. 어머니는 "오비, 목욕 다했니? 학교에 늦으면 매 맞잖니." 하고 소리치곤 했다. 그러면 오비는 한 손가락으로 물을 휘저은 다음 발을 먼저 씻고 그 다음에 무릎까지 씻었다. 그 다음엔 팔로 가서 팔꿈치 부분까지 씻고 다음으로 나머지 팔과 다리를 닦은 다음 얼굴, 머리, 배 그리고 마지막으로 공중을 향해 뛰어오르면서 등을 닦았다. 지금 오비는 같은 방법을 택하고 싶었다.

"클라라는 괜찮아." 오비가 말했다. "그런데 말이지, 너희 나이지리아 경찰은 정말로 뻔뻔스러워."

"쓸모없는 놈들이지." 이 시간에 경찰 이야기를 하고 싶지 않은 조셉이 말했다.

"운전사에게 빅토리아비치 도로로 데려다 달라고 했어. 그곳에 도착했는데 너무 추우니까 클라라가 자동차에서 내리지 않겠다고 해서 우리는 자동차 뒷자리에 앉아서 이야기를 하고 있었어."

"운전사는 어디에 있었어?" 조셉이 물었다.

"운전사는 조금 떨어진 곳에서 등대를 바라보며 걷고 있었어. 여하튼 십 분도 채 지나지 않았는데 경찰차가 우리 옆으로 다가오더니 한 명이 자기 회중전등을 비추는 거야. 그러더니 '안녕하십니까?' 하더군. 그래서 나도 '안녕하십니까?' 했지.

그랬더니 그 친구가 '저분이 당신의 아내입니까?' 하는 거야. 나는 침착하게 '아닙니다.' 했지. 그랬더니 다짜고짜 '어디서 저 여자 꼬셔 오셨죠?' 하는 거야. 그런 말을 하는데 정말 참을 수가 없어서 내가 화를 냈지. 클라라가 이보어로 나에게 어서 운전사를 불러서 돌아가자고 하더군. 그랬더니 경찰의 태도가 즉시 바뀌더라고. 경찰도 이보 사람이었던 거야. 우리가 이보 사람인지 몰랐다고 하면서 요즈음 많은 사람들이 다른 사람의 아내를 유혹해서 해변으로 나오길 좋아한다는 거야. 한번 생각해 봐. '어디서 저 여자 꼬셔 오셨죠?'라니."

"그래서 그 다음에 어떻게 했어?"

"그냥 왔지. 그런 일이 있었는데 어떻게 그곳에 머물 수가 있겠어. 그런데 말이지, 우린 이제 약혼한 사이야. 오늘 오후에 클라라에게 약혼반지를 주었거든."

"아주 잘 했군." 조셉이 비통하게 말했다. 그는 잠시 동안 생각하더니 물었다. "자네는 영국식 결혼을 할 건가 아니면 우리 관습대로 자네 가족들에게 그녀의 가족과 교섭해 달라고 부탁할 건가?"

"아직 모르겠어. 그건 우리 아버지가 어떻게 말씀하시는가에 달려 있잖아."

"고향에 가 있는 동안 아버지께 그 문제에 대하여 말씀드렸어?"

"아니, 그땐 내 마음이 확정되지 않았거든."

"아버지께서는 동의하지 않으실걸." 조셉이 말했다. "누구한테라도 내가 그렇게 말했다고 전해."

"그분들은 내가 해결할 수 있어. 특히 우리 어머니는." 오비가 말했다.

"오비, 나 좀 보게나." 조셉은 언제나 사람들에게 자기 좀 봐 달라고 요청했다. "자네가 지금 하려고 하는 건 말이지 자네한 사람의 문제가 아니고 자네 전 가족과 다음 세대까지 관계되는 일이야. 한 손가락에 기름이 묻으면 다른 손가락도 더럽게 된단 말이지. 앞으로 우리 모두가 개화되면 누가 누구하고 결혼하는 건 아무런 문제가 안 되겠지. 하지만 아직 그런 때가 오지 않았단 말이야. 이 세대를 살아가는 우리는 단지 선구자에 불과하다고."

"선구자가 뭐지? 길을 보여 주는 사람이잖아. 내가 바로 그런 일을 하고 있단 말이야. 여하튼 이제 바꾸기에는 너무 늦었어."

"그렇지 않아." 조셉이 말했다. "약혼반지가 별건가? 우리 부모들은 반지도 없이 결혼했어. 절대로 바꾸기에 늦지 않았어. 자네가 우무오피아 지역에서 유일하게 해외로 유학 갔던 아들이라는 걸 잊어서는 안 돼. 처음으로 이가 났는데 그게 썩은 이가 되어 버린 불운한 아이처럼 되는 걸 우리는 원하지 않아. 돈을 모아 준 불쌍한 사람들에게 너의 행동이 어떤 격려가 되겠느냔 말이야?"

오비는 다소 화가 나기 시작했다. "잘 기억해 둬, 그건 단지 융자금에 불과하단 말이야. 동전 한 닢 남기지 않고 몽땅 갚을 테니까."

오비는 자기 가족이 오수와 결혼하겠다는 생각을 격렬하게 반대하리라는 걸 어느 누구보다도 잘 알고 있었다. 누가 그러지 않겠는가? 그렇지만 오비는 클라라 외에는 그 누구와도 결혼하지 않을 것이었다. 그들이 클라라와의 결혼에 간섭하지 않는 한 가족 간의 유대는 아무런 문제가 없었다. '어머니만 납득시킬 수 있다면, 만사가 해결될 텐데.' 하고 오비는 생각했다.

오비와 어머니 사이에는 특별한 유대 관계가 형성되어 있었다. 여덟 명의 자식들 중에서 오비는 어머니가 가장 아끼는 자식이었다. 오비가 태어나기 전까지 이웃 사람들은 오비의 어머니를 '자넷의 엄마'라고 불렀지만 오비가 태어나자마자 곧바로 '오비의 엄마'가 되었다. 이웃 사람들은 그런 문제에 대해 확실한 본능을 타고났다. 어린아이일 때 오비는 이런 특별한 관계를 아주 당연한 걸로 여겼다. 그렇지만 오비가 열 살쯤 되었을 때 어린 그의 마음에 그것을 구체적인 형태로 각인시켜 준 어떤 일이 발생했다. 오비에게는 녹슨 면도날이 있었는데 그걸로 연필을 깎거나 아니면 때로는 메뚜기를 자르기도 했다. 어느 날 오비는 이 칼이 호주머니에 있다는 걸 잊고 있었는데 어머니가 냇가에서 오비의 옷을 돌 위에 놓고 빨다가 그 칼 때문에 손을 아주 심하게 베었다. 어머니는 빨래를 하다 말고 집으로 돌아오셨는데 손에서는 피가 뚝뚝 떨어지고 있었다. 여하튼 이런저런 이유로 다정한 어머니가 생각날 때마다 오비의 마음은 항상 어머니가 피를 뚝뚝 흘리던 때로 돌아갔고 엄마와의 관계를 단단하게 결속시켜 주었다.

마음속으로 '어머니만 납득시킬 수 있다면.' 하고 말했을 때 오비는 거의 그렇게 할 수 있으리라는 확신이 들었다.

제8장

우무오피아 진보연맹의 라고스 지부는 매달 첫 번째 토요일에 모임을 갖는다. 오비는 11월 모임에 참석하지 않았는데 그때에 우무오피아를 방문했기 때문이다. 그의 친구 조셉이 오비가 불참한 것에 대해 변호해 주었다.

다음 모임은 1956년 12월 1일에 열렸다. 오비가 그 날짜를 기억하는 것은 그의 일생에서 아주 중요한 날이었기 때문이다. 조셉은 오비의 사무실로 전화를 걸어 모임이 4시 30분에 개최된다는 사실을 상기시켜 주었다. "자네 잊지 않고 날 데리러 올 거지?" 조셉이 물었다.

"물론이지." 오비가 대답했다. "4시에 데리러 갈게."

"좋았어! 이따 보세." 전화로 이야기할 때에 조셉은 항상 장엄한 태도를 취했다. 그런 때에 그는 결코 이보어나 피진 영어로 말하지 않았다. 전화를 끊고 나서 조셉은 동료들에게 말했다. "방금 전화한 사람 내 동생인데 얼마 전에 해외에서 돌아왔어. 대학에서 고전 문학으로 우등상을 받고 졸업했다네." 조셉은 항상 영문학이라는 진실보다 고전 문학이라는 허구를 선호했다. 그렇게 말하면 한층 더 대단한 일을 한 것처럼 들렸다.

"어느 부서 일하는데?"

"장학 위원회 사무관이야."

"그 자리 꽤 많은 돈 만지겠구먼. 영국 가고 싶은 학생들 모두 집 찾아간다던걸."

"이 친구 그런 사람 아니야." 조셉이 말했다. "이 사람 신사야. 뇌물 받는 그런 사람 아냐."

"그럴까?" 믿기 어렵다는 듯이 상대방이 말했다.

4시 15분에 오비는 새로 뽑은 모리스 옥스퍼드 자동차를 타고 조셉의 거처에 도착했다. 바로 이것이야말로 조셉이 이 특별한 모임을 고대했던 한 가지 이유였다. 자동차를 타고 가는 영광을 함께 누리는 것이었다. 자기 부족이 배출한 젊은이가 영광스럽게도 승용차를 타고 모임에 도착하면 우무오피아 진보연맹으로서도 특별한 기쁨을 맛볼 것이었다. 오비의 절친한 친구인 조셉도 그런 후광을 어느 정도 입을 것이다. 조셉은 이 행사를 위해 회색 플란넬 바지, 흰 나일론 셔츠, 검은색 점무늬 넥타이와 검은 구두로 나무랄 데 없이 말쑥하게 차려입었다. 말은 하지 않았지만 평상복 차림으로 나타난 오비를 보고 조셉은 무척 실망했다. 자동차를 타고 가는 영광을 함께 누리고 싶었던 건 사실이었다. 하지만 조셉은 유족보다 더 큰 소리로 울부짖는 조문객이라는 소리를 들어도 아무 상관없었다. 우무오피아 사람들은 사람을 난처하게 만드는 그런 논평을 충분히 하고도 남을 사람들이었다.

회합에 나온 사람들의 반응은 조셉이 기대했던 것보다도 훨씬 좋았다. 오비가 4시 15분에 그의 집에 도착했음에도 불구하고 모든 회원들이 참석하게 되는 시간을 잘 아는 조셉은 출발 시간을 5시까지 지연시켰다. 지각에 대한 벌금이 1페니였지만 우무오피아 사람들 모두가 응시하는 가운데 멋진 승용차에서 발걸음을 내딛는 영광에 비하면 그게 대수인가? 나중에 밝혀진 사실이지만 벌금을 생각해 낸 사람은 한 명도 없었다. 자동차가 다가와 서는 걸 보고서 사람들은 모두 다 손뼉을 치고 환호하며 춤을 췄다.

　"우무오피아 크웨누*!" 한 노인이 외쳤다.

　"야아!" 모두들 한목소리로 응답했다.

　"우무오피아 크웨누!"

　"야아!"

　"크웨누!"

　"야아!"

　"이페 아월루 오골리 아주아 나피아." 노인이 말했다.

　연맹 회장의 옆자리에 앉게 된 오비는 본격적인 의사일정으로 돌아가기 전에 그가 맡고 있는 일과 자동차에 대한 수많은 질문에 답변해야 했다.

　우체국 배달부로 일하던 조슈아 우도는 근무 중에 잠을 자다가 해고되었다. 조슈아에 의하면 자신은 잠을 잔 게 아니라 생각을 하던 중이었다. 그렇지만 국장은 우도가 고용될 때 약속했던 10파운드의 뇌물을 다 지불하지 않았기 때문에 어떻게

---

* 동의와 인사말을 나타내는 외침. 만세.

든 혼내 줄 방법을 찾고 있던 차였다. 그래서 조슈아는 이제 또 다른 직장을 구할 수 있게 동포들에게 10파운드를 '차용해 달라'고 요청하고 있었다.

오비의 도착으로 소란스러워지긴 했지만 이 회합은 사실 이 요청에 대해 동의해 준 것이었다. 그렇지만 회장은 공적 기금 을 빌려 주기에 앞서 조슈아에게 사무실에서 잠을 자는 문제 에 대해 대놓고 잔소리를 하던 참이었다.

"자네는 640킬로미터나 떨어져 있는 라고스에 와서 잠이나 자려고 우무오피아를 떠나온 건 아니잖은가." 회장이 조슈아 에게 말했다. "우무오피아에도 잘 곳은 아주 충분하다네. 일하 기 싫으면 그곳으로 돌아가야 하지 않을까. 자네 같은 배달부 들은 모두 똑같다니. 우리 사무실에도 항상 화장실에 가야 한다고 허락을 구하러 오는 사람이 한 명 있지. 여하튼 조슈아 우도 씨에게 그러니까…… 음…… 직장을 다시 구한다는 명백 한 목적을 위해 10파운드 융자금을 빌려 주는 걸 찬성하는 안 건을 제안합니다." 마지막 문장은 법적인 성격 때문에 영어로 말했다. 융자금은 승인을 받았다. 그런 다음 어떤 사람이 긴장 을 풀기 위한 방편으로 640킬로미터 떨어진 라고스로 오게 만 든 것이 일이었다는 회장의 말에 도전했다.

"사실 일 때문이 아니라 돈 때문이지." 그 사람은 말했다. "일은 고향에도 많이 남겨 놓았잖아……. 일을 좋아하는 사람 이라면 고향으로 돌아가 날이 넓은 칼을 집어 들고 우무오피 아와 음바이노 사이에 있는 그 험한 가시덤불로 들어가면 되 잖아. 그럼 죽는 날까지 계속 바쁠걸요." 그리하여 모임에 참 석한 사람들은 그들이 라고스로 온 건 일 때문이 아니라 돈 때문이라는 견해에 동의했다.

"이제 농담은 그만들 하게." 일찍이 전투적인 의식으로 우무오피아를 환호한 노인이 말했다. "지금 조슈아는 직장이 없어서 우리가 그에게 10파운드를 주었지만 10파운드가 말하는 건 아니잖은가. 만일 여기 내가 지금 서 있는 자리에 100파운드를 세워 놓는다 해도 그건 말하지 못할 걸세. 그렇기 때문에 사람을 가진 자가 돈을 가진 자보다 더 부요하다는 말이 있는 거지. 여기에 모인 우리들 한 사람 한 사람이 자기 부서에 빈자리가 있는지 살펴보고 조슈아에게 알려 줘야 해." 이 말에 모두들 찬성했다.

"저 위에 계신 분 덕분에." 노인이 계속해서 말했다. "이제 우리에게도 고급 공무원으로 일하는 자손이 생겼지 않는가. 우리는 그 친구에게 봉급을 가져다 우리에게 나눠 달라고 요청하지는 않을 걸세. 그가 우리를 도울 수 있는 건 바로 이처럼 사소한 일들이라네. 우리가 그에게 다가가지 않으면 그건 우리의 잘못이지. 기다란 것들이 들어갈 가방이 있는데 뱀을 죽여서 손에 들고 다닐 건가?" 그가 자리에 앉았다.

"지금 하신 말씀은 아주 지당합니다." 회장이 말했다. "마음속으로 우리는 똑같은 생각을 하고 있습니다만 우선 젊은이에게 이것저것 주변을 돌아볼 시간을 주어서 뭐가 뭔지 알 수 있게 하는 게 좋겠어요."

회합에 참석한 사람들은 낮은 목소리로 회장의 말을 옹호했다. "젊은이에게 시간을 줍시다." "먼저 그가 정착할 수 있게 내버려 둡시다." 오비는 마음이 상당히 불편했다. 그렇지만 그들이 호의를 베풀고 있다는 사실을 잘 알았다. 어쩌면 이 사람들을 다루기는 별로 어렵지 않을지도 모른다.

의사일정에 올라 있는 다음 항목은 오비의 환영회를 잘못 처리한 것에 대한 조처로 회장과 집행 위원회에 대한 불신임 안이었다. 오비는 깜짝 놀랐다. 그는 환영회가 잘 진행되었다고 생각했었다. 그렇지만 이 안건을 지지하는 세 명의 젊은이는 그렇게 생각하지 않았다. 궁극적으로 십여 명 이상의 다른 젊은이들도 마찬가지였다. 그들의 불만은 환영회를 위해 구입한 두 다스의 병맥주를 도통 구경도 못했다는 것이었다. 간부들과 원로들이 모두 독점하고 젊은이들에게는 시큼한 팜 와인만 두통 주었다는 것이다. 모든 사람들이 알다시피 사실 라고스 팜 와인은 전혀 팜 와인이 아니고 여러 차례 희석한 물이었다.

이런 비난으로 인하여 거의 한 시간 동안 험한 말들이 생생하게 오갔다. 회장은 젊은이들이 '은혜를 모르는' 배은망덕한 사람들이고 그들의 상투적인 수법은 '인신공격'이라고 말했다. 한 젊은이에 의하면 개인적으로 술을 마시고 싶은 나머지 공금으로 맥주를 산 것은 부도덕한 행위였다. 심한 말들을 주고받긴 했지만 여하튼 오비는 험악한 말들은 아니라고 생각했다. 특히 오늘 아침 신문에서 빌려 온 영어 단어들이라 그렇게 생각되었다. 설전이 모두 끝나자 회장은 우리 부족의 명예로운 아들 오비 오콩코가 그들에게 몇 마디 할 것이라고 발표했다. 이 발표에 사람들은 대단히 큰 소리로 환호하였다.

오비는 자리에서 일어나 이토록 유익한 모임을 개최한 것에 대해 감사를 표명했다. 왜냐하면 구약의 시편 저자도 형제들이 사이좋게 모임을 갖는 것이 얼마나 좋으냐고 말하지 않았던가? "우리의 선조들 역시 떨어져 사는 것의 위험성을 지적

한 속담이 있잖습니까? 그것을 뱀의 저주라고 하지요. 만일 뱀들이 모두 한곳에 모여 살면 누가 그 옆으로 접근하겠습니까? 그렇지만 그들은 각기 독자적으로 살아가다가 인간의 손쉬운 먹이로 전락합니다." 오비는 지금 자신이 좋은 인상을 남기고 있다는 사실을 알았다. 그의 말을 듣고 있는 사람들은 고개를 끄덕이며 적절한 답변을 했다. 물론 이건 모두 미리 준비해 둔 연설이었다. 그렇지만 지나치게 사전 연습을 한 것처럼 들리지 않았다.

오비는 자신이 귀국할 때 베풀어 준 놀라운 환대에 대하여 이야기했다. "기나긴 여행길에서 돌아왔는데 한 사람도 환영해 주지 않는다면 그 사람은 도착하지 못한 사람이나 마찬가지인 기분이 들 겁니다." 오비는 즉흥적으로 맥주와 팜 와인을 가지고 농담을 해 보려고 애썼지만 성공하지 못했다. 그래서 그는 서둘러 다음 대목으로 넘어갔다. 그를 영국에 보내기 위해 그들이 치른 희생에 대해 감사의 말을 했다. 그들의 신뢰에 보답하기 위하여 그는 최선의 노력을 기울일 것이라고 했다. 연설을 시작할 때에는 100퍼센트 이보어였는데 이제는 반반이었다. 그러나 청중들은 아직도 상당히 감동받은 것 같았다. 그들은 이보어를 잘하는 걸 좋아했지만 영어를 잘하는 것에도 탄복했다. 마침내 오비는 본 주제로 돌아왔다. "여러분께 한 가지 작은 요청을 하겠습니다. 여러분도 잘 아시다시피 사 년간의 공백 기간 후에 다시 정착하기까지는 약간의 시간이 걸립니다. 개인적으로 처리해야 할 사소한 일들도 많습니다. 저의 요청은 바로 이것으로, 제가 융자금을 되갚는 일을 시작하기까지 넉 달간의 유예 기간을 주십사 하는 겁니다."

"그런 건 별로 큰 문제가 아니오." 누군가가 말했다. "넉 달은 금방 지나갑니다. 빌려 준 돈은 곰팡이가 필지 모르지만 절대로 썩어 없어지는 법은 없지요."

그래, 그건 사소한 문제지만 사람들이 모두 다 그렇게 생각하는 건 아니라는 게 분명했다. 심지어는 정부에서 받게 될 그 많은 돈으로 오비가 뭘 할 건지 묻는 사람도 있었다.

"자네 말은 다 좋네." 회장이 마침내 말했다. "여기 모인 사람들 중에서 자네의 요청에 대해 반대할 사람은 한 명도 없을 걸세. 자네한테 넉 달의 유예 기간을 주겠네. 내가 지금 우무오피아를 대신해서 말하는 거 맞지요?"

"그렇습니다!" 모두들 대꾸했다.

"그렇지만 자네에게 말해 주고 싶은 두 단어가 있다네. 자네는 매우 젊은 신세대 청년이지. 게다가 책도 많이 읽었고. 책은 단연 우수하여 타의 추종을 불허하지만 경험도 마찬가질세. 그래서 주저하지 않고 자네한테 말을 하겠네."

오비의 심장이 몹시 두근거리기 시작했다.

"자네가 우리의 가족이기 때문에 자네한테 우리의 속마음을 털어놓아야 한단 말일세. 나는 이곳 라고스에서 십오 년을 살았다네. 난 1941년 8월 6일에 이곳에 왔지. 라고스는 젊은이가 살기에는 좋지 못한 곳일세. 그 달콤함을 따르다 보면 타락하고 말지. 어쩌면 자네는 내가 무엇 때문에 이런 말을 하고 있는지 의문스러울 수도 있을 걸세. 정부에서 고급 공무원들에게 주는 봉급 액수를 난 잘 알지. 자네가 한 달에 받는 돈이 이 자리에 참석한 몇몇 동포들이 일 년 동안 받는 액수와 맞먹는다네. 이미 말했지만 자네에게 넉 달의 유예 기간을 주겠네. 원한다면 일 년까지도 봐줄 수가 있지. 하지만 그게 자네한 테 무슨 도움이 될까?"

목에 커다란 혹이라도 있는 것처럼 가슴이 벅찼다.

"나쁜 길로만 들어서지 않는다면 정부에서 자네에게 지급 하는 것만으로도 충분할 걸세." 많은 사람들이 "절대로 그런 일은 없어야지!" 하고 말했다. 회장이 계속해서 말했다. "우린 자네가 나쁜 길로 가게 할 수는 없지. 우리가 앞장서서 우리 의 가정과 우리의 마을을 세워 나가야 하잖나. 그리고 그런 일 을 하려면 우리 자신은 많은 즐거움을 자제해야 하네. 우리 이 웃이 술을 마신다고 해서 따라 마셔도 안 되고 여자를 보았을 때 욕망이 생긴다고 여자 꽁무니를 따라다녀서도 안 되지. 내 가 왜 이런 말을 하고 있는지 아마 자네는 의문이 들 거야. 나 는 자네가 선조가 의심스러운 아가씨와 함께 나다니고 있고 심지어 그녀와의 결혼도 생각한다는 소문을 들었다네……."

오비는 너무 화가 나서 몸이 부들부들 떨렸지만 자리에서 벌떡 일어섰다. 그럴 때엔 무슨 말을 해야 할지 그는 항상 쩔쩔 맸다. 한마디도 생각할 수 없었다.

"오콩코 씨, 제발 자리에 앉아요." 회장이 차분하게 말했다.

"앉으라고요, 어림없는 소리!" 오비는 영어로 외쳤다. "세상 에, 이런 터무니없는 말을 하다니! 그런 말을 하시다니 법정에 가서 시비를 가려 볼까요? 그런 말씀을 하시다니…… 어떻게 그런 말씀을……."

"내 말이 끝난 다음 재판에 회부해도 좋소."

"더 이상 아무 말도 듣고 싶지 않아요. 나의 요청을 취소합 니다. 이달 말부터 돈을 갚기 시작하겠습니다. 지금 당장이요!

그렇지만 두 번 다시 제 일에 간섭할 생각은 버려 주세요. 그리고 그것 때문에 모임을 가지신다면." 오비는 이보어로 말했다. "내가 혹시라도 또다시 이 자리에 나타난다면 내 두 다리를 잘라 버리셔도 좋습니다." 오비는 문 쪽으로 걸어갔다. 수많은 사람들이 그를 가로막으려고 애썼다. "제발 자리에 앉게나." "진정해." "싸울 일이 아니지." 모든 사람들이 동시에 말을 하고 있었다. 사람들 사이를 헤치며 밖으로 나온 오비는 대여섯 명의 사람들이 따라오며 돌아오라고 간청하는데도 불구하고 무턱대고 자동차로 발걸음을 내딛었다.

"출발해!" 오비는 자동차에 올라타자마자 운전사에게 격한 어조로 외쳤다.

"오비, 제발." 조셉이 애절하게 창문에 기대어 말했다.

"비켜!"

자동차가 달려 나갔다. 이코이를 향해 절반 정도 갔을 때 오비는 운전사에게 자동차를 세우고 다시 라고스로, 클라라의 집으로 되돌아가라고 명령했다.

제9장

 그린 씨, 오모 씨와 함께 일하게 될 거라는 사실에 대해 오비는 특별한 매력을 느끼지 못했다. 그렇지만 곧바로 그것이 우려했던 것만큼 나쁠 것도 없다는 걸 알게 되었다. 우선 별도의 방이 배정되었고 오비는 그 방을 그린 씨의 매력적인 영국인 비서와 함께 사용했다. 오모 씨를 보는 일은 거의 없었고 그린 씨는 다만 그에게나 미스 마리 톰린슨에게 큰 소리로 명령을 내리기 위해 황급하게 들어오는 때만 보았다.

 "괴짜죠?" 어느 때 미스 톰린슨이 말했다. "그렇지만 정말로 나쁜 사람은 아니에요."

 "물론 아니죠." 오비가 대꾸했다. 대다수의 비서들은 아프리카 사람들에 대해 염탐하라고 일부러 심어 놓았다는 사실을 오비는 잘 알고 있었다. 매우 친절하고 관대한 척 가장하는 게 그 사람들의 작전이었으므로 말하는 걸 아주 조심해야 했다. 자신을 어떤 유형의 사람으로 오비가 생각하는지 그린 씨가 알고 모르고는 아무래도 상관없었다. 사실 그린 씨는 알아야만 했다. 하지만 앞잡이를 통해 그런 사실이 알려지게 할 생각은 없었다.

그렇지만 한 주 한 주 흘러가면서 오비의 경계수위가 점차로 '조금씩 조금씩' 낮아지기 시작했다. 어느 날 아침 오비에게 뭔가 할 말이 있었던 클라라가 오비의 사무실을 방문하게 되었다. 전화로 몇 차례 클라라의 목소리를 듣고서 미스 톰린슨은 클라라의 목소리가 아주 매력적이라고 말했다. 오비는 두 사람을 인사시켰고 진정으로 기뻐하는 영국 여자의 모습을 보고 다소 놀랐다. 클라라가 떠난 후 그날 하루 종일 미스 톰린슨은 다른 이야기는 아무것도 하지 않았다. "어쩌면 그토록 아름답죠? 당신은 정말로 운 좋은 남자예요. 언제 결혼하나요? 나라면 절대로 시간 끌지 않겠어요." 등등.

오비는 자신이 특출하게 영리한 일을 하여 처음으로 칭찬을 받게 된 어설픈 초등학생 같다는 생각이 들었다. 그는 미스 톰린슨을 다른 각도에서 바라보기 시작했다. 만일 이런 것이 작전의 일부라면 정말로 그녀는 아주 영리하다고 평가받을 자격이 충분했다. 그렇지만 그런 태도는 교활하거나 억지로 하는 것처럼 보이지 않았다. 그녀의 마음에서 곧바로 나온 행동인 것 같았다.

전화벨이 울리고 미스 톰린슨이 전화를 받았다.

"오콩코 씨요? 네, 잠깐만 기다리세요. 오콩코 씨, 당신 전화예요."

오비의 전화기는 미스 톰린슨의 전화기와 나란히 놓여 있었다. 클라라일 것이라고 생각했는데 단지 아래층 안내원에 불과했다.

"신사분이요? 그럼 올려 보내시죠. 그곳에서 만나고 싶어 한다고요? 좋아요, 그럼 내가 내려가죠. 그래요, 지금요."

스리피스 정장 차림의 신사가 접은 우산을 들고 서 있었다. 분명 그는 영국에서 갓 도착한 사람이었다.

"안녕하십니까. 제가 오콩코입니다."

"제 이름은 마크입니다. 처음 뵙겠습니다."

두 사람은 악수를 나눴다.

"당신과 상의할 일이 있어서 이렇게 찾아왔습니다. 반은 공식적이고 반은 사적인 일로 말입니다."

"그럼 제 사무실로 올라가시죠."

"감사합니다."

오비가 앞장을 섰다.

"나이지리아에 돌아오신 지 얼마 안 되시나 보죠?" 층계를 올라가면서 오비가 물었다.

"귀국한 지 여섯 달이 지났습니다."

"그렇군요." 그는 사무실 문을 열었다. "먼저 들어가시죠."

마크는 사무실 안으로 들어가다가 마치 자기 발 앞에 뱀이라도 놓인 것처럼 갑자기 발걸음을 멈췄다. 그렇지만 재빨리 제정신을 차리고 사무실 안으로 들어갔다.

"안녕하세요." 그는 활짝 웃고 있는 미스 톰린슨에게 인사말을 건넸다. 오비는 자신의 탁자 쪽으로 의자 하나를 끌어왔고 마크 씨는 그 자리에 앉았다.

"무슨 일로 찾아오셨죠?"

놀랍게도 마크 씨는 이보어로 대답했다.

"괜찮으시다면 이보어로 말해도 될까요? 여기에 유럽 사람과 함께 있을 줄은 꿈에도 생각지 못했습니다."

"좋으실 대로 하시죠. 사실 나도 당신이 이보족일 것이라고 생각지 못했습니다. 문제가 뭐죠?" 오비는 태평한 척하느라 애를 썼다.

"그러니까 말이죠, 문제는 이렇습니다. 저한테 여동생이 하나 있는데 그 아이가 얼마 전에 중등교육 수료시험을 통과했습니다. 그런데 그 아이는 영국에서 공부할 수 있게 정부 장학금을 신청하고 싶어 합니다."

그 사람은 이보어를 사용하고 있었지만 어떤 말은 영어로 할 수밖에 없었다. '중등교육 수료시험'이니 '장학금'이니 하는 말들이 그랬다. 그런 단어를 말할 때 그는 목소리를 낮추어 속삭이듯 말했다.

"그럼 신청서를 달라는 말씀입니까?" 오비가 물었다.

"아니, 그게 아닙니다. 아니요, 신청서는 받았습니다. 그러니까 말입니다. 선생님이 장학 위원회의 서기관이라는 말을 듣고 한번 만나 보아야겠다고 생각했습니다. 우리 둘 다 이보 사람이니 선생님께 무엇을 숨기겠습니까. 신청서를 제출하는 데에는 아무런 문제가 없겠죠. 하지만 선생님도 아시다시피 우리나라가 그렇잖아요. 사람들을 만나 보지 않으면……."

"이번 경우에는 사람을 만나 보실 필요가 전혀 없습니다. 단지……."

"사실 선생님 집으로 찾아뵐 생각을 했지요. 그렇지만 선생님에 대해서 알려 준 사람은 선생님이 어디에 사시는지 몰랐어요."

"죄송합니다, 마크 씨. 그렇지만 저는 당신이 무슨 말을 하려고 하시는지 정말로 모르겠습니다." 오비가 이 말을 영어로 하자 마크 씨는 경악하는 것 같았다. 누군가가 뼈다귀라는 말을 했는지 안 했는지 확실하지 않은 강아지처럼 미스 톰린슨은 귀를 쫑긋 세우고 있었다.

"죄송합니다. 음…… 오콩코 씨. 그렇지만 오해하지 말아주세요. 그러니까…… 음…… 여기로 찾아오는 게 아니었는데……."

"더 이상 이런 대화를 지속할 필요가 없는 것 같습니다." 오비가 또다시 영어로 말했다. "괜찮으시다면, 제가 좀 바빠서요." 오비가 자리에서 일어섰다. 마크 씨도 역시 자리에서 일어나더니 사과의 말을 몇 마디 우물거렸고 문을 향해 발걸음을 옮겼다.

"우산을 놓고 갔어요." 오비가 자기 자리로 되돌아오자 미스 톰린슨이 한마디 했다.

"아이코, 맙소사!" 오비는 우산을 들고 급하게 뛰어나갔다.

미스 톰린슨은 오비가 돌아와서 무슨 말을 할지 듣고 싶어 애타게 기다리고 있었다. 그렇지만 오비는 아무 일도 없었던 것처럼 그냥 자리에 앉더니 서류를 펼쳤다. 오비는 미스 톰린슨이 자기를 지켜보고 있다는 걸 잘 알았기에 일에 몰두한 척 이마를 잔뜩 찡그렸다.

"대화가 짧고 수월했어요." 그녀가 말했다.

"네, 그랬어요. 성가신 사람이에요." 오비는 올려다보지도 않았고 대화는 더 이상 이어지지 않았다.

그날 아침 내내 오비는 이상하게 우쭐한 기분이 들었다. 몇 년 전 영국에서 첫 번째로 여자와 함께 지낸 뒤의 감정과 별반 다르지 않았다. 오비의 거처로 찾아올 것을 승낙하면서 그녀는 자신이 무엇 때문에 오는지 상당히 많은 말로 그 이유를 설명했다. "우리 집에 오면 하이라이프* 춤을 가르쳐 주리다."라고 오비는 말했다. "그것 참 좋겠어요." 그녀는 고대한다는 듯 흥분해서 대꾸했다. "어쩌면 로우라이프도 조금 알려 주시겠죠?" 그리고 그녀는 장난스러운 미소를 지었다. 그날이 다가왔을 때 오비는 겁이 났다. 여자에게 실망을 줄 수도 있다는 이야기를 들은 적이 있었다. 그렇지만 오비는 그녀를 실망시키지 않았고 일이 끝났을 때 오비는 이상하게 우쭐한 기분이 들었다. 그녀는 호랑이로부터 공격받은 것 같은 기분이었다고 말했다.

마크 씨와의 대화가 끝난 후 오비는 호랑이라도 된 것 같은 기분이었다. 첫 번째 전투에서 낙승했던 것이다. 모두들 승리하기가 거의 불가능하다고 말했다. 서비스를 제공해 주면 상대방은 자신이 내미는 '콜라'를 받아 주기를 기대한다고들 말했다. 그리고 그걸 받아들일 때까지 상대방의 마음은 결코 편안하지 못하다고 했다. 마치 새끼 오리를 데려가는데 어미 오리가 아무 말도 하지 않고 아무런 소란도 피우지 않은 채 그저 달아났기 때문에 엄마 솔개로부터 다시 데려다 주라는 명령을 받은 미숙한 솔개라도 된 것 같은 기분을 상대방이 느낀다는 것이다. "그런 종류의 침묵에는 상당한 위험이 뒤따른다. 가서 병

---

* 서부 아프리카에서 발생한 춤 및 춤곡.

아리를 잡아 와라. 우리는 암탉을 잘 알고 있다. 암탉은 소리 치고 저주한다. 그러면 일은 거기서 끝나는 법이다." 당신이 어떤 사람에게 호의를 베풀었을 때 그 사람은 당신이 아무런 말도 하지 않고 소란도 피우지 않은 채 그냥 가 버리면 그게 무슨 뜻인지 이해하지 못할 것이다. 뇌물을 받는 대신 거절하면 더 많은 문제가 발생할 수 있다. 마음 놓고 술에 취한 순간이라 할지라도, 말썽거리는 뇌물을 받는 데 있는 것이 아니라 뇌물을 받는 대가로 해야 하는 일을 해 주지 못하는 데에 있다고 국무장관이 말하지 않았던가? 그리고 혹시 당신은 뇌물을 거절한다고 해도 당신의 '형제'나 '친구'가 자신이 당신의 대리인이라고 말하면서 당신 대신 뇌물을 받고 있는지 어떻게 알겠는가? 말 같지도 않은 소리! 청렴결백하기는 아주 쉬웠다. 그저 "아무개 씨, 죄송합니다. 하지만 전 이런 논의는 더 이상 지속할 수 없습니다. 안녕히 가십시오."라고 말할 수 있는 능력만 갖추면 되었다. 물론 지나칠 정도로 무례하게 행동해서는 안 된다. 어찌 되었건 유혹은 사실 압도적이지 않았다. 하지만 조심스럽게 말해서 유혹이 전혀 없었다고 말할 수는 없었다. 오비는 47파운드 10실링에서 우무오피아 진보연맹에 20파운드를 지불하고 부모님께 10파운드를 송금한 다음에 남는 돈으로 생활하기가 점점 더 불가능하다는 것을 실감하고 있었다. 지금도 존의 다음 학기 등록금을 어떻게 마련해야 할지 난감했다. 아니, 오비에게 돈이 전혀 필요 없다고 말할 수는 없는 법이다.

으깬 얌과 에구시 수프로 점심 식사를 끝마친 오비는 소파에 큰대 자로 드러누웠다. 고기와 신선한 생선을 넣어 요리한 수프는 특히 맛있어서 너무 많이 먹었다. 으깬 얌을 너무 많이 먹을 때마다 오비는 마치 염소라도 삼킨 보아 뱀이 된 것 같은 기분이 들었다. 속절없이 큰대 자로 누워 어느 정도 소화되어 숨 쉴 여지가 생길 때까지 마냥 기다렸다.

밖에 자동차 한 대가 와서 섰다. 오비는 여섯 가구로 구성된 건물에 입주한 다른 거주민 중 한 사람일 거라고 생각했다. 오비가 이름을 알고 있는 거주민은 한 명도 없었고 몇 명은 그저 안면만 있는 정도였다. 그들 모두가 유럽인들이었다. 입주민 중 한 명인 공공사업부에서 일하는 키가 큰 사람하고만 한 달에 한 번 정도 이야기를 나누는 사이였는데 그 사람은 같은 층 반대쪽에서 살고 있었다. 그렇지만 오비가 그 사람과 이야기하는 것은 같은 층에 산다는 것과는 아무런 상관이 없었다. 이 사람은 공동으로 이용하는 공터의 책임을 맡고 있어서 매달 각 입주자로부터 10실링 6펜스씩 모아 정원을 돌보는 소년에게 지불했다. 그래서 오비는 그 사람을 쉽게 알아볼 수 있었다. 오비는 또한 토요일 밤마다 정기적으로 흑인 매춘부를 집으로 데려오는 위층 사람도 알았다.

자동차가 다시 출발했다. 분명 택시였다. 왜냐하면 오직 택시 운전사들만이 그런 식으로 엔진을 공회전 시켰기 때문이다. 누군가가 오비의 문을 조심조심 두드렸다. 도대체 누굴까? 클라라는 그날 오후 근무를 하는 날이었다. 아마 조셉일 것이다. 불행을 초래한 그날의 우무오피아 진보연맹 회합에서 상실한 오비와의 행복한 우정을 되찾기 위하여 조셉은 지금 여러 달째 애쓰고 있었다. 조셉의 죄는 오비가 사회에서 따돌림을 당하는 아가씨와 약혼했다는 비밀 사항을 회장에게 일러바친 것이었다. 조셉은 용서를 구했다. 그는 단지 회장이 라고스에 있는 우무오피아 부족 사람들의 아버지라는 그의 직위를 활용하여 개인적으로 오비를 설득할 수 있으리라는 희망을 가지고 극비로 회장에게만 말했던 것이었다.

"걱정 마." 오비는 조셉에게 말했다. "이제 그 일은 잊어버리자." 그렇지만 그는 절대로 잊지 않았다. 더 이상 조셉의 거처를 찾아가지 않았다. 클라라는 어떤가 하면 두 번 다시 조셉을 쳐다보려 들지 않았다. 이전에 클라라가 조셉을 얼마나 좋아했는지 잘 알기 때문에 오비는 그녀의 강도 높은 증오심을 보고 때로는 경악했고 간담이 서늘해지기도 했다. 이제 조셉은 미꾸라지같이 잘 빠져나가서 파악하기 어려운 사람이었고 남의 행운을 시샘하는 사람이었으며 심지어는 오비를 해칠 수도 있는 사람이었다. 홍역 초기에 하는 종려주 목욕처럼 그 사건으로 인해서 보기 흉한 두드러기가 몽땅 겉으로 드러났다.

오비는 잔뜩 찌푸린 얼굴에 언짢은 표정을 짓고서 문을 열었다. 문 앞에는 조셉이 아니라 어떤 아가씨가 서 있었다.

"안녕하세요?" 오비가 표정을 완전히 바꾸고 말했다.

"오콩코 씨를 찾아왔는데요." 그녀가 말했다.

"난데요, 어서 들어오시죠." 자신의 갑작스러운 쾌활함에 오비는 놀랐다. 아무리 매력적인 아가씨라 해도 여하튼 이 소녀는 전혀 모르는 이방인이었다. 그래서 오비는 슬금슬금 감정을 자제했다.

"어서 앉아요. 그런데 이전에 만난 적이 없는 것 같은데."

"없어요. 저는 엘지 마크라고 해요."

"만나서 반가워요, 마크 양." 그녀는 흠잡을 데 없이 깨끗한 치아를 드러내며 아주 달콤한 미소를 지었다. 클라라의 치아처럼 두 앞니 사이가 약간 벌어져 있었다. 누군가가 그런 치아를 가진 아가씨들이 상당히 열정적이라는 말을 한 적이 있었다. 오비는 자리에 앉았다. 평상시 아가씨들과 함께 있을 때와는 달리 부끄럼은 타지 않았지만 이제 무슨 말을 해야 할지 몰랐다.

"제가 이렇게 찾아와서 무척 놀라셨을 거예요." 이제 아가씨는 이보어로 말하고 있었다.

"아가씨가 이보 사람인 줄 몰랐군요." 오비는 이 말을 하자마자 정신이 번쩍 들었다. 그나마 남아 있던 유쾌한 기분이 자취도 없이 사라졌다. 아가씨는 오비의 얼굴에서 표정의 변화를 눈치챈 것 같았다. 아니 어쩌면 손동작의 변화였나? 그녀는 오비의 눈길을 피했고 말을 머뭇거렸다. 그녀는 미끄러운 바닥 위를 걸으면서 몸 전체를 맡기기 전에 한 발 한 발 조심스럽게 걸음을 내딛고 있었다.

"오빠가 선생님의 사무실로 찾아간 것에 대해 정말로 죄송하게 생각해요. 오빠한테 그러지 말라고 했어요."

"아니, 괜찮소." 오비는 자신도 모르는 사이에 이런 말을 하고 있었다. "그러니까, 아가씨에게 1등급 졸업 증명서가 있어서 충분한 승산이 있다고 오빠한테 말해 주었소. 사실 모든 게 아가씨한테 달린 문제잖소. 인터뷰를 할 때 아가씨가 위원들에게 얼마나 좋은 인상을 남기는가에 달려 있으니까요."

"가장 중요한 건요." 아가씨가 말했다. "위원회와 최종 면접을 할 수 있도록 제가 확실히 선발되느냐 하는 거잖아요."

"그렇죠. 하지만 아까 말한 것처럼 아가씨는 다른 어느 지원자만큼이나 충분한 승산이 있다는 거요."

"하지만 1등급을 받은 사람도 때로는 2등급, 심지어는 3등급을 받은 사람들한테 밀려나기도 한다는 거지요."

"말할 필요 없이 때때로 그런 일도 일어날 수 있겠지요. 그렇지만 다른 모든 조건이 동등하면……. 이런 실례가 있나. 손님한테 아무것도 권하지 않았다니. 주인 노릇을 제대로 못하고 있군요. 코카콜라 어때요?" 아가씨는 눈으로 수줍은 미소를 지었다. "마시겠어요?" 오비는 냉장고로 얼른 달려가 콜라병을 꺼냈다. 병을 따서 유리잔에 따르는 데 시간이 한참 걸렸다. 생각하느라 그의 머릿속이 몹시 어지러웠다.

아가씨는 유리잔을 받아들고 고맙다는 미소를 지었다. 기껏해야 열일곱 살 아니면 열여덟 살 정도일 것 같았다. 그저 어린 소녀에 불과하다고 오비는 생각했다. 그런데 벌써 저토록 세상 물정에 대해 밝다니. 두 사람은 한동안 아무 말 없이 앉아 있었다.

아가씨가 갑자기 말하기 시작했다. "작년에 우리 학교에서 1등급을 받은 여자애들 중에서 한 명도 장학금을 받지 못했어요."

"위원들에게 좋은 인상을 주지 못했나 보군."

"그게 아니에요. 위원님들 집을 찾아가지 않았기 때문이에요."

"그래서 아가씨는 위원들을 찾아다닐 생각인가요?"

"예."

"그럴 정도로 장학금이 중요한가요? 아가씨네 집에서는 어째서 아가씨를 위해 대학 등록금을 내주지 않는 거죠?"

"우리 아버지는 오빠 때문에 돈을 몽땅 쓰셨거든요. 오빠는 의학을 공부하러 갔는데 시험에서 떨어졌어요. 그래서 공과대학으로 바꿨는데 또 떨어졌어요. 오빠는 영국에서 십이 년이나 있었어요."

"그러니까 그 오빠가 오늘 날 만나러 왔던 사람인가요?" 아가씨는 고개를 끄덕였다. "오빠는 지금 뭘 하시는데?"

"지역사회 중등학교 교사예요." 이 말을 하는 그녀의 표정이 몹시 슬퍼 보였다. "오빠는 지난 연말에 아버지가 돌아가셔서 들어왔어요. 더 이상 돈이 없었거든요."

오비는 아가씨가 매우 안됐다는 생각이 들었다. 분명 다른 많은 나이지리아 젊은이들처럼 대학 교육을 열망하는 똑똑한 아가씨였다. 그리고 누가 그들을 비난할 수 있겠는가? 분명 오비는 할 수 없었다. 아무래도 장학금이 그런 짓을 할 정도로 중요한 것이냐 또는 대학 교육이 그럴 만한 가치가 있느냐고 묻는다는 건 순전한 위선이었다. 나이지리아 사람이라면 누구라도 그 대답을 알고 있었다. 물론 대답은 '그렇고말고'였다.

대학 학위는 현자(賢者)의 돌*이었다. 대학 학위 하나가 일 년에 150파운드를 받는 3급 사무원을 570파운드 연봉에 자동차를 굴리고 보잘것없는 집세를 내면서도 사치스러운 가구가 비치된 구역에서 살아가는 고급 공무원으로 바꾸어 놓았다. 그리고 실제로 봉급이나 문화적 설비의 불균형이 단지 이 정도로 그치는 게 아니었다. '유럽인의 자리'를 차지한다는 것은 실제로 유럽인에 버금가는 것이었다. 일반 대중의 위치에서, 칵

---

* 비금속(卑金屬)을 금은으로 바꾸는 힘이 있다고 여겨져 연금술사가 찾아다니던 영석(靈石).

테일파티에서 "요즘 자동차가 잘 굴러가는가?"라는 한담을 나누는 엘리트 그룹으로 신분 상승하는 것이었다.

"오콩코 씨, 제발 부탁이니 저 좀 도와주세요. 선생님께서 시키는 거라면 무슨 짓이라도 하겠어요." 아가씨는 오비의 눈을 피했다. 그녀의 목소리는 조금 떨렸고, 오비는 그녀의 두 눈에 눈물방울이 맺혀 있는 걸 본 것 같았다.

"미안하군요. 정말로 미안한데, 아무런 약속도 해 줄 수가 없을 것 같군요."

브레이크 소리가 끽 하고 나면서 바깥에 또 다른 자동차 한 대가 멈춰 섰고 언제나 그렇듯이 클라라가 팝송을 흥얼대며 서둘러 들어왔다. 그녀는 아가씨를 보고는 급작스럽게 발걸음을 멈췄다.

"안녕, 클라라. 이 아가씨는 미스 마크예요."

"안녕하세요?" 클라라는 머리를 살짝 끄덕이더니 뻣뻣하게 말했다. 그녀는 손을 내밀지 않았다. "수프 맛이 어땠어요?" 오비에게 물었다. "너무 급하게 만들었거든요." 짤막한 그 두 문장으로 낯선 아가씨에게 클라라는 한두 가지 사실을 확실히 해 두고자 했다. 첫째, 나이지리아 사람의 악센트가 아닌 말로 정교하게 말하여 자신이 외국에 나갔던 적이 있다는 사실을 알려 주었다. 단순히 발음뿐만 아니라, 보통 느긋한 속도로 걷는 걸음걸이 대신에 빠르게 잔걸음을 치는 것으로도 외국에 나갔던 적이 있다는 사실을 알 수 있었다. 자신보다 불운한 여자들과 함께 있는 경우 그녀는 항상 "내가 영국에 있을 때는 말이지……."라는 말을 할 구실을 찾아냈다. 둘째, 클라라의 독점적인 태도는 아가씨에게 "다른 데 가서 알아보는 게 좋을 거야."라고 말하는 것 같았다.

"오늘 오후에 근무하는 줄 알았는데."

"잘못 알았어요. 오늘 비번이에요."

"그럼 수프를 만든 다음에 어째서 그토록 서둘러서 떠나갔던 거요?"

"아, 빨래할 게 아주 많았거든요. 뭐 좀 마시겠느냐고 물어보지도 않아요? 좋아요, 내가 갖다 마셔야지."

"정말로 미안해요. 그냥 앉아 있어요. 내가 가져다줄 테니까."

"아니, 너무 늦었어요." 클라라는 냉장고로 가더니 진저비어를 한 병 꺼냈다. "진저비어 또 한 병은 어떻게 된 거죠?" 그녀가 물었다. "두 병 있었는데."

"당신이 어제 마셨던 것 같은데."

"내가요? 아, 맞다. 이제야 생각나네." 클라라는 다시 돌아와서는 오비 옆 소파에 털퍼덕 주저앉았다. "아이코, 더워라!"

"그만 가 봐야 할 것 같아요." 미스 마크가 말했다.

"미안하지만 분명하게 약속해 줄 수 있는 게 아무것도 없군요." 오비가 자리에서 일어나며 말했다. 마크 양은 아무런 대꾸 없이 다만 슬픈 미소를 띠었다.

"어떻게 시내로 돌아갈 거죠?"

"아마 택시를 타야 할 거예요."

"내가 티누부 스퀘어까지 데려다 주겠소. 여기는 택시가 아주 드물거든요. 클라라, 같이 갑시다. 미스 마크를 티누부까지 데려다 주죠."

"내가 와서 상황이 거북하게 된 것 같은데 정말로 미안해요." 티누부 스퀘어에서 이코이로 다시 자동차를 타고 오면서 클라라가 말했다.

"우스꽝스럽게 굴지 말아요. 거북하게 되었다니 그게 무슨 뜻이오?"

"내가 근무 중이라고 생각했잖아요." 클라라가 깔깔대고 웃었다. "그래서 미안하단 말이에요. 그런데 그 아가씨는 누구예요? 상당히 예쁘게 생겼던데. 다 된 밥에다 코를 빠트린 격이잖아요. 오비, 정말로 미안해요."

오비는 클라라에게 어리석은 어린애처럼 굴지 말라고 했다. "그 입을 다물지 않으면 당신한테 한 마디도 더 하지 않을 거요."라고 그는 말했다.

"말하고 싶지 않으면 할 필요 없어요. 우리 샘을 보러 그의 집에 갈래요?"

두 사람이 샘의 집에 도착했을 때 장관은 집에 없었다. 아마도 각료 회의라도 열린 것 같았다.

"두 분께 마실 것 어떤 거 드릴까요?" 집사가 물었다.

"신경 쓰지 않아도 돼요, 샘슨. 장관님께 그저 우리가 왔었다는 말이나 전해 줘요."

"또다시 오시나요?" 샘슨이 물었다.

"오늘은 아니에요."

"뭐든지 조금도 드시지 않나요?"

"고맙지만 사양하겠어요. 다시 오면 그때 마실게요. 안녕히 계세요."

아파트로 돌아온 후 오비가 말했다. "오늘 참 특이한 경험을 했는데 말이지." 그런 다음 사무실로 찾아온 마크 씨에 대해 말해 주면서 클라라가 들어오기 전까지 마크 양과 있었던 일을 아주 상세하게 설명했다.

오비가 말을 마치자 한동안 클라라는 아무런 대꾸도 하지 않았다.

"이제 만족하셨소?" 오비가 물었다.

"내 생각에 당신은 그 오빠한테 너무나 엄격하게 대했던 것 같아요." 클라라가 말했다.

"그럼 당신은 나한테 뇌물을 주라고 그 사람을 부추겼어야 된다는 말이오?"

"결국 돈을 제공하는 것은 몸을 제공하는 것만큼은 나쁘지 않잖아요. 하지만 당신은 그 아가씨한테 마실 것도 주고 시내까지 자동차로 태워다 주었잖아요." 클라라는 깔깔대고 웃었다. "이 세상이 다 그런 거지요."

오비는 그 말을 어떻게 받아들여야 할지 몰랐다.

제10장

일 년 전 아주 잠깐 그린 씨가 오비의 개인적인 일에 관심을 보인 적이 있었다. 그런 걸 관심이라고 할 수 있다면 말이다. 오비가 새 자동차를 인도받은 직후였다.

"해마다 이 시기가 되면 보험금으로 40파운드를 토해 내라는 전화가 걸려 올 거라는 사실을 잘 기억해 두는 게 좋을 거요." 그린 씨가 말했다. 그 말은 꼭 브두엘의 아들인 예언자 요엘*의 목소리처럼 들렸다. "물론 그런 건 사실 내가 간섭할 문제는 전혀 아니지만 말이오. 그렇지만 심지어 교육을 받은 사람들까지도 내일을 생각하는 수준에 도달하지 못한 나라에서는 누구에게나 분명한 의무가 있는 거요." 그린 씨가 '교육을 받은'이라는 단어를 말할 때에는 마치 구토라도 하는 것 같았다. 오비는 이런 충고를 해 주어서 고맙다고 말했다.

---

* 여호와의 날을 경고한 선지자.

그리고 이제 마침내 여호와의 날이 이르렀다. 탁자 앞에 앉아 오비는 자동차 보험 갱신을 위한 편지를 펼쳐 놓았다. 42파운드였다! 은행 통장의 잔고는 13파운드가 간신히 넘는 정도였다. 그는 편지를 접어서 우표, 영수증, 석 달에 한 번씩 은행에서 보내오는 예금 내역서와 같은 이런저런 사사로운 잡동사니를 넣어 두는 서랍에 집어넣었다. 반(半)문맹인 사람이 쓴 것 같은 편지 하나가 그의 눈길을 사로잡았다. 오비는 그것을 끄집어내어 다시 읽었다.

선생님,
저에게 도움의 손길을 펼쳐 달라고 공손하게 간청할 수밖에 없게 되어 매우 통탄스럽습니다. 이런 도움을 선생님께 요청하게 되어 한편으로는 매우 부끄럽지만 솔직하게 말하자면 저는 지금 위급 상황이기 때문에 요청한다는 게 진실이므로 부디 선생님께서 용서해 주시기 바랍니다. 선생님께 제가 요구하는 액수는 불과 30실링입니다. 1957년 11월 26일 봉급날에 신속하게 반환할 것을 진심으로 굳게 맹세하는 바입니다.
최상의 배려를 부탁드립니다.

충직한 종,
찰스 이베.

오비는 이 일을 새까맣게 잊고 있었다. 요즈음 찰스가 이보어로 인사도 나누려 들지 않고 쏜살같이 사무실을 들락날락했던 게 조금도 이상한 일이 아니었다. 찰스는 이 부서에서 일하는 배달부였다. 오비는 찰스에게 그토록 위급한 상황이 뭐냐고 물었고 그는 아내가 얼마 전에 다섯 번째 아이를 출산했다고 대답했다. 마침 호주머니에 4파운드가 있었던 오비는 단번에 30실링을 빌려 주었고 그 일에 대해서 지금까지 몽땅 잊고 있었던 것이다. 그는 사람을 보내어 찰스를 불러들였고 (톰린슨 양이 알아듣지 못하도록) 이보어로 무엇 때문에 약속을 지키지 않았는지 물었다. 찰스는 머리를 긁적이더니 이번에는 12월 말로 새롭게 약속했다.

"앞으로는 당신을 신뢰하기가 힘들 겁니다." 오비는 영어로 말했다.

"아, 아닙니다, 주인님. 제발, 그런 사람 아닙니다. 이달 말 즉각 갚겠습니다." 그런 다음 이보어로 되돌아갔다. "빌려 준 돈에 곰팡이는 필지 모르지만 절대로 썩어 없어지지는 않는다는 우리의 속담도 있잖습니까. 이 부서에 많은 사람들이 있지만 저는 다른 사람들에게 가지 않고 선생님께 왔습니다."

"정말 고마운 일이로군요." 오비는 찰스가 자신이 하는 말의 의도를 제대로 파악하지 못할 것을 잘 알면서도 그냥 말했다. 실제로 찰스는 잘못 이해했다.

"그래요. 여기에 많은 사람들이 있지만 저는 다른 사람들에게 부탁하지 않았어요. 선생님을 나의 특별한 주인으로 생각하니까요. 큰 나무가 있을 때 작은 나무들은 태양에 도달하기 위해 큰 나무 등에 올라타는 법이라는 우리 속담도 있잖아요. 나이로는 선생님이 어린 소년이지만……"

"알았어요, 찰스. 12월 말로 합시다. 이번에도 약속을 지키지 않으면 이 문제를 그린 씨에게 보고하겠어요."

"아, 절대로 기대 저버리지 않습니다. 주인님 실망시키면 다음번 나 누구한테 가나요?"

찰스가 이토록 과장된 어조로 약속하였으므로 오비는 당분간 그 문제를 내버려 두었다. 오비는 찰스의 편지를 다시 보면서 편지 원본에 쓰인 "선생님께 제가 요구하는 액수는 불과 30실링입니다."라는 문구를 보고 쓴웃음을 지었다. 찰스는 그걸 쓴 다음 '불과'라는 단어를 줄을 그어 지웠다. 의심할 여지 없이 충분히 생각한 다음에 그랬을 것이다.

오비는 보험 통지서가 들어 있는 서랍에 편지를 도로 밀어 넣었다. 내일 아침 은행 지점장을 찾아가서 50파운드를 초과 인출할 수 있게 해 달라고 부탁하는 길 외에는 다른 방법이 전혀 없었다. 봉급이 은행으로 입금되는 고급 공무원에게는 그 정도의 초과 인출을 얻어 내는 일이 그다지 어렵지 않다고 들었다. 한편 그 문제에 대해 더 이상 고민해 보았자 아무런 소용이 없었다. 의심할 여지없이 이런 상황에서는 찰스의 태도가 가장 건강하다고 볼 수 있었다. 웃지 않는다면 울어야만 할 것이다. 바로 그런 방식으로 나이지리아는 형성된 것 같았다.

그렇지만 이런저런 철학을 아무리 많이 불러들인다 하더라도 당장에 그의 마음을 보험 통지서로부터 벗어나게 할 수는 없었다. "나한테 돈을 낭비했다고 말할 수 있는 사람은 한 명도 없어. 내가 만일 지난달 말에 개인 병원에서 치료를 받은 어머니의 병원비로 35파운드를 보내지 않았더라면 괜찮았을 텐데. 아니, 정확하게 괜찮지는 않다 하더라도 적어도 빚은 지지 않아도 될 텐데. 어떻게든 이 상황을 헤쳐 나갈 수 있겠지." 오비는 확신했다. "누구에게나 시작은 어느 정도 힘들기 마련이지. 이런 상황에 맞는 속담이 뭐더라? 울음을 터트린다는 건 항상 힘들다. 그래, 특별히 행복한 속담은 아니지만 그래도 맞는 말이야."

만일 우무오피아 진보연맹이 넉 달간의 유예 기간을 허락했다면 상황은 아주 다르게 전개되었을 것이다. 그렇지만 그 모든 게 이제는 과거지사였다. 오비는 진보연맹과의 불화를 해결했다. 그들의 말에 악의가 전혀 없었다는 것은 너무나도 분명했다. 그리고 혹시 악의가 있었다고 해도 화해를 위한 모임에서 회장이 말했던 것처럼 사실 친족에 대한 분노는 뼛속까지 사무친 게 아니라 피부로 느끼는 것이지 않는가? 진보연맹에서는 그때부터 넉 달간의 유예 기간을 받아들이라고 오비에게 간청했다. 그렇지만 오비는 이제 자기의 상황이 이전보다 나아졌다는 거짓말로 그 제안을 거절했다.

그리고 그런 문제를 자기 자신이 아니라 마치 B 씨라는 다른 사람과 연관된 것처럼 객관적으로 생각해 보면, 고급 공무원이면서 한 달에 20파운드를 마지못해 지불하는 것처럼 보인다면 그런 사람에 대해 비판적이라고 해서 그 가난한 사람들을 비난할 수 있겠는가? 그들은 오비를 영국에 보내기 위해 800파운드를 모금하느라 잔인할 정도로 과도한 회비를 지불했었다. 어떤 회원은 한 달 수입이 5파운드도 되지 않았다. 오비의 한 달 수입은 거의 50파운드였다. 그들에게는 아내도 있고 학교에 다니는 자녀들도 있지만 오비에게는 아내나 자녀가 없다. 20파운드를 지불하고 나면 그에게 30파운드 정도 남을 것이다. 그리고 얼마 지나지 않으면 그가 받는 이자만도 일부 사람들의 봉급만큼 될 것이다.

오비는 자기 부족 사람들이 하는 말에 상당한 일리가 있다고 인정했다. 하지만 그들이 알지 못했던 것은 훌륭한 엘리트 가운데에 자기 친족의 이름을 올리기 위해 땀과 눈물로 고생한 그들이 그 사람이 그 자리에 계속 서 있을 수 있도록 도와주어야 한다는 사실이었다. 구성원끼리 서로 인사를 나눌 때 "요즘 자네 자동차는 잘 굴러가는가?"라는 말을 주고받는 상류 클럽의 일원으로 만들어 놓은 후에 설마 그들은 기가 막히게도 오비가 "미안해요. 하지만 제 자동차는 요즘 사용하지 못하고 있어요. 아시다시피 보험료를 지불할 돈이 없거든요."라고 대답하리라 기대했겠는가? 그런 말은 차마 생각할 수도 없는 배신 행위일 것이다. 과거에 이보 사회에서 은밀하게 인사말을 전하는 망령에게 마스크를 쓴 또 다른 망령이 "친구여, 미안하오. 그런데 나는 당신의 그 이상한 말을 도저히 알아듣지 못하겠구려. 난 단지 마스크를 쓴 인간에 불과하거든."이라고 답변하는 것만큼이나 상상도 할 수 없는 일이었다. 아니, 이런 일은 절대로 있을 수가 없었다.

공정하다고 하는 이보 사람들은, 심지어 작은 질병 하나도 걸리지 않은 사람이 수천 명이나 있는데 음낭에 상피병이 걸린 사람에게 천연두까지 걸리라고 하는 것은 옳지 못하다는 속담을 만들어 냈다. 의심할 여지없이 그건 옳지 못하다. 그렇지만 그런 일은 일어난다. "세상사가 다 그런 거지, 뭐."라고 그들은 말한다.

은행에서 50파운드의 융자 문제를 협상한 다음 곧바로 보험 회사에 그 돈을 넘겨주고 사무실로 돌아오니 11월분 전기 요금 청구서가 오비를 기다리고 있었다. 청구서를 펼쳐 본 오비는 큰 소리로 엉엉 울고 싶은 심정이었다. 5파운드 7실링 3펜스였다.

"왜 그래요?" 미스 톰린슨이 물었다.

"아, 아니에요. 아무 일도 아니에요." 오비는 기운을 되찾았다. "전기 요금 청구서가 나왔을 뿐이에요."

"한 달에 얼마나 나오는데요?"

"이번 달엔 5파운드 7실링 3펜스예요."

"전기 요금을 그렇게 많이 부과하다니 순 날강도로군요. 영국에서는 석 달 전기 요금도 그보다 적게 나올 거예요."

지금 오비는 그런 걸 비교할 기분이 아니었다. 보험 회사의 통고로 인해 갑작스러운 충격을 받게 된 오비는 자신의 현실적인 재정 상태에 대해 정신이 번쩍 들었다. 다음 몇 달 동안 들어올 돈을 자세히 따져 본 다음 안심하고 있을 단계가 아님을 깨달았다. 이달 말에는 자동차 등록증도 갱신해야 할 것이다. 일 년간의 등록세를 지불하는 건 당연히 불가능하고 우선 석 달치 등록세만 낸다 해도 4파운드였다. 게다가 타이어도 있다. 아마도 다음 한 달 정도는 타이어 교체를 미룰 수도 있겠지만, 그것들은 이미 튜브만큼이나 매끄러웠다. 자동차에 부착되어 나온 첫 번째 타이어들이 이 년 아니 심지어는 십팔 개월도 지탱하지 못한 것에 대해 사람들은 매우 놀라워했다. 30파운드를 주고 타이어 네 개를 모두 새것으로 바꾸는 건 감히 엄두도 내지 못했다. 그래서 트렁크에 있는 스페어타이어로부터 시작하여 한 번에 하나씩 지금 쓰는 타이어에 바닥을 다시 붙여 써야 할 판이었다. 그럼 비용을 반으로 줄일 수 있을 것이다. 그렇게 하면 미스 톰린슨이 말해 주었다시피 아마 여섯 달

밖에 버티지 못할 것이다. 그러나 여섯 달이라면 사태가 조금이라도 호전되기에 충분한 기간이다. 그렇지만 소득세에 대해서 말해 준 사람은 한 명도 없었다. 그것도 곧 닥칠 문제였지만 아직은 두 달 정도 남아 있었다.

점심 식사를 마치자마자 오비는 곧바로 철저하게 경제적인 조치들을 자기 집에 도입하기 시작했다. 집안일을 돌보라고 새로 데려온 세바스찬은 의심할 여지없이 우리 주인이 무엇에 씌어서 저러는지 궁금해 하며 옆에 서 있었다. 오비는 점심 식사를 먹기 시작할 때부터 수프에 고기가 너무 많이 들어갔다고 투덜댔다.

"그러니까 말이지, 난 백만장자가 아니란 말이야." 오비는 이렇게 말했다. 맹세코 클라라가 수프를 끓일 때는 고기를 두 배는 더 집어넣는데! 세바스찬은 생각했다.

오비는 계속해서 말했다. "그리고 앞으로는 말이지, 시장에 갈 돈을 일주일에 단 한 번만 주겠어."

아파트에 있는 전기 스위치는 모두 다 두 개의 전구에 연결되어 있었다. 오비는 전구를 빼기 시작했다. 앞으로는 반드시 스위치 하나에 전구 하나씩만 켜야 했다. 어째서 목욕탕과 화장실에 전등이 두 개나 있어야 하는지 오비는 종종 의문을 품었다. 이런 게 전형적인 정부 계획이었다. 아파트 블록 한가운데에 있는 콘크리트 계단에는 등이 하나도 달려 있지 않아서 사람들은 종종 서로 부딪치거나 아니면 층계 하나를 헛디디곤 했다. 그런데 무슨 일을 하는지 자세히 보고 싶을 사람이 하나도 없는 화장실에는 전등이 두 개씩이나 달려 있었다.

전등 문제를 해결한 다음 오비는 다시 세바스찬에게로 돌아섰다. "앞으로 온수기는 절대로 틀면 안 된다. 냉수로 목욕을 할 거니까. 냉장고도 반드시 저녁 7시에 껐다가 낮 12시에 다시 틀도록 해라. 알아들었니?"

"예, 주인님. 하지만 고기 상하지 않아요?"

"한 번에 고기를 많이 살 필요는 없잖아."

"예, 주인님."

"그날 먹을 것만 조금씩 사란 말이다. 다 먹고 나서 또다시 조금만 사란 말이지."

"예, 주인님. 하지만 저한테 매주 한 번씩만 시장에 가라고 한 줄 아는데요."

"난 그런 말을 한 적이 전혀 없다. 난 단지 돈을 한 번만 주겠다고 말한 거야."

세바스찬은 그제야 알아들었다. "똑같아요. 나한테 돈을 두 번 주는 게 아니고 이제는 한 번 주는 거지요."

세바스찬이 그런 문제를 추상적으로 추리할 수가 없다는 걸 오비는 알아차렸다.

그날 저녁 오비는 클라라와 심하게 다투었다. 초과 인출에 대해 클라라에게 말하고 싶지 않았는데 클라라는 오비를 보자마자 무슨 일이냐고 물었다. 오비는 몇 가지 핑계를 대며 그녀를 속이려고 했다. 그렇지만 그럴 계획이 전혀 없었기 때문에 말이 앞뒤가 맞지 않았다. 오비에게서 뭔가 알아내려 할 때에 클라라는 억지를 부리는 대신 입을 꽉 다물어 버렸다. 두 사람이 함께 있을 때에 보통은 클라라가 4분의 3을 이야기하기 때문에 침묵은 정말로 견디기가 힘들었다. 그러면 오비는 왜 그러느냐고 묻게 되고 그렇게 되면 그게 보통 클라라가 원하는 걸 하게 되는 서곡이었다.

"왜 나한테 말하지 않았죠?" 클라라는 오비가 초과 인출에 대해 말하자 이렇게 말했다.

"글쎄, 그럴 필요가 없잖소. 다섯 달에 걸쳐서 매달 조금씩 갚으면 쉽게 해결될 거요."

"그게 핵심이 아니잖아요. 당신이 경제적 곤란을 겪고 있는데 당신은 내가 아무것도 몰라도 된다고 생각하잖아요."

"난 경제적으로 곤란하지 않단 말이오. 당신이 다그치지만 않았어도 그런 말은 입에 올리지도 않았을 거요."

"그렇군요." 클라라가 한 말은 단지 이 한마디뿐이었다. 그녀는 방을 가로질러 가 마룻바닥에 놓여 있던 여성 잡지를 집어 들더니 읽기 시작했다.

몇 분이 흐른 후 오비는 아무 일도 없었던 것처럼 말했다. "방문객이 있는데 책만 읽다니 너무 무례한 것 아닌가."

"내가 버릇없이 자랐다는 것 정도는 마땅히 알고 있어야죠." 그녀의 집안을 비판하는 듯한 말은 어떤 거라도 상당히 위험한 주제였고 종종 눈물로 끝났다. 심지어 지금 이 순간에도 클라라의 두 눈이 흐릿해지기 시작했다.

"클라라." 오비는 팔로 그녀를 감싸 안으며 말했다. 클라라의 몸이 온통 긴장 상태로 굳어져 있었다. "클라라." 아무런 대답이 없었다. 그녀는 기계적으로 잡지의 책장만 넘기고 있었다. "무엇 때문에 싸우려고 하는지 모르겠군." 숨소리 하나 들리지 않았다. "오늘은 그냥 가는 게 좋을 것 같군."

"나도 그렇게 생각해요."

"클라라, 정말로 미안해요."

"뭐가요? 제발, 날 좀 내버려 둬요." 그녀는 오비의 팔을 밀어냈다.

그는 마룻바닥을 응시하며 또다시 몇 분 동안 앉아 있었다.

"알았소." 오비는 벌떡 일어났다. 클라라는 자세도 바꾸지 않고 그대로 앉아서 책장을 넘기고 있었다.

"잘 있어요."

"안녕히 가세요."

아파트로 돌아온 오비는 세바스찬에게 저녁 식사를 준비하지 말라고 말했다.

"이미 시작한걸요."

"그럼 중단하면 되잖아." 오비는 큰 소리로 외치고는 침실로 들어갔다. 화장대 위에 놓인 클라라의 사진을 바라보기 위해 걸음을 잠깐 멈췄다. 오비는 사진을 엎어 놓고 옷을 벗으러 갔다. 토가 방식으로 상의를 어깨에 걸친 채 오비는 책을 가지러 다시 거실로 나갔다. 어떤 책을 읽을 것인지 결정하지 못한 채 이 선반 저 선반을 수차례 훑어보았다. 그러다가 그의 눈길이 A. E. 하우스먼의 『시선집』에 머물렀다. 오비는 그 책을 꺼내 들고 침실로 돌아갔다. 클라라의 사진을 집어서 제자리에 다시 세워 놓은 다음 침대에 드러누웠다.

책을 펼치자 종지쪽지 한 장이 나타났는데 먼지에 노출되어 있었던 바람에 종이 위쪽은 너덜너덜했고 색이 누렇게 변해 있었다. 종이에는 '나이지리아'라는 시가 적혀 있었다.

우리의 고귀한 조국을 신이시여 축복하소서.

태양이 빛나는 위대한 땅에서
자유를 위한 투쟁에서 승리하기 위해
용감한 백성은 평화의 길을 선택했도다.
우리의 순결함을 지키고 생명력과 유쾌함에 대한
우리의 열정을 유지하게 하옵소서.

우리의 고귀한 동포들을 신이시여 축복하소서.
여기저기 흩어져 있는 남자와 여자들을.
사랑하는 우리의 조국을 건설하기 위해
모두 함께 한마음으로 일하게 하소서.
지역, 부족, 언어의 차이는 잊게 하시고
언제나 한 사람 한 사람을 소중히 여기게 하소서.

종이 아래쪽에 "1955년 7월, 런던에서"라고 쓰여 있었다. 미소를 지으며 오비는 종이쪽지를 다시 책갈피 속에 끼운 다음 즐겨 읽는 시가인 「부활절 송가」를 낭독하기 시작했다.

제11장

이제 오비는 미스 톰린슨과 상당히 친근한 사이가 되었다. 그녀가 클라라를 몹시 칭찬한 이후로 오비는 그녀에 대한 경계심을 '약하게 약하게' 낮추기 시작했다. 그녀는 이제 오비에게 미스 톰린슨이 아니라 마리였고 그도 역시 그녀에게 오비가 되었다.

"하긴 미스 톰린슨은 발음하기가 쉬운 편은 아니죠." 어느 날 그녀가 말했다. "그냥 편하게 마리라고 불러요."

"나도 그러면 어떨까 생각했어요. 그렇지만 당신은 평범한 마리가 아니에요. 평범하다는 단어와는 아주 정반대죠."

"아, 고마워요." 마리는 유쾌하게 머리를 홱 흔들며 말했다. 그녀는 자리에서 일어나 절을 하는 시늉을 했다.

두 사람은 많은 것들에 대해 솔직하게 마음을 열고 이야기했다. 긴급하게 처리해야 할 일이 하나도 없을 때에 마리는 팔짱을 낀 두 팔을 타자기에 올려놓는 버릇이 있었다. 마리는 그런 자세로 오비가 하던 일에서 눈을 치켜뜰 때까지 기다리곤 했다. 대체로 그린 씨가 토론 대상이거나 아니면 적어도 이야기를 시작하는 계기가 되었다. 일단 시작되면 이야기의 방향은 제멋대로 흘러갔다.

"어제 그린 씨 부부와 차를 마셨는데요." 예를 들어 마리는 이렇게 이야기를 시작할 수 있었다. "그런데 그렇게 매력적인 부부는 드물 거예요. 그린 씨는 집에서는 아주 달라요. 자기 집에서 일하는 집사의 아들을 위해 등록금을 내주는 거 알죠? 그러면서도 교육받은 아프리카 사람들에 대해서는 아주 터무니없는 말을 하잖아요."

"그러게요." 오비는 대꾸했다. "심리학자에게 분명 흥미로운 연구 대상일 거예요. 찰스라는 심부름꾼 아시죠? 찰스가 그러는데 얼마 전에 자기가 사무실에서 잠을 잤다고 A.A.에서 해고시키려고 했대요. 그렇지만 그 문제가 그린 씨한테 올라가자 그는 찰스의 신상 자료에 첨부된 해고 제안서를 찢어 버렸대요. 그린 씨는 이 불쌍한 친구가 말라리아에 걸린 게 분명하다고 말하더니 다음 날 말라리아 치료약인 퀴나크린을 한 통 사다 주었대요."

그린 씨가 마리에게 구술하는 걸 받아쓰러 들어오라고 사람을 보냈을 때 마리는 그린 씨의 기이한 성품을 재구축하기 위해 또 하나의 벽돌을 제자리에 놓으려던 참이었다. 그녀는 그린 씨가 식민지 교회에서 교구 일을 맡아 일하는 아주 독실한 기독교도라는 말을 막 하려던 참이었다.

오비가 아무리 그린 씨를 싫어하긴 하지만 그래도 그에게 감탄할 만한 장점들이 있다는 사실을 인정하기까지는 시간이 한참 걸렸다. 예를 들어 그린 씨는 본분에 아주 충실했다. 비가 오든 날이 개든 어떤 일이 있어도 그는 공무 시간보다 삼십 분 일찍 출근하여 종종 2시가 넘도록 일하거나 아니면 저녁 시간에 다시 사무실에 나왔다. 오비로서는 사실 그런 점이 이해되지 않았다. 어떻게 사람이 자신이 믿지 못하는 나라를 위하여 저토록 열심히 일할 수 있단 말인가. 그는 단순히 의무가 논리적으로 불가피한 일이라고 생각한단 말인가? 그린 씨가 항상 말하듯이 급박하게 처리해야 할 일이 있기 때문에 그는 계속해서 치과 의사 만나는 일을 연기했다. 그는 마치 마지막 큰 재앙이 일어나기 전에 반드시 결말지어야만 하는 대단히 중요한 업무가 있는 사람처럼 행동했다. 그린 씨를 보면서 오비는 과거에 읽은 이집트의 모하메드 알리에 대한 이야기가 생각났다. 노년에 이른 알리는 죽기 전에 자기 나라를 근대화시키기 위하여 미친 듯이 일했다.

그린 씨의 경우에는 나이지리아의 독립이 아니라면 그가 생각하는 최종 기한이 언제인지 알기가 힘들었다. 1956년 나이지리아가 독립할지도 모른다는 소문이 돌자 그린 씨는 사직서를 제출했었다고 들었다. 결국 그런 일은 발생하지 않았고 그린 씨는 사직서를 철회하라는 설득을 받아들였다.

상당히 흥미로운 사람이라고 오비는 압지철에 그의 옆모습을 그리면서 생각했다. 한 가지 오비가 제대로 그려 낼 수 없는 것은 셔츠 칼라였다. 그래, 아주 재미있는 사람이야. 그린 씨가 아프리카를 사랑하는 건 분명하지만 단지 어떤 일부만이었다. 심부름꾼 찰스의 아프리카, 그의 집에서 일하는 정원사의 아들이나 집사 아들의 아프리카뿐이었다. 본래 그가 이곳에 올 때에는 분명 가슴에 어떤 이상을 품고 있었을 것이다. 암흑의 핵심에, 기묘한 종교 의식이나 입에 담기도 무서운 관습을 수행하는 야만적인 부족민들에게 빛을 가져다주겠다는 이상이 있었을 것이다. 그러나 이곳에 도착했을 때 아프리카는 그를 배반했다. 인간 제물로 그득한 그의 사랑하는 오지는 도대체 어디에 있단 말인가? 성장(盛粧)한 채 말을 탄 성(聖) 조지는 있는데, 도대체 용은 어디에 있단 말인가? 1900년이었다면 아마도 그린 씨는 위대한 선교사 대열 속에 자리를 잡았을 것이다. 1935년이었다면 학생들 앞에서 교장의 뺨을 때리며 만족한 웃음을 지었을 것이다. 그렇지만 1957년에는 단지 악담을 퍼부을 수 있을 뿐이었다.

섬광처럼 번득이는 통찰력으로 오비는 졸업하기 위해 읽었던 조셉 콘래드의 소설이 기억났다. "간단하게 의지를 행사하여 실제로 우리는 거침없이 선을 위한 힘을 발휘할 수 있다." 이건 소설의 등장인물인 커츠가 암흑의 심장이 그를 삼키기 전에 한 말이었다. 나중에 그는 "짐승 같은 놈들을 모두 다 없애 버려라."라고 써 놓았다. 물론 이건 아주 유사한 예는 되지 못했다. 커츠는 암흑에 굴복했지만 그린은 해가 막 뜨기 시작한 새벽에 스스로를 희생했다. 그렇지만 그들의 시작과 끝은 상당히 유사했다. 이런 분석을 하고 있는 자신의 모습에 흐뭇해진 오비는 '그린 씨와 같은 사람들이 이 세기에 겪고 있는 비극을 다루는 소설을 꼭 써야겠다.'라고 생각했다.

그날 아침 느지막하게 종합 병원에서 온 심부름꾼이 오비에게 조그만 꾸러미를 가져다주었다. 클라라가 보낸 것이었다. 그녀에 대해서 정말로 감탄하는 것 중에 하나는 글씨체였다. 아주 여성적이었다. 하지만 오비는 지금 클라라의 글씨체에 대하여 생각하지 못했다. 그의 심장이 두근두근 심하게 떨리고 있었다.

"그만 가도 좋아요." 오비는 답장을 받아 가려고 기다리고 있는 심부름꾼에게 말했다. 꾸러미를 펼치기 시작했지만 오비는 손이 부들부들 떨려서 펼치기를 중단했다. 그 순간 마리는 사무실에 없었지만 어느 순간에라도 들어올 수 있었다. 그는 꾸러미를 화장실로 가져갈까 생각했다. 그 순간 더 좋은 생각이 떠올랐다. 서랍 하나를 끄집어낸 다음 서랍 속에 넣고 꾸러미를 풀기 시작했다. 어떤 까닭인지 오비는 꾸러미의 크기를 보면서도 그 안에 반지가 들어 있을 것이라고 확신했다. 그리고 약간의 돈과 함께! 그랬다, 5파운드짜리 지폐 다발이었다. 그렇지만 반지는 보이지 않았다. 그는 안도의 한숨을 내쉬고는 동봉한 쪽지를 읽었다.

> 사랑하는 오비 씨,
> 어제 일은 정말로 미안해요. 곧바로 은행으로 가서 초과 인출한 걸 취소하세요. 이따 저녁에 봐요.
>
> 당신의 클라라가.

오비의 두 눈에 눈물이 고였다. 고개를 쳐들었을 때 마리가 자신을 지켜보고 있는 게 보였다. 마리가 사무실로 들어오는 것조차도 오비는 알아채지 못했던 것이다.

"무슨 일이에요, 오비?"

"아무 일도 아니에요." 오비는 미소를 지으려고 애쓰며 말했다. "생각에 깊이 빠져 있었어요."

오비는 조심스럽게 50파운드를 다시 싼 다음 호주머니에 집어넣었다. 어떻게 클라라는 이토록 많은 돈을 구했단 말인가? 오비는 궁금했다. 물론 클라라의 봉급은 제법 많은 편이었고 어떤 진보연맹의 장학금을 받고 간호학을 공부한 것도 아니었다. 사실 그녀도 부모에게 돈을 송금하고 있었지만 그게 다였다. 아무리 그렇다 해도 그녀에게 50파운드는 상당히 큰 돈이었다.

이코이에서 야바로 오는 동안 내내 오비는 클라라에게 어떻게 돈을 돌려주는 게 최선의 방법일지 생각해 보았다. 불가능한 일은 아니지만 상당히 어려울 거라는 걸 오비는 잘 알고 있었다. 그렇지만 클라라에게서 50파운드를 받는다는 건 터무니없는 일이었다. 문제는 그녀의 마음을 상하지 않게 하면서 어떻게 돈을 돌려주는가였다. 오늘 초과 인출을 했는데 그 다음날에 그 돈을 갚는다면 자신이 얼마나 바보처럼 보이겠느냐고 말하면 어떨까. 어쩌면 자신이 돈을 훔쳤을 거라고 은행 지점장이 의심할 수도 있다고 말할까. 아니면 오비가 돈이 정말로 필요하게 될 이달 말까지 클라라가 그 돈을 보관하고 있으라고 부탁할 수도 있겠다. 그러면 클라라는 "당신이 가지고 있어도 되잖아요."라고 말할지도 모르지. 그럼 "내가 갖고 있다가는 그전에 써 버릴지도 몰라."라고 대답해야겠다.

오비는 클라라와 어려운 문제를 논의할 때마다 어떤 대화를 나눌지 미리 짜 놓았다. 하지만 막상 그때가 되면 대화는 항상 완전히 다른 방향으로 흘러갔다. 이번 경우도 역시 마찬가지였다. 클라라는 오비가 도착했을 때 다리미질을 하고 있었다.

"금방 마칠게요." 클라라가 말했다. "은행 지점장이 뭐라고 해요?"

"상당히 좋아하던걸."

"앞으로는 그런 어리석은 짓을 하면 안 돼요. 오래된 구덩이를 메우기 위해 새 구덩이를 판다는 속담을 당신도 알잖아요."

"어째서 당신은 교활해 보이는 그런 사람에게 그토록 많은 돈을 맡긴 거요?"

"조 말이에요? 조는 내 진정한 친구예요. 그 사람은 병원 심부름을 도맡아 해요."

"난 그 사람 표정이 싫었단 말이오. 오래된 구덩이를 메우려고 새 구덩이를 판다는 속담이 무슨 뜻이오?"

"당신은 얼른 이보어를 배워야 한다고 내가 항상 말했죠. 그 말은 보험료를 지불하기 위해 은행에서 돈을 빌린다는 뜻이죠."

"그렇군. 당신은 한 구덩이를 메우기 위해 구덩이 두 개를 파는 길을 선호하는군. 보험료 지불을 위해 은행에서 빌리고 또 은행 돈을 갚기 위해 클라라에게서 돈을 빌리다니."

클라라는 아무런 대꾸도 하지 않았다.

"난 은행에 가지 않았소. 어떻게 그런 일을 할 수 있단 말이오? 어떻게 그 많은 돈을 당신한테서 받을 수 있단 말이오?"

"오비, 제발 어린애처럼 굴지 말아요. 그건 단지 돈을 빌리는 거잖아요. 당신이 그토록 싫다면 돌려줘도 좋아요. 사실 오후 내내 그 모든 일을 생각해 보았어요. 내가 당신 일에 너무 간섭하고 있는 것 같더군요. 내가 할 수 있는 말은 오로지 정말로 미안하다는 거예요. 지금 돈을 갖고 왔어요?" 클라라가 손을 내밀었다.

오비는 클라라의 손을 잡고 그녀를 자기 쪽으로 끌어당겼다. "클라라, 내 말을 오해하지 말아요."

그날 저녁 두 사람은 오비의 경제학자 친구인 크리스토퍼를 방문했다. 클라라는 점차적으로 그를 좋아하게 되었다. 어쩌면 그 친구는 약간은 지나칠 정도로 쾌활하다고 볼 수 있었지만 사실 그게 중대한 잘못은 아니었다. 그렇지만 클라라는 그 친구가 여자 문제에서 오비에게 좋지 못한 영향을 미칠까 봐 두려웠다. 동시에 네다섯 명의 여자들과 어울려 다니는 걸 즐기는 것 같았다. 그는 심지어 나이지리아에는 절대로 사랑 같은 건 없다고도 말했다. 그렇긴 해도 미개인 같은 조셉과는 달리 크리스토퍼는 매우 호감이 가는 타입이었다.

예상했던 대로 클라라와 오비가 도착했을 때 크리스토퍼는 아가씨와 함께 있었다. 분명 오비는 이 아가씨를 이전에 본 적이 있었겠지만 클라라는 처음이었다.

"클라라, 비시예요." 크리스토퍼가 말했다. 두 여자는 악수를 하며 "만나서 반갑습니다." 하고 인사말도 나누었다. "클라라는 오비의……."

"그만해요." 클라라가 크리스토퍼의 말을 완성시켜 주었다. 그렇지만 그건 마치 말더듬이를 대신해서 문장을 끝내 주려고 애쓴 것처럼 되어 객쩍게 말참견을 한 꼴이었다.

"오비와 그렇고 그런 사이랍니다." 크리스토퍼가 마무리했다.

"그동안 새로 나온 음반을 사셨어요?" 클라라가 한 의자 위에 쌓여 있는 음반 더미를 살펴며 물었다.

"내가요? 더군다나 이런 시기에? 그것들은 비시 거예요. 뭘 드릴까?"

"샴페인이요."

"저런, 그런 수준 높은 물건 사는 사람 오비지요. 나요, 그런 단계 꿈에서도 못 가죠. 스쿼시밖에 대접 못합니다." 그들은 깔깔대고 웃었다.

"오비, 맥주 어때?"

"한 병 가지고 우리 둘이 나눠 먹으면 좋겠어."

"그러지. 그런데 오늘 저녁 뭘 하실 건가? 우리 어디 가서 춤이나 출까?"

오비는 이런저런 핑계거리를 만들려고 애썼지만 클라라가 오비의 말을 가로막았다. 그들도 가겠다고 클라라가 말했다.

"난 영화 가고 싶은데." 비시가 말했다.

"이봐요, 비시. 우린 말이지, 당신이 하고 싶은 일에 관심이 있는 게 아니란 말이오. 결정은 오비와 나의 몫이란 말이오. 여긴 아프리카란 말이지, 안 그래?"

크리스토퍼가 제대로 된 영어로 말하는가 아니면 '엉터리' 영어로 말하는가 하는 것은 무슨 말을 하는가, 어디서 말하는가, 누구에게 어떤 방식으로 말하고 싶어 하는가에 달려 있었다. 물론 이런 일은 대부분의 교육받은 사람들에게 어느 정도는 적용되는 말이지만, 특히 토요일 밤에는 한층 더 그랬다. 하지만 크리스토퍼의 경우에는 이중적인 유산과 이런 식으로 타협하는 일에 다소 특출하다고 말할 수 있었다.

오비는 크리스토퍼에게서 넥타이를 빌렸다. 그들이 가기로 선택한 임페리얼에서 그걸 문제로 삼는 건 아니었다. 하지만 누구라 할지라도 어린 소년처럼 보이고 싶지 않은 법이었다.

"오비, 우리 모두 함께 자네 차로 갈까? 운전사를 고용해 본지도 아주 오래되었거든."

"그래, 모두 함께 갑시다. 춤을 춘 다음에 비시를 집에 데려다 주고 그 다음에 클라라를 데려다 주고 그 다음으로 자네를 데려다 주려면 힘은 좀 들겠지만 문제 될 건 없어."

"아냐, 나도 자동차를 가져가는 게 좋을 것 같네." 크리스토퍼가 말했다. 그런 다음 그는 오비의 귀에 대고 사실 그날 밤에 비시를 데려다 줄 생각이 없다는 그런 뜻으로 무슨 말을 속삭였다. 너무나도 분명한 속셈이었다.

"오비에게 무슨 말을 그렇게 속삭여요?" 클라라가 물었다.

"남자들끼리만 통하는 말입니다." 크리스토퍼가 말했다.

임페리얼에 도착하니 주차 공간이 별로 넓지 않았고 이미 많은 자동차들이 주차되어 있었다. 옷을 반쯤 입은 채로 주위에 둘러 서 있는 대여섯 명의 꼬마 거지들이 지시하는 대로 몇 차례 뒤로 갔다 앞으로 갔다를 반복한 후에 마침내 오비는 두 대의 자동차 사이에 간신히 자신의 차를 집어넣었다.

"나 아저씨 대신 자동차 잘 지켜요." 세 명 정도가 한꺼번에 소리쳤다.

"좋아, 이걸 잘 지키고 있어야 한다." 특별히 누구에게랄 것 없이 오비가 말했다. "당신 쪽 문을 잘 잠가요." 오비는 클라라에게 가만가만 말했다.

"나리, 나 잘 보고 있어요." 한 소년이 오비의 길을 가로막으며 말했다. 그것은 오비가 춤을 다 추고 나왔을 때 자신이 오비가 '건네주는' 3펜스짜리 동전 하나를 받을 사람이라는 걸 분명히 알게 하는 동작이었다. 원칙적으로 오비는 이런 비행

청소년들에게 한 푼도 주지 않았다. 그렇지만 지금 이 아이들에게 그런 말을 하여 그들 마음대로 자동차를 주무르도록 그들 손에 맡겨 놓고 가는 건 좋지 못한 방침일 것이다.

크리스토퍼와 비시는 이미 문 앞에서 그들을 기다리고 있었다. 그곳은 생각했던 것보다 붐비지 않았다. 사실 댄스 플로어는 텅 비어 있다고 해도 과언이 아니었다. 그렇지만 그건 밴드가 왈츠를 연주하고 있었기 때문이다. 크리스토퍼는 의자 두 개가 놓여 있는 테이블을 발견했고 두 아가씨는 그곳에 앉았다.

"밤새도록 서 있을 건 아니죠?" 클라라가 말했다. "종업원한테 의자 두 개만 가져다 달라고 해요."

"걱정 말아요. 곧 빈 의자가 나올 테니까." 크리스토퍼가 말했다.

이 말이 끝나기도 전에 밴드가 하이라이프 곡을 연주하기 시작했다. 삼십 초도 채 지나지 않아 사람들이 댄스 플로어로 몰려나왔다. 춤곡이 흘러나오기 시작할 때 맥주잔을 들고 있던 사람들은 그 잔을 테이블에 다시 내려놓거나 아니면 내용물을 재빨리 삼켰다. 담배를 미처 다 피우지 못한 사람들은, 그들의 지위에 따라 플로어에 담배를 내던져 발로 비벼 끄거나 아니면 나중에 계속해서 피우기 위해 조심스럽게 담뱃불을 껐다.

크리스토퍼는 앞쪽으로 테이블 서너 개를 지나가더니 앉아 있던 사람들이 방금 일어난 의자 두 개를 움켜쥐었다.

"형편없이 낡았어!" 오비는 의자 한 개를 받으면서 말했다. 비시는 의자에 앉아 몸을 흔들어 대며 가수의 노래를 따라 부르고 있었다.

나일론 드레스가 아름다워요.
나일론 드레스는 모두가 좋아하지요.
당신의 아가씨를 행복하게 해 주고 싶다면
나일론이 최고랍니다.

"신나는 노래도 나오는데 어서 춤을 춥시다. 아까운 시간만
흘러가잖아." 오비가 말했다.

"어서 비시를 데리고 나가서 춤을 춰. 클라라와 내가 자리
를 지키고 있을 테니까."

"그럽시다." 오비가 자리에서 일어나며 말했다. 눈에 꿈꾸는
듯한 표정을 담고서 비시는 벌써 일어나 있었다.

당신의 아가씨를 행복하게 해 주고 싶다면
상점으로 가서 나일론 스타킹을 한 다스 사세요.
그럼 그녀는 오직 당신만 좋아할 거예요.
나일론이 최고랍니다.

다음 춤곡도 하이라이프였다. 사실 대부분의 춤이 모두 다
하이라이프였다. 때때로 왈츠나 블루스도 연주되어 춤추던 사
람들이 담배를 피우거나 맥주를 마시며 휴식을 취할 수가 있
었다. 크리스토퍼와 클라라가 다음 곡에 맞추어 춤을 추는 동
안 오비와 비시는 자리를 지키고 있었다. 그렇지만 곧바로 누
군가가 다가와 비시에게 춤추기를 청하였으므로 오비만 자리
에 남아 있었다.

하이라이프 춤을 추는 방법은 플로어에서 춤을 추는 사람

의 수만큼이나 다양했다. 그러나 대체로 세 가지 주요 유형을 찾아볼 수 있었다. 우선 초기 영화를 연상시키는 춤을 추고 있는 네다섯 명 정도의 유럽인들이 있었다. 그들은 원형을 이루도록 정해진 이질적인 춤을 추면서 삼각형처럼 움직였다. 다음으로는 실제 동작이 거의 없는 사람들이었다. 가슴과 가슴, 사타구니와 사타구니를 맞댄 채 여자 파트너를 꼭 껴안고 춤을 추는 그들은 아무런 방해도 받지 않고 연속해서 이 춤 저 춤 그리고 다시 이 춤으로 거침없이 춤을 출 수 있었다. 마지막 그룹은 무아지경에 빠진 사람들이었다. 따로 떨어져서 춤을 추는 이 사람들은 빙빙 돌거나 몸을 마구 흔들거나 아니면 발과 허리로 아주 복잡한 싱커페이션 춤을 추고 있었다. 완벽한 자유를 발견한 진짜 춤꾼들이었다. 가수가 마이크를 입술 가까이에 끌어다 대고 「멋쟁이 신사 바비」라는 노래를 불러 댔다.

지금 내 기타 연주 부드럽지요.
한 숙녀분이 키스해 주었어요.
그녀의 남편은 질색했지요.
아내를 질질 끌고 가 버렸어요.

신사분들, 아내를 꼭 안으세요.
아빠 엄마, 따님들을 잘 지켜요.
칼립소는 아주 멋져요.
딸들이 따라가도 멋쟁이 신사 바비를 비난하지 마세요.

박수갈채가 터져 나오고 뒤이어서 "앙코르! 앙코르!" 하고 외쳐 대는 소리를 들으니 멋쟁이 신사 바비를 비난할 사람은 한 명도 없다는 걸 암시하는 것 같았다. 무엇 때문에 비난하겠는가? 가수는 아주 부드럽게 기타 연주를 하고 있었다. 고요하고 진지하며 주제넘지 않게 법을 준수하는 것처럼 부드러웠다. 그 순간 한 여인이 그에게 입맞춤하기 위해 기타를 빼앗았다. 그런 광경이 사람들에게 어떤 모습으로 비치든지 간에 아마도 그 순진무구한 음악가를 비난할 수는 없을 것이다.

다음 곡은 퀵스텝이었다. 다시 말해서 지금은 술을 마시고 담배를 피우고 전반적으로 진정시키는 시간이었다. 오비는 청량음료를 시켰다. 일행 중 어느 누구도 더 비싼 음료를 원하지 않아서 마음이 놓였다.

그들 오른편에 앉아 있는 그룹은 남자 세 명에 여자 두 명이었는데 상당히 흥미로운 사람들이었다. 한 여자는 아주 조용했고 다른 한 여자는 쉬지 않고 목청껏 떠들어 댔다. 나일론 블라우스는 실제로 투명하여 새 브래지어가 다 보였다. 그녀는 마지막 춤은 추지 않았다. 춤을 추자고 요청한 남자에게 그녀는 "가스가 없으면 불도 없어요!"라고 답했다. 그 말은 분명히 맥주를 안 사 주면 춤을 출 수 없다는 뜻이었다. 그러자 그 남자는 오비의 테이블로 다가오더니 비시에게 춤추기를 청했다. 하지만 그런 요청이 영속적인 조처 같은 건 될 수가 없었다. 한 사람도 춤을 추지 않자 그 여인은 모든 사람들이 들을 수 있게 큰 소리로 말했다. "무미건조하게 이 테이블엔 술 한 방울 없구나."

비시는 내키지 않아 했지만 오비 일행은 2시에 자리에서 일어났다. 당신은 본래 11시에 끝나는 영화를 보고 싶어 했었다고 크리스토퍼가 비시에게 상기시켰다. 그러자 비시는 이제 막 열기가 오르기 시작했는데 어째서 춤추기를 중단해야 하는지 모르겠다고 불평했다. 여하튼 그들은 나왔다. 크리스토퍼의 자동차는 한참 떨어진 곳에 주차되어 있었다. 그리하여 그들은 문 앞에서 작별인사를 나누고 헤어졌다.

오비는 자동차 열쇠로 운전자 쪽의 문을 열고 들어가 클라라를 위해 문을 열려고 몸을 옆으로 기울였다. 그런데 그녀 쪽 문이 잠기지 않은 채로 있었다.

"당신이 문을 잠근 것 같은데."

"맞아요, 잠갔어요." 그녀가 말했다.

공포심이 오비를 사로잡았다. "오, 이런 세상에!" 오비가 외쳤다.

"왜 그래요?" 클라라는 깜짝 놀랐다.

"당신 돈."

"돈이 어디 있는데요? 어디다 돈을 두었어요?"

오비는 지금은 텅 비어 있는 조수석의 도구함을 가리켰다. 두 사람은 아무 말 없이 그곳을 빤히 바라보았다. 그는 조용히 자동차 문을 열고 밖으로 나가서 땅바닥을 멍하니 내려다보다가 자동차에 기대어 섰다. 길거리는 완전히 비어 있었다. 클라라도 자동차

문을 열고 밖으로 나왔다. 그녀는 오비가 서 있는 쪽으로 돌아오더니 그의 손을 자기 손으로 감싸 쥐고 말했다. "어서 가요." 오비는 부들부들 몸을 떨고 있었다. "오비, 가요." 클라라가 다시 한 번 말하고는 오비를 위해 자동차 문을 열어 주었다.

제12장

크리스마스가 지난 후 오비는 아버지에게서 편지 한 통을 받았다. 어머니가 또다시 병원에 입원했다고 전하면서 그가 약속한 대로 언제쯤 특별 휴가를 받아 고향에 올 것인지 묻고 있었다. 아버지는 오비와 급하게 상의할 문제가 있으니까 속히 내려왔으면 좋겠다고 했다.

클라라에 대한 소문이 그들에게까지 도달했음이 분명했다. 몇 달 전에 오비는 관심을 갖고 만나는 여자가 있으며 이 주간의 특별 휴가를 받아 고향에 내려가면 그녀에 대해서 자세히 말씀드리겠다고 편지에 써서 보냈다. 클라라가 오수라는 말은 하지 않았다. 그런 사실을 편지로 말하는 사람은 없었다. 그런 사실은 대화 중에 아주 부드럽게 밝혀져야 할 것이다. 그렇지만 이제는 누군가 다른 사람이 부모님께 그런 말을 전한 것이 분명했다.

오비는 편지를 조심스럽게 접어 셔츠 주머니에 집어넣은 다음 편지 생각, 특히 어머니의 질환에 대해서는 생각하지 않으려고 애를 썼다. 오비는 읽고 있던 서류에 정신을 집중하려고 애썼다. 하지만 같은 줄을 다섯 번이나 읽었는데도 그게 무슨 내용인지 도통 이해할 수 없었다. 전화기를 들고 병원에 있는 클라라에게 전화를 걸었다. 그러나 "몇 번인가요?" 하고 묻는 전화 교환수의 음성을 듣자마자 전화기를 다시 내려놓았다. 마리는 꾸준히 타자기를 치고 있었다. 마리는 다음 주 이사회가 열리기 전까지 해야 할 일이 아주 많았다. 그녀의 타자 실력은 대단했다. 그녀가 타자기를 칠 때에 키 소리가 따로따로 나는 법이 없었다.

때때로 그린 씨는 마리를 자신의 방으로 불러들여 받아쓰게 하였지만 어떤 때는 자신이 직접 밖으로 나와 받아쓸 것을 불러 주었다. 그 모든 것이 그린 씨의 당시 기분에 달려 있었다. 이번에는 그가 밖으로 나왔다.

"이 편지에 대한 답장을 얼른 받아 적어요. '친애하는 선생님, 어느 어느 날짜에 선생님이 보내신 편지와 관련하여 다음과 같이 알려드립니다. 정부는 정부 장학생의 공식 아내들에게는 부양가족 수당을 지불하지만 여자 친구에게는 지불하지 않습니다⋯⋯.' 지금 받아쓴 문장을 나한테 다시 읽어 주겠소?" 그린 씨가 방안을 서성대는 동안 마리가 편지를 읽었다. "두 번째로 쓴 '정부'라는 단어를 '소속'으로 바꾸시오."라고 그린 씨는 말했다. 마리는 수정한 다음 위를 올려다보았다.

"그게 다요. '몸 바쳐 일하는 당신의 충직한 종, 미스터 그린.'" 그린 씨는 항상 편지를 그런 식으로 끝맺었는데 '충직한 종'이라는 말이 아주 경멸스럽다는 듯 놀림조로 말했다. 그린 씨는 오비에게로 몸을 돌리더니 말했다. "그러니까, 오콩코, 내가 당신네 나라에서 십오 년을 살았는데 아직껏 소위 말하는 교육받은 나이지리아 사람들의 정신 구조를 이해할 수 없다니까. 예를 들어 유니버시티칼리지를 졸업한 이 젊은이를 보시게. 나라가 자신의 공납금과 환상적인 용돈도 지불해 주고 또 학업이 끝난 뒤에는 편하고 안락한 직장도 마련해 주기를 기대할 뿐만 아니라 한 걸음 더 나아가서 자기 약혼녀의 비용까지도 지불해 주기를 기대한단 말이지. 도무지 믿어지지가 않는다니까. 내 생각에는 말이지, 그런 사람들에게 정부가 너무나 쉽사리 소위 말하는 대학 교육을 받게끔 해 준다는 게 엄청난 잘못인 것 같단 말이야. 뭣 때문에 교육을 받는 거지? 자기 자신과 가족들을 위해 가능한 한 최대의 이득을 취하려고 하잖아. 날마다 기아와 질병으로 죽어 가는 수백만 명의 동포들에 대해서는 눈곱만치의 관심도 없단 말이지."

오비는 막연한 소리를 내었다.

"물론 자네가 내 말에 동의하리라고는 생각지 않아." 이런 말을 남기고 그린 씨는 사라졌다.

오비는 크리스토퍼에게 전화를 걸어서 그날 오후 아파파에 있는 로마 가톨릭 수녀원에 새로 부임한 두 명의 교사들과 함께 테니스를 치러 갈 계획을 세웠다. 크리스토퍼가 어떻게 그 선생들과 알게 되었는지 사실 오비는 절대로 알아낼 수 없었다. 오비가 알 수 있는 건 단지 약 이 주 전에 크리스토퍼가 자신의 아파트로 와서 나이지리아에 대한 관심이 지극히 많은 아일랜드 아가씨 두 명을 만나 봐 달라고 그에게 요청했다는 것뿐이었다. 약 6시경에 오비가 아파트에 도착했을 때 크리스토퍼는 벌써 아프리카 고유의 하이라이프 댄스를 두 명의 아가씨에게 번갈아 교습해 주고 있었다. 오비가 도착하자 크리스토퍼는 분명 안도하는 눈빛이었다. 크리스토퍼는 즉시 좀 더 예뻐 보이는 아가씨를 자기가 차지하고 다른 아가씨를 오비에게 넘겼다. 미소를 지으려 들지 않으면 오비가 맡은 아가씨도 괜찮았다. 그런데 공교롭게도 그녀는 너무나 자주 미소를 지으려고 애썼다. 그러지만 않으면 그녀도 그다지 못생긴 얼굴은 아니었다. 여하튼 얼마 지나지 않아 날이 어두워져서 얼굴은 잘 보이지 않았다.

아가씨들은 나이지리아에 대하여 정말로 관심이 많았다. 그들은 이 나라에 온 지 약 삼 주 정도 밖에 지나지 않았는데도 벌써 요루바 말도 몇 마디 알고 있었다. 그들은 영국에 대한 감정이 오비보다도 더 좋지 않았는데 오히려 오비는 그런 점이 다소 불편하게 느껴졌다. 그렇지만 저녁 시간이 깊어 가면서 오비는 그들이 점점 더 좋아졌고 특히 자신에게 배정된 아가씨한테 마음이 끌렸다.

그들은 저녁 식사로 야채와 고기를 곁들인 바나나 튀김을 먹었다. 눈물, 콧물이 흐르는 걸 보면 후추가 너무 많이 들어간 게 분명한데도 아가씨들은 정말로 맛있게 먹었다고 말했다.

저녁 식사 후 어스름 속에서 그들은 곧바로 춤을 추기 시작했다. "이 아가씨들, 어째서 이토록 조용한 거요?" 아니면 "계속 움직여요. 그냥 한 자리에 정승처럼 서 있으면 안됩니다." 하고 이따금씩 서로서로 놀릴 때를 제외하곤 침묵했다.

처음에는 한두 차례 승강이를 벌였지만 마침내 오비는 망설이는 듯한 키스도 얻어 냈다. 그러나 오비가 좀 더 대담한 동작을 시도하려 들자 노라가 날카롭게 속삭였다. "안 돼요! 가톨릭교도들은 그렇게 키스하면 안 돼요."

"왜 안 돼요?"

"죄니까요."

"정말 이상하군요."

그들은 계속해서 춤을 췄고 이따금씩 입술로만 키스했다.

11시가 되어 마침내 두 아가씨를 집에 데려다 주기 전에 오비와 크리스토퍼는 어느 날 저녁 시간에 함께 테니스를 치러 가자는 약속을 했고, 연달아 두 번이나 갔다. 그러고 나서 그들이 신경 써야 할 다른 시급한 일들이 생겼다. 그렇지만 테니스 게임과 같이 오후에 마음을 쏟을 수 있고 또한 밤에 잠을 이룰 수 있게끔 녹초로 만들어 줄 어떤 일이 필요했기 때문에 오비는 또다시 그 아가씨들을 생각했다.

크리스토퍼가 자동차를 갖다 대자마자 흰옷을 입은 수녀원장이 수녀원의 예배당 문 앞에 갑자기 그 모습을 드러냈다. 오비는 그런 사실에 주목했다. 그녀는 아주 멀리 서 있었으므로 그녀의 얼굴에 나타난 표정은 볼 수 없었지만 어쩐지 적대적이라는 느낌이 들었다. 소녀들은 오후 수업을 예습하는 중이었으므로 수녀원은 아주 고요했다. 두 사람은 교실 위에 위치한 노라와 패트의 방으로 연결된 층계를 올라갔고 수녀원장은 두 사람이 거실 안으로 사라질 때까지 눈으로 두 사람의 뒤를 좇았다.

아가씨들은 동그란 빵을 먹으며 차를 마시고 있었다. 방문객을 본 그들은 반가운 표정을 지었지만 여하튼 이전처럼 아주 좋아하는 표정은 아니었다. 그들은 다소 당황해하는 것 같았다.

"차 좀 드세요." 두 사람은 이 말을 연습이라도 하고 있었던 것처럼 손님들이 의자에 제대로 앉기도 전에 함께 말했다. 그들은 거의 침묵 속에 차를 마셨다. 오비와 크리스토퍼가 테니스를 치러 갈 복장으로 라켓을 들고 갔음에도 불구하고 아가씨들은 테니스 치는 것에 대해서는 한마디도 하지 않았다. 차를 마신 후 그들은 그 자리에 그대로 앉아서 여태껏 하던 대화를 지속하려고 열심이었다.

"게임하러 안 갈래요?" 마침내 대화가 끝이 나자 크리스토퍼가 물었다. 아무런 대꾸가 없었다. 그러더니 노라가 아프리카 남자들하고 어울려 다니는 것에 대해 수녀원장이 아주 진지하게 훈계했다는 이야기를 그럴듯한 변명도 전혀 없이 아주 간단하게 설명했다. 혹시라도 주교가 이런 사실을 알게 되면 두 사람을 아일랜드로 돌려보낼 수도 있다는 경고를 받았다는 것이었다.

패트는 이 모든 게 어리석고 터무니없는 일이라고 말했다. 사실 그녀는 '터무니없음'이라는 단어를 사용하였으므로 오비는 속으로 미소 지었다. "그런데 우리는 아일랜드로 돌아가고 싶지 않거든요."

노라는 간혹 가다 이코이로 그들을 만나러 오겠다고 약속했다. 하지만 수녀원장과 수녀들이 주시하고 있기 때문에 그들이 수녀원에 오지 않는 게 상책이라고 말했다.

"그건 그렇고, 그럼 당신들 두 사람은 뭔가요? 딸들이에요?" 크리스토퍼가 물었다. 그렇지만 이 질문은 좋게 받아들여지지 않았고 얼마 지나지 않아 방문은 종결되었다.

"그러니까 말이지." 크리스토퍼는 자동차에 올라타자마자 말했다. "저 사람들은 자기네가 선교사라고 생각하는군!"

"자넨 저 불쌍한 아가씨들이 어떻게 하기를 기대하나?"

"저 아가씨들을 생각한 게 아니야. 나는 수녀원장과 수녀들 그리고 아버지들과 자녀들을 말한 거였어."

놀랍게도 오비는 자신도 모르는 사이에 평상시와 다르게 로마 가톨릭교도들을 옹호하는 역할을 떠맡고 있다는 사실을 알아챘다.

집으로 가는 길에 두 사람은 크리스토퍼의 최근 여자 친구인 플로렌스와 인사라도 나누려고 그녀의 집에 들렀다. 크리스토퍼는 요즈음 그녀에게 어찌나 매혹되었는지 심지어 결혼이란 말도 언급할 정도였다. 그렇지만 아가씨는 9월이면 간호학 공부를 위해 영국으로 떠날 예정이기 때문에 그런 일은 불가능했다. 그들이 그녀의 집에 갔을 때 플로렌스는 외출 중이었으므로 크리스토퍼는 쪽지를 한 장 남겨 두었다.

"비시를 못 본 지 한참 되었어." 크리스토퍼가 말했다. 그리하여 두 사람은 비시를 만나러 갔다. 그렇지만 비시 역시 외출하고 없었다.

"가는 족족 바람맞는 날이로군!" 오비가 말했다. "집에나 가는 게 좋겠다."

집으로 가는 도중 내내 크리스토퍼는 플로렌스에 대해서만 이야기했다. 영국에 가지 말라고 설득해야 하는 것 아닌가?

"내가 자네라면 절대로 설득하려 들지 않겠네." 오비는 아주 아주 오래전에 자기가 어린아이였을 때 우무오피아에 살던 한 늙은 교리문답 선생에 대한 이야기를 크리스토퍼에게 해 주었다. 이 선생의 아내는 오비 어머니의 절친한 친구였는데 종종 오비의 집을 놀러 오곤 했다. 어느 날 오비는 그 아주머니가 어머니에게 하는 말을 엿들었는데 그녀는 남자가 어찌나 결혼하자고 졸라 댔던지 학업을 중단할 수밖에 없었다고 했다. 적어도 이십여 년 전에 일어난 일일 텐데도 그 말을 하면서 어찌나 비통해하던지 놀라웠다. 그녀가 방문한 날이 토요일이었기 때문에 오비는 그날의 방문을 똑똑히 기억했다. 그 아주머니가 얌을 분쇄하는 데 쓰는, 나무로 만든 방앗공이로 남편의 머리를 두들겨 패서 다음 날 아침 그 교리문답 선생은 예배를 인도할 수가 없었다. 은퇴한 교리문답 선생이던 오비의 아버지에게 급한 전갈이 왔는데 어서 와서 예배 인도를 해 달라는 것이었다.

"영국 가는 이야기를 하니까 생각났는데 말이지, 한 아가씨가 실제로 나한테 자기 몸을 바치겠다고 하더라니까. 자네한테 내가 그 이야기를 했던가?"

"아니, 안 했어."

오비는 마크 양의 오빠가 자기 사무실로 찾아온 이야기부터 시작하여 그 아가씨에 대해 말해 주었다.

"결국 마크 양은 어떻게 되었어?"

"아, 지금 영국에 갔어. 장학금을 타 냈거든."

"자넨 나이지리아에서 최고 멍청이로군." 크리스토퍼가 말했다. 그런 다음 두 사람은 뇌물의 속성에 대해 장시간 토론하기 시작했다.

"만일 아가씨가 자네하고 잠자리를 같이 하겠다고 제의하면 그건 뇌물이 아니야." 크리스토퍼가 말했다.

"어리석은 소리 좀 작작 하시게." 오비가 대답했다. "자넨 정말로 고등학교를 갓 나온 후 대학을 가고 싶어 하는 어린 소녀의 약점을 이용하는 게 아무런 잘못도 아니라고 생각한다는 거야?"

"자넨 너무 감상적이란 말이야. 지금까지 그런 식으로 살아온 아가씨는 순진무구한 어린 소녀가 아니야. 빈칸을 적어 넣으라고 용지를 받아 든 한 아가씨의 이야기와 똑같다니까. 그 아가씨는 이름과 나이를 적어 넣었고 그러다가 성(性)이라는 항목에 이르자 '일주일에 두 번'이라고 썼다는 거야." 오비는 큰 소리로 웃지 않을 수가 없었다.

"소녀들이 모두 다 천사라고 상상하면 곤란하지."

"그런 상상을 누가 한다고 그래. 그렇지만 자네처럼 교육을 많이 받은 사람이 이사회에 올라가도록 추천하기 전에 그 아가씨와 잠자리를 같이하는 것에 대해 아무런 잘못도 볼 수 없다면 그건 정말 말이 안 되지."

"여하튼 이 아가씨는 이사회에 올라갈 거잖아. 그녀가 자네에게 기대하는 건 자기가 이사회에 올라가는 걸 확실하게 해 주는 것, 그게 다잖아. 게다가 그녀가 이사회 임원들과 잠자리를 갖지 않았다는 걸 자네가 어떻게 알 수 있겠어?"

"아마도 잤을 거야."

"그래, 그렇다면 자네는 그 아가씨에게 어떤 도움을 준 거지?"

"별로 없다는 걸 나도 인정해." 오비는 자신의 생각을 정리하려고 애쓰면서 말했다. "그렇지만 어쩌면 그 아가씨는 자신의 지위를 악용하지 않은 사람이 적어도 한 명은 있었다고 기억하지 않을까?"

"어쩌면 그 아가씨는 자네에게 성적 능력이 없다고 생각할지도 모르지."

잠깐 동안 침묵이 흘렀다.

"말해 보게나, 크리스토퍼. 자네는 뇌물 수수가 어떤 거라고 생각해?"

"글쎄……. 부당한 영향력을 행사하는 게 아닐까?"

"좋았어. 내 생각에는 말이지……."

"그렇지만 요점은 말이지, 영향력이 전혀 없다는 거야. 여하튼 그 아가씨는 인터뷰를 받을 거잖아. 그 아가씨는 자진해서 즐거운 시간을 보내겠다고 왔던 거야. 뇌물 수수하고는 아무런 관련이 없다고 생각되는데."

"물론, 자네가 정말로 진지하게 말하는 게 아니라는 걸 난 알아."

"난 절대적으로 진지하게 말하는 거야."

"그렇지만 자넨 어떻게 돈을 받는 문제에도 똑같은 주장을 펼 수 있다는 걸 모르냔 말이야? 여하튼 간에 만일 신청자가 그 일을 맡게 되면, 그 사람한테서 돈을 받는다고 해서 무슨 해가 있느냐는 거잖아."

"글쎄……."

"글쎄, 뭐?"

"그러니까 말이야, 바로 이런 차이점이 있단 말이야." 그는 잠시 머뭇거렸다. "그건 말이지, 다시 말하자면 이런 거야. 자기 돈을 남한테 주고 싶은 사람은 한 명도 없잖아. 자네가 만일 다른 사람에게서 돈을 받으면 상대방의 돈은 줄어들 수밖에 없잖아. 그렇지만 자네와의 잠자리를 원하는 아가씨와 함께 자는 문제는 그 아가씨에게 아무런 해도 끼치지 않는단 말이지."

두 사람이 저녁 식사를 하며 시작한 입씨름은 밤이 늦도록 지속되었다. 그렇지만 크리스토퍼와 잘 자라는 인사를 하고 헤어진 후 오비의 생각은 또다시 아버지에게서 받은 편지로 되돌아갔다.

제13장

오비는 2월 10일부터 24일까지 이 주간의 특별 휴가를 받았
다. 11일 아침 일찍이 우무오피아를 향해 출발하여 베닌에서
하룻밤을 자고 그 다음 날 고향에 도착할 계획을 세웠다. 클라
라는 다른 간호사와 근무 시간을 바꾸어 편안한 마음으로 오
비가 짐 싸는 걸 도와주었다. 그녀는 오비의 아파트에서 온종
일을 보내고 밤도 함께 지냈다.

두 사람이 잠자리에 들었을 때 클라라는 오비에게 할 말이
있다고 말하며 울기 시작했다. 오비는 여자의 눈물 앞에서 어
떻게 대처해야 할지 몰라 쩔쩔맸다. 그는 항상 겁에 질려 속수
무책이었다. "왜 그래요, 클라라?" 그러나 클라라의 머리와 베
개 사이에 놓인 오비의 팔에 따스한 눈물만이 흘러내릴 뿐이
었다. 클라라는 소리 없이 울었지만 세차게 흔들리는 그녀의
몸을 통해 오비는 클라라가 아주 격렬하게 울고 있다는 걸 감
지할 수 있었다. 그는 계속해서 물었다. "왜 그래요? 무슨 일이

오?" 오비의 마음은 점점 더 불안해졌다.

"미안해요." 클라라는 자리에서 일어나 핸드백을 놓아 둔 화장대로 가더니 손수건을 꺼내어 코를 풀었다. 그런 다음 손수건을 가지고 침대로 다시 돌아와 침대 모서리에 앉았다.

"이리 와서 뭐가 문제인지 말해 봐요." 오비는 클라라를 부드럽게 끌어당겼다. 그녀에게 키스를 하는데 짠맛이 났다. "뭐 때문에 그래요?"

클라라는 막판에 와서 먼 길 떠나는 오비의 기운을 빼게 되어 정말로 미안하다고 말했다. 그렇지만 그들 두 사람이 파혼하는 게 모두를 위하여 최선일 것으로 확신한다고 했다. 오비는 기분이 몹시 상했지만 오랫동안 아무런 대답을 하지 않았다. 잠시 후에 클라라는 정말로 미안하다고 또다시 말했다. 또다시 기나긴 침묵이 흘렀다.

마침내 오비가 말했다. "무슨 뜻인지 알겠소…… . 정말 다 괜찮아. 당신을 비난할 생각은 추호도 없으니까." 그런 다음 오비는 "무엇 때문에 빚을 잔뜩 지고 살아가는 사람한테 자기 인생을 맡기려 들겠어?"라고 덧붙여 말하고 싶었다. 하지만 감상적으로 말하는 것처럼 여겨지는 게 싫었던 오비는 그 대신 이렇게 말했다. "여러 모로 당신한테 고맙소." 오비는 잠자리에서 일어나 앉았다. 그런 다음 그는 벌떡 일어나 잠옷 바람으로 방 안을 서성거리기 시작했다. 방 안이 어두워 클라라는 오비를 볼 수 없었으므로 효과는 극대화되었다. 그렇지만 만일 다른 사람이 이런 행동을 했다면 아마도 오비는 그런 모습을 보면서 과장된 행동을 하고 있다고 경멸적으로 생각할 것임을 곧바로 깨달았다. 그래서 오비는 하던 짓을 중단하고 얼른 침대로 돌아왔지만 클라라 가까이로 가지는 않았다. 그러나 재빨리 마음을 고쳐먹은 오비는 클라라 옆으로 다가가 말을 걸었다.

클라라는 제발 오해하지 말라고 간청했다. 자신은 오비의 인생을 망치고 싶지 않기 때문에 그런 생각을 했던 거라고 했다. "아주 진지하게 모든 문제를 심사숙고해 보니 우리가 결혼해서는 안 되는 이유가 두 가지나 있더군요."

"그게 뭐요?"

"그러니까, 첫 번째 이유는 당신 가족들이 반대할 테니까요. 나는 당신과 가족 사이를 갈라놓고 싶지 않거든요."

"터무니없는 소리! 그건 그렇고 두 번째 이유는 뭐죠?" 클라라는 그게 뭐였는지 기억하지 못했다. 하여튼 그건 그다지 중요하지 않았다. 첫 번째 이유만으로도 충분했다.

"두 번째 이유가 뭔지 내 말해 주리다." 오비가 말했다.

"뭔데요?"

"보험료가 없어서 돈을 빌려야만 하는 사람과 결혼하고 싶지 않은 거지." 오비는 이런 비난이 완전히 부당하고 맞지 않는다는 걸 잘 알고 있었지만 클라라를 수세로 몰아넣고 싶었다. 그녀는 또다시 울음을 터뜨릴 기세였다. 그는 클라라를 그의 품 안으로 끌어당기더니 열정적으로 키스하기 시작했다. 곧바로 클라라도 오비와 똑같이 활기차게 반응했다. "아냐, 싫어, 싫어! 이런 못된 사람 같으니……. 그런 말을 한 거에 대해 당신은 먼저 나한테 사과부터 해야 된단 말이에요."

"내 사랑, 정말로 잘못했어."

"좋아요. 용서할게요. 아, 그만! 잠깐만요."

오비는 아침 6시가 되기 직전에 출발했다. 만일 클라라가 옆에 없었더라면 5시 30분이라는 이른 시간에 잠에서 깨어나지도 못했을 것이다. 머리가 조금 어지럽고 눈꺼풀이 무거웠다. 그는 제일 먼저 두 팔과 다리, 그 다음에는 머리, 배, 등의 순서로 찬물로 목욕을 했다. 냉수로 목욕하기 싫었지만 전기 히터를 틀어 댈 능력이 되지 않았다. 게다가 몸을 말리면서 생각해 보니 냉수로 목욕한 후에는 말할 필요도 없이 기분이 상쾌했다. 울음과 마찬가지로 어려운 건 단지 시작할 때뿐이었다.

오비는 두 주의 휴가를 얻었지만 비용 문제로 고향에서는 단 한 주만 머물 생각이었다. 고향 사람들에게 휴가란 도시에서 성공을 거둔 시골 청년의 금의환향이었으므로 모든 사람들이 그의 행운에 동참하기를 기대했다. "어찌 되었건 우리가 기도도 하고 불공도 드린 덕분에 그런 결과를 가져왔다."라고들 말하면서 휴가(leave)를 낭비를 뜻하는 리퓨라고 불렀다.

출발할 때 오비에게는 정확하게 34파운드 9실링 그리고 3펜스짜리 동전 한 개가 있었다. 25파운드는 특별 휴가 수당이었다. 이 수당은 다른 이유 없이 특별 휴가를 떠나는 모든 고급 공무원들에게 지불되었다. 나머지는 1월 봉급에서 쓰고 남은 돈이었다. 자동차도 있고 '유럽인들의 일자리'를 차지하고 있는 오비 같은 사람이라면 통상적으로 더 나은 혜택을 베풀 것으로 고향 사람들이 기대한다 하더라도 아마도 34파운드를 가지고 이 주일 정도는 버틸 수 있을 것이다. 그렇지만 16파운드 10실링은 4월에 시작하는 남동생 존의 2분기 학비로 들어가야 했다. 호주머니에 이런 거금이 들어 있을 때 지불하지 않으면 정작 학비를 내야 할 시기가 왔을 때에 어쩌면 돈을 줄 수 없을지도 모른다는 걸 오비는 잘 알고 있었다.

오비는 고향에 돌아온 자신을 마중 나온 사람들의 어깨 너머를 바라보았다.

"어머니는 어디 계세요?" 오비는 계속해서 눈으로 찾고 있었다. 아직도 어머니가 입원하고 계신지 아니면 집에 와 계신지 오비는 알지 못했고 묻기가 두려웠다.

"네 엄마는 지난주 병원에서 퇴원해 집에 와 계신다." 집 안으로 들어가며 아버지가 말했다.

"어느 방에 계세요?"

"엄마 방에." 막내 여동생 유니스가 말했다.

어머니의 방은 집에서 가장 특이한 곳이었다. 아마 아버지의 방을 제외하고 그럴 것이었다. 어느 방이 더 특색 있는지 결정하기 힘든 것은 비교할 수 없는 것들을 비교하려 들기 때문일 것이다. 오콩코 씨는 백인들의 물건에 대해 철저하고 완벽한 믿음이 있었다. 그리고 백인들의 힘의 상징은 글자이고 더 나아가서는 활자화된 것이었다. 영국에 가기 전 언젠가 오비는 아버지가 일자무식인 친척에게 글자의 신비에 대해 열정적으로 이야기하는 것을 들은 적이 있었다.

"우리 마을 여자들은 울리 나무즙으로 몸에 검은 무늬를 그려 넣었어. 그 무늬는 아름답긴 해도 금방 지워지고 말지. 장날이 두 번 지나가도록 지워지지 않는다면 상당히 오래 지속된 거였어. 그런데 지금까지 목격한 사람이 한 명도 없었는데도 마을 어르신들은 때때로 결코 지워지지 않는 울리에 대해서 말씀하시곤 했어. 오늘날 우리는 백인들의 글쓰기에서 그런 걸 보고 있는 거라네. 자네가 혹시 원주민 법정에 가서 법원 서기들이 이십여 년 전에 써 놓은 책들을 보면 말이야, 그것들을 썼을 때와 똑같단 말이지. 그것들은 오늘은 이 말, 내일은 저 말, 또는 올해는 이런 말, 다음 해는 저런 말을 하지 않는단 말이지. 오늘 책에다 오코예라고 쓴 것이 내일 오콩코로 바뀔 수가 없단 말일세. 성경에서 빌라도는 '한 번 썼으면 그만이다.'라고 말하지 않았는가. 그게 바로 결코 지워지지 않는 울리인 거야."

그 친척은 동의의 뜻으로 고개를 끄덕이면서 소리가 나도록 손가락을 딱 하고 꺾었다.

오콩코 씨가 문자에 대해 신비로운 존경심을 갖고 있는 결과로 그의 방에는 1908년 그가 사용했던 블랙키의 『산수』책으로부터 오비가 읽던 더럴에 이르기까지, 그리고 바퀴벌레가 물어뜯어 못 쓰게 된 오니차어로 번역된 성경으로부터 1920년과 그 이전에 성서 연합에서 발행한 누렇게 된 크리스마스카드들에 이르기까지 오래된 책들과 서류들로 그득했다. 오콩코는 절대로 서류를 파기하는 법이 없었다. 서류로 가득한 상자가 두 개나 있었다. 나머지 서류들은 거대한 찬장 꼭대기, 탁자, 상자, 마룻바닥 한 모퉁이에 보관되어 있었다.

그와는 달리 어머니의 방은 평범한 물건들로 가득했다. 걸상 위에 옷상자가 놓여 있었고 방의 다른 한쪽에는 흑색 비누의 재료인 고체로 된 야자유를 담아 둔 항아리들이 있었다. 어머니가 항상 말씀하셨듯이, 옷과 기름은 동족이 아니기 때문에 야자유는 가능한 한 옷이 놓인 곳에서 가장 멀리 떨어진 곳에다 놓았다. 옷들이 기름을 피하려고 애쓰는 게 그 의무이

듯이 기름 역시 옷을 피하기 위해 온갖 노력을 기울여야 하는 게 그 의무였다.

이 두 가지를 제외하고도 어머니의 방에는 또한 지난해의 코코얌, 텅 빈 기름 항아리에 담긴 바나나 잎으로 싸 놓은 콜라 열매, 오비보다 나이가 더 많은 누나들이 오비에게 말해 주었듯이 예전에는 비스킷을 넣어 두었던 오래된 둥근 통에 보관해 둔 종려나무 재 같은 것들도 있었다. 둥근 비스킷 통은 비스킷을 다 먹은 다음에 물을 담아 두는 용기로 사용되었지만 다섯 군데나 물이 새기 시작하여 종이로 아주 조심스럽게 싸야 했기 때문에 그 후로는 지금과 같은 용도로 사용되기 시작했다.

침대에 누워 계신 어머니를 바라보던 오비의 눈에서 눈물이 솟아났다. 어머니는 아들을 향해 손을 내밀었고 아들은 그 손을 잡았다. 박쥐 날개처럼 온통 뼈와 가죽뿐이었다.

"내가 아팠을 때 모습을 네가 못 봐서 그렇지. 지금은 아가씨처럼 아주 건강한 거란다." 어머니가 소리 없이 웃으면서 말했다. "삼 주 전에는 정말 힘들었단다. 하고 있는 일은 어떠니? 라고스에 있는 우무오피아 사람들도 모두들 잘 있지? 조셉은 어떻게 지내니? 조셉의 어머니가 어제 날 보러 왔기에 네가 올 거라고 말해 줬지……."

오비는 대답했다. "모두 잘 있어요. 그럼요, 모두 잘 지내고 있어요." 그렇지만 그동안 내내 오비는 슬퍼서 가슴이 찢어질 것만 같았다.

그날 저녁 느지막하게 장례식에서 음악을 담당했던 한 떼의 젊은 여자들이 오콩코의 집 옆으로 지나가다가 오비가 고향에 돌아왔다는 소문을 듣고는 집 안으로 들어와 인사라도 나누고자 했다.

오비의 아버지는 분개한 나머지 그 사람들을 쫓아내고 싶어 했다. 그렇지만 오비는 그 사람들이 아무런 해도 입히지 않을 거라고 아버지를 설득했다. 그러자 항의 한 번 하지 않고 아들의 요구를 들어주더니 자신의 방으로 들어가 문을 걸어 잠그고 나오지 않는 아버지를 보면서 오비는 어쩐지 불길한 생각이 들었다. 오비의 어머니는 일어나 골방으로 나와 창문 옆에 놓인 높다란 의자에 앉았다. 어머니는 심지어 이교도 음악이라 해도 음악은 좋아했다. 오비는 문 앞에 서서 깨끗하게 치워진 마당에 정렬하고 서 있는 가수들을 바라보며 미소를 머금고 있었다. 신호라도 받은 것처럼 높다란 야자나무에 앉아 있던 화려하고 소란스러운 위버 새들이 한 덩어리가 되어 일시적이지만 거대한 덧신처럼 생긴 수십 개의 갈색 둥지를 버리고 멀리 멀리 날아갔다.

오비는 노래를 부르는 사람들 중 몇 명을 잘 알았다. 그렇지만 오비가 영국으로 떠난 다음에 결혼해서 이 마을로 들어오게 된 다른 사람들도 있었다. 노래를 선창하는 사람은 오비가 모르는 사람이었다. 귀청을 찢을 것만 같은 그녀의 강력한 목소리가 날카롭게 하늘을 가르며 퍼져 나갔다. 다른 사람들이 합세하기 전에 그녀는 혼자서 기나긴 서창을 불렀다. 노래 제목은 「마음의 노래」였다.

며칠 전 편지 한 통을 받았죠.
모시시에게 부탁했죠. "편지 좀 대신 읽어 줘요."

모시시가 말했어요. "나는 읽는 법을 모른다오."
인노센티에게 가서 편지를 읽어 달라고 부탁했죠.
인노센티가 말했어요. "나는 읽는 법을 모른다오."
시모누에게 읽어 달라고 부탁했죠. 시모누는 말했어요.
"편지가 당신한테 이렇게 말해 줘라 하네요.
형제가 있는 사람은 그를 진심으로 사랑해야 해요.
친족은 시장에서 살 수가 없으니까요.
형제 또한 돈으로 살 수 없지요."

여기 모두 모였나요?
(헬레 이 헤 이 헤)
여러분 모두 다 왔나요?
(헬레 이 헤 이 헤)
편지에 쓰여 있네요.
친족은 돈으로 살 수가 없다고.
(헬레 이 헤 이 헤)
형제가 있는 사람은
돈으로도 못 사는 걸 지녔다고요.
(헬레 이 헤 이 헤)

제14장

가족 모두가 기도를 드리고 오비와 아버지를 제외한 나머지 사람들이 모두 다 잠자리에 든 다음에 아버지와의 진지한 대화가 시작되었다. 어머니의 병세가 또다시 악화되었으므로 기도회는 어머니의 방에서 이루어졌다. 어머니가 거실로 나와 다른 사람들과 합세할 수 없게 될 때에는 아버지가 어머니의 방에서 기도회를 인도했다.

그날 밤의 기도회에서는 악마의 소행들이 두드러지게 부각되었다. 자신과 클라라의 관계가 그런 소행 중 하나라는 것을 예민한 오비는 어렴풋이 알아챘다. 그렇지만 그건 단지 막연한 느낌에 불과했다. 부모님이 실제로 그런 소문을 들었다는 표시가 아직은 전혀 나타나지 않았다.

오후에 이교도들이 노래하는 문제에서 오콩코 씨가 손쉽게 양보한 것은 분명 상당히 전략적인 조치였다. 아버지는 대규모 공격을 위해 힘을 비축하는 동안 사소한 충돌에서는 적이 힘을 얻도록 내버려 둔 것이었다.

기도회가 끝난 후 아버지는 오비에게 말했다. "상당히 먼 거리를 운전해서 왔으니 무척 피곤하겠다. 너와 의논해야 하는 아주 중요한 일이 있지만 내일까지 미루자꾸나. 네가 충분한 휴식을 취할 때까지 말이다."

"지금 의논해도 돼요." 오비가 말했다. "저는 그다지 피곤하지 않아요. 장거리 운전에 익숙하거든요."

"그럼 내 방으로 가자." 오래된 강풍용 램프로 길을 인도하면서 아버지가 말했다. 방 한가운데에 자그마한 탁자가 놓여 있었다. 그 탁자를 언제 구입했는지 오비는 기억하고 있었다. 목수인 모세가 그 탁자를 만들어 추수기에 교회에 바쳤다. 추수감사절 예배를 마친 후 탁자는 경매에 붙여졌고 팔려 나갔다. 오비는 아버지가 그 탁자를 위해 얼마를 지불했는지 기억하지 못했다. 아마도 11실링 3펜스였던 것 같다.

"이 남포에 기름이 떨어졌나 보다." 아버지가 램프를 귀 가까이에 대고 흔들면서 말했다. 소리를 들으니 텅 빈 것 같았다. 아버지는 찬장에서 등유 반 병을 가져다가 램프에 조금 부었다. 아버지의 두 손이 더 이상 확고하지 못해 기름을 조금 엎질렀다. 오비는 아버지 대신 자신이 하겠다고 나서지 않았다. 왜냐하면 자식들은 그런 일을 제대로 하는 방법을 알지 못할 것이므로 자기 남포에 자식들이 기름을 붓도록 허락할 생각을 아버지는 꿈에도 하지 않으리라는 걸 오비는 잘 알고 있었기 때문이다.

"네가 라고스를 떠나올 때 그곳에 있는 우리 부족 사람들은 어떻게 지내시더냐?" 아버지가 물었다. 오비가 아버지와 마주한 채 나지막한 의자에 앉아서 먼지가 쌓인 탁자 표면에 손가락으로 줄을 그어 대고 있는 동안 아버지는 나무 침대에 앉아 있었다.

"라고스는 상당히 넓은 곳이에요. 여기서 아바메 가는 거리만큼 이동해도 여전히 라고스 땅이에요."

"그렇게들 말하더구나. 그렇지만 우무오피아 사람들만의 모임이 있을 것 아니냐?" 이건 질문인 동시에 진술에 가까운 말이었다.

"그럼요, 부족 모임이 있어요. 그렇지만 한 달에 한 번밖에 없어요." 그런 다음 오비는 덧붙여 말했다. "그렇다고 해도 항상 모임에 참석할 시간이 있는 건 아니에요." 사실 오비는 11월 이후로 한 번도 참석한 적이 없었다.

"맞는 말이다." 아버지가 말했다. "그렇지만 낯선 땅에서는 항상 동족과 가까이 지내야 하는 법이란다." 오비는 탁자 위 먼지에다 자기 이름을 쓰면서 아무런 대꾸도 하지 않았다. "얼마 전에 네가 보내온 편지를 보니까 네가 만나는 아가씨에 대한 이야기가 있던데 지금 그 문제는 어떻게 진행되고 있니?"

"그 문제도 이번에 제가 여기에 온 이유 중 하나예요. 우리가 그녀의 부모님과 만나 교섭을 개시하면 어떨까 해서요. 지금 당장은 돈이 하나도 없지만 적어도 협상은 시작할 수 있잖아요." 오비는 변명조로 말하거나 머뭇거리는 건 좋지 못한 태도라고 생각했다.

"그렇지." 아버지가 말했다. "그게 가장 좋은 방법이지." 잠시 생각에 잠겼던 아버지가 또다시 반복했다. 그럼, 그게 최선의 방법이지. 그런 다음 아버지한테 새로운 생각이 떠오른 것 같았다. "그 아가씨가 어떤 사람인지 그리고 어느 마을에서 출생했는지 알고 있니?" 오비는 아버지가 똑같은 질문을 다른 방식으로 다시 말할 정도로 머뭇거리고 있었다. "그 아가씨 이름이 뭐냐?"

"그녀는 음바이노 마을의 토박이인 오케케 씨의 딸이에요."

"어느 오케케라고? 내가 아는 오케케는 세 명 정도 된단다. 한 사람은 은퇴한 교사인데 그 사람은 아닐 것 같구나."

"바로 그분이에요." 오비가 말했다.

"조시아 오케케라고?"

그래요, 바로 그 이름이에요, 하고 오비는 말했다.

아버지는 큰 소리로 웃었다. 때때로 가면을 쓴 조상의 영혼들에게서나 들을 수 있을 법한 그런 웃음이었다. 그는 개별적으로 당신에게 인사를 하면서 혹시 자신이 누구인지 아느냐고 물어볼 것이다. 그러면 당신은 겸손하게 한 손으로 땅을 짚으며 이렇게 대답할 것이다. "나는 잘 알지 못하며 당신은 인간의 지식을 초월하는 대단한 인물입니다." 그러면 그는 금속으로 만들어진 목구멍을 통해 나오는 것 같은 웃음을 웃어 댈 것이다. 그 웃음의 의미는 아주 분명하다. "사실 네가 어떻게 그런 걸 알겠니. 이 벌레 같은 가련한 인간아!"

아버지의 웃음소리는 처음 웃기 시작했을 때처럼 아무런 경고도 없이 흔적 하나 남기지 않고 사라졌다.

"넌 그 아가씨와 결혼할 수 없다." 아버지는 아주 간단하게 말했다.

"네?"

"넌 그 아가씨와 결혼할 수 없다고 말했다."

"왜요, 아버지?"

"왜냐고? 너한테 그 까닭을 말해 주마. 그렇지만 먼저 나한 테 이걸 말해 보렴. 넌 그 아가씨에 대해서 잘 알고 있니? 아니 면 뭔가 알아내려고 노력해 본 적은 있었니?"

"네."

"뭘 알아냈지?"

"오수라는 거요."

"그걸 알고 있으면서 왜 결혼할 수 없는지 그 까닭을 나한 테 물어보는 거냐?"

"저는 그런 점이 문제 될 게 없다고 생각하는데요. 우리는 기독교도잖아요." 깜짝 놀랄 만한 것은 아니었지만 이 말은 어 느 정도 효험이 있었다. 잠깐이긴 했지만 일시적으로 침묵이 흐른 다음 다소 부드러워진 어조로 아버지가 말했다.

"그래, 우리는 기독교도다." 아버지가 말했다. "하지만 그렇 다고 그게 오수와 결혼하는 이유가 될 수는 없다."

"성경 말씀에 그리스도 안에서는 종이나 자유인이나 아무 런 차별이 없다고 했잖아요."

"얘야." 오콩코 씨가 말했다. "네가 무슨 말을 하는지는 잘 아는데 그래도 이 일은 네가 생각하는 것보다 훨씬 더 심각한 문제란다."

"이 일이 뭔데요? 우리 조상님들은 무지몽매했기 때문에 우 상들에게 바쳐진 무고한 사람을 오수라 불렀잖아요. 그 후로 그들은 사회에서 따돌림을 받게 되었고 그의 자손들 그리고 자손들의 자손들이 대대로 그런 취급을 당하게 된 거잖아요. 그렇지만 우리는 이제 복음의 빛을 보지 않았나요?" 오비는 아버지가 이교도 친척들에게 말할 때 사용하는 바로 그런 단어들을 사용했다.

기나긴 침묵이 흘렀다. 램프는 이제 너무나 밝게 불타오르고 있었다. 오비의 아버지는 심지를 약간 줄인 다음 또다시 침묵했다. 한참이 지난 후에 아버지는 "조시아 오케케는 나도 잘 아는 사람이다."라고 말했다. 아버지는 한결같이 앞만 바라보고 있었다. 아버지의 목소리가 지친 것 같았다. "그 사람도 알고 그 사람의 아내도 잘 안다. 좋은 사람이고 훌륭한 기독교인이지. 그렇지만 그 사람은 오수다. 시리아 왕의 군사령관인 나아만 장군은 훌륭한 사람이고 존경받을 만했다. 또한 그는 강한 용사였지. 하지만 나병 환자였다." 엄청날 정도로 적절한 이 비유가 끔찍하게 무거운 중압감으로 인해 충분히 인식될 수 있도록 아버지는 하던 말을 멈추었다.

"사람들의 마음속에서 오수는 나병과 같은 거다. 애야, 제발 부탁인데 우리 집안에 수치와 나병의 표시를 끌어들이지 말거라. 만일 네가 그렇게 하면 네 자식들 그리고 삼사 대에 걸쳐 그 다음 후손들이 너를 저주할 거다. 나를 위해 이런 말을 하는 게 아니란다. 내가 살아갈 날은 얼마 남지 않았다. 어째서 네 자신이나 네 후손들을 슬픔으로 몰아넣으려 하는 거냐. 어떤 사람이 네 딸들을 데려가겠니? 또 너의 아들들한테는 어떤 여자들이 시집오려 들겠니? 애야, 그런 점을 잘 생각해 보렴. 우리는 기독교도지만 우리가 우리 딸들하고 결혼할 수는 없는 법이다."

"그렇지만 그 모든 게 바뀔 거예요. 십 년 후에는 지금과는 상황이 아주 많이 달라질 거예요."

노인은 슬프다는 듯 고개를 가로저었지만 더 이상 아무 말도 하지 못했다. 오비는 자신의 주장을 다시 한 번 되풀이했다. 도대체 어떤 점에서 오수가 다른 사람들과 다르단 말인가? 조상들의 무지함 외에 다른 이유가 어디 있단 말인가. 기독교 복음의 빛을 본 사람들이 무엇 때문에 그런 무지몽매한 상태로 남아 있어야 한단 말인가?

그날 밤 오비는 거의 잠을 자지 못했다. 아버지는 오비가 예상했던 것과는 달리 그렇게 완고해 보이지 않았다. 아버지를 자기편으로 끌어들이는 데 아직 성공한 건 아니었지만 그래도 아버지의 기세는 상당히 꺾여 있었다. 이상할 정도로 오비는 행복했고 마음이 들떠 있었다. 이전에는 이와 같은 감정을 느껴 본 적이 한 번도 없었다. 어머니하고는 어린 시절부터 대등한 입장에서 말하는 게 익숙했지만 아버지는 항상 달랐다. 엄밀히 말해서 아버지가 가족들과 소원한 건 아니었지만 아버지한테는 화강암을 깎아 만든 거인들, 즉 족장을 생각나게 하는 어떤 요소가 있었다. 오비가 느낀 이상한 행복감은 단순히 아버지와의 논쟁을 통해 얻어 낸 아주 작은 승리 때문만이 아니라 이십육 년 만에 처음으로 아버지와 직접적으로 인간적인 접촉을 하게 되었다는 사실에서 비롯된 것이었다.

아침에 눈을 뜨자마자 오비는 어머니를 보러 갔다. 그의 시계로 6시였지만 아직도 무척 컴컴했다. 손으로 더듬더듬 찾아서 어머니의 방으로 갔다. 어머니는 잠에서 깨어나 있었고, 오비가 방에 들어서자마자 어머니는 누구냐고 물었다. 오비는 어머니에게로 다가가 침대 옆에 앉아 손바닥으로 어머니의 체온을 느껴 보았다. 위장의 통증 때문에 어머니는 잠을 많이 자지 못했다. 이제는 유럽식 진료에 대한 신뢰가 사라졌다고 말하면서 어머니는 민간적인 치료 방법을 한번 써 보고 싶다고 했다.

그 순간 오비의 아버지가 가족들을 기도회로 불러 모으는 작은 종을 울렸다. 램프를 들고 들어오던 아버지는 어머니 방에 오비가 벌써 와 있는 것을 보고 깜짝 놀랐다. 허리에 걸치는 요의로 아랫도리를 감싸고 유니스가 들어왔다. 유니스는 유일하게 집에 남아 있는 막내딸이었다. 요즘의 세상살이는 그런 방식으로 돌아가고 있었다. 자녀들은 늙은 부모가 사는 고향집을 떠나 돈을 찾아 사방팔방으로 흩어졌다. 여덟 명의 자식이 있는 늙은 여인으로서는 힘든 일이었다. 강물이 있는데도 침을 뱉어 손을 씻는 격이었다.

유니스의 뒤를 이어 조이와 머시가 들어왔다. 그들은 오콩코 부인에게서 살림살이하는 법을 배우라고 그들의 부모가 보낸 먼 친척들이었다.

나중에 또다시 둘만 남게 되자 어머니는 조용히 그리고 참을성 있게 끝까지 그의 이야기를 들었다. 그런 다음 어머니는 몸을 일으키더니 말했다. "어느 날 밤 난 악몽을 꾸었단다. 정말로 몹쓸 꿈이었어. 흰 천을 덮은 침대 커버 위에 내가 누워 있는데 왠지 모르게 오싹한 게 피부에 닿는 느낌이 들었어. 침대를 내려다보니 한 떼의 흰개미가 침대, 매트, 흰 천을 몽땅 뜯어 먹은 거야. 그래, 흰개미들이 내가 누워 있는 침대를 몽땅 먹어 치웠어."

머리에 찬 이슬이라도 내린 것처럼 오비는 이상한 감정에 휩싸였다.

"그날 아침 난 내가 꾼 꿈을 아무에게도 말하지 않았단다. 하루 종일 마음속으로 그 꿈의 의미가 무엇인지 궁리해 보았지. 성경을 꺼내어 그날 읽어야 하는 부분을 읽고 나니까 힘이 좀 생기더라. 그래도 마음속은 여전히 편안치 못했단다. 오후가 되자 네 아버지가 조셉이 보내온 편지를 들고 들어오시더니 네가 오수와 결혼하려 한다고 말해 주더구나. 꿈에서 본 내 죽음이 무엇을 의미하는지 그제야 깨달았다. 그래서 난 네 아버지에게 내가 꾼 꿈을 이야기해 주었단다." 어머니는 말을 멈추고 한숨을 깊이 쉬었다. "난 이 문제에 대해서 너한테 단 한 가지 외에는 해 줄 말이 전혀 없구나. 그건 말이지, 그 아가씨와 결혼하고 싶으면 내가 죽을 때까지 기다려야 한다는 거란다. 주님이 내 기도를 들으신다면 그다지 오래 기다리지 않아도 될 거다." 어머니는 또다시 말하기를 멈추었다. 오비는 어머니에게 엄습한 변화로 인해 겁에 질려 있었다. 갑자기 머리가 이상해진 사람처럼 어머니가 낯설어 보였다.

"어머니!" 오비는 마치 어머니가 어디론가 멀리 가 버리기라도 하는 것처럼 소리를 질렀다. 어머니는 아무 말도 하지 말라고 손을 쳐들었다.

"내가 살아 있는 동안 네가 그런 짓을 하면 내 죽음에 대한 책임을 네가 져야 할 거다. 난 목숨을 끊어 버릴 테니까." 완전히 탈진한 어머니의 몸이 무너져 내렸다.

그날 오비는 하루 종일 방에서 나오지 않았다. 이따금 몇 분간씩 잠에 곯아떨어지기도 했다. 그러다가 그를 보러 온 이웃 사람들과 지인들의 목소리로 인해 잠에서 깨어나곤 했다. 하지만 오비는 한 사람도 만나고 싶지 않았다. 장거리 여행으로 인해 몸 상태가 좋지 못하다고 말하도록 유니스에게 일러 두었다. 오비는 이런 말이 특히 좋지 못한 변명이라는 것을 잘 알았다. 그의 건강 상태가 좋지 못하다면 그건 분명 사람들이 무엇보다도 더 그를 보아야만 하는 이유였기 때문이다. 여하튼 그는 사람들을 만나기를 거부하였으므로 이웃 사람들과 지인들의 마음을 상하게 했다. 그들 중 일부는 곧바로 그 자리에서 그런 마음을 표현했고 다른 사람들은 아무 일도 아닌 척 말하려고 애썼다. 한 연로한 부인은 환자를 직접 보지도 못했으면서도 그런 병에 대한 처방을 알려 주기까지 했다. 그녀는 말했다. 장거리 여행은 아주 성가신 일이지. 그럴 때엔 그저 뱃속에 들어 있는 모든 찌꺼기를 다 씻어 낼 수 있게 강력한 설사약을 먹어야 한다니까.

오비는 저녁 기도회에도 참석하지 않았다. 아버지의 목소리가 멀리서 나는 소리처럼 들렸고, 아주 오랜 시간 지속되었다. 끝나는 것 같다 싶으면 그의 목소리가 또다시 높아졌다. 마침내 여러 사람들이 합심하여 주기도문을 외우는 소리가 들렸다. 그렇지만 목소리건 벌레 소리건 열에 들떠 있는 사람에게 들리는 소리처럼 모든 소리가 아주 먼 곳에서 나는 것 같았다.

오비의 아버지는 강풍용 램프를 들고 오비의 방으로 들어와 몸 상태가 어떤지 물었다. 그런 다음 아버지는 방에 단 하나밖에 없는 의자에 앉았고 다시 램프를 집어 들고 기름이 있는지 흔들어 보았다. 만족스러운 소리가 나자 아버지는 램프의 불룩한 부분에서 불꽃이 희미하게 보일락 말락 할 때까지 심지를 약하게 줄였다. 어린 시절 그렇게 누워 자면 안 된다고 누누이 들었지만 오비는 등을 대고 벌렁 드러누운 채로 대나무로 엮은 천장을 바라보고 있었다. 왜냐하면 등을 대고 자다가 거미가 그의 위로 천장을 기어가면 악몽을 꾸게 된다는 속설이 있었기 때문이다.

자기 인생에서 이토록 중차대한 위기를 맞이한 순간에 마음속으로 그런 엉뚱한 생각이 지나가다니 아연실색할 노릇이었다. 자신의 결정을 옹호하기 위해 또 한차례 싸워야 할지도 모르겠다고 생각하며 오비는 아버지가 말할 때까지 기다렸다. 지금까지 일어난 일 때문만이 아니라 솔직히 자기 속에 맞서 싸울 힘이 하나도 없다는 것을 발견했기에 오비의 마음은 불안했다. 하루 종일 오비는 분노와 확신을 일으켜 보려고 고군분투했다. 솔직히 말해서 마음속 반응이 때로는 아주 격렬하게 느껴진 적도 있긴 했지만 진정으로 내면 깊은 곳에서 우러난 것은 아니라는 사실을 깨달을 수 있었다. 죽은 개구리 다리에 전류를 흐르게 하면 발생하는 경련과 마찬가지로 그것은 중심이 아니라 주변부에서 일어나는 반응이었다. 그렇지만 오비는 자신의 현재 마음 상태가 최종적인 것이라고 받아들일 수 없었다. 그리하여 오비는 불가피한 반응을 유발할 뭔가를 필사적으로 찾았다. 어쩌면 그것은 처음보다 더 격심하게 이루어질 아버지와의 또 한차례 논쟁일 수 있었다. 이보족 사람들이 말하듯이 사실 겁쟁이는 자신이 이길 수 있는 사람을 보게 되면 싸우고 싶은 욕망이 불 일 듯 일어나는 법이다. 오비는 자신이 아버지를 이길 수 있다는 걸 알았다.

그런데 오비의 아버지는 싸우기를 거부하고 아무 말 없이 앉아 있었다. 오비는 옆으로 드러누워 심호흡을 했다. 그렇지만 아버지는 여전히 아무 말도 하지 않았다.

"모레 라고스로 돌아가겠어요." 마침내 오비가 말했다.

"우리와 일주일을 함께 보낼 수 있다고 하지 않았니?"

"네, 그랬어요. 그렇지만 제가 일찍 돌아가는 게 더 나을 것 같아요."

이 말이 끝나자 또다시 기나긴 침묵이 흘렀다. 그런 다음 아버지는 뭔가를 말했지만 정작 두 사람의 마음속 깊은 곳에 감춰져 있는 말은 아니었다. 아버지가 천천히 아주아주 조용히 말하기 시작하였으므로 그의 말을 간신히 알아들을 수 있었다. 마치 오비를 대상으로 말하고 있지 않은 것 같았다. 얼굴이 비스듬히 돌려져 있어서 오비는 아버지의 희미한 옆얼굴만 볼 수 있었다.

"내 아버지의 집을 떠나 선교사들을 따라갈 때에 난 그저 어린 소년에 불과했단다. 내 아버지는 날 저주했지. 나는 그 자리에 없었지만 네 삼촌들이 그게 사실이었다고 말해 주더라. 자기 자식을 저주한다는 건 아주 끔찍한 일이다. 게다가 난 장남이었단다."

오비는 저주에 대해 지금까지 한 번도 들어 본 적이 없었다. 훤한 대낮이거나 좀 더 유쾌한 상황이었다면 그런 말에 아무런 중요성을 부여하지 않았을 것이다. 그렇지만 그날 밤 오비는 이상할 정도로 아버지에 대한 연민의 감정에 사로잡혔다.

"네 할아버지가 목을 매어 자살했다는 소식을 접했을 때 나는 그 소식을 전해 준 사람에게 칼 좋아하는 사람은 칼로 망한다고 말했단다. 우리의 백인 선생님이던 브래들리 씨가 그런 말을 하는 건 옳지 못하고 장례식에 참석하러 고향 집에 가라고 충고해 주었지. 나는 그 충고를 물리쳤단다. 브래들리 씨는 내 아버지가 살해한 백인의 심부름꾼에 대하여 내가 말한다고 생각했어. 그러나 나는 네 할아버지가 직접 자기 손으로 죽이던 날까지 네 할머니의 오두막에서 나와 함께 성장한 이케메푸나를 말한 거였단다." 아버지는 생각을 정리하는지 하던 말을 멈추었고, 의자에 앉은 채로 오비가 누워 있는 침대를 향해 몸을 돌렸다. "이런 말을 내가 너한테 모두 해 주는 건 말이지, 그 당시에 기독교인이 된다는 게 어떤 것이었는지 네가 조금이라도 알았으면 해서란다. 난 아버지의 집을 떠났고 아버지는 나를 저주하셨단다. 기독교인이 되기 위해 나는 물불 가리지 않고 온갖 위험을 무릅썼지. 내가 그런 고통을 겪었기 때문에 기독교를 이해하는 거란다. 아마 네가 앞으로 알게 되는 것보다 내가 더 많이 알 거다." 아버지는 다소 갑작스럽게 말하기를 중단했다. 오비는 잠시 쉬는 거라고 생각했는데

아버지의 말은 끝난 것이었다.

이웃 동네 사람들이 유화 정책으로 이케메푸나를 우무오피아에 주었다는 슬픈 이야기를 오비는 잘 알고 있었다. 오비의 아버지와 이케메푸나는 억지로 떼려야 뗄 수 없는 불가분의 관계였다. 그렇지만 어느 날 숲과 동굴의 신이 이 소년을 죽여야 한다고 선포했다. 오비의 할아버지는 이 소년을 무척 사랑했다. 그러나 때가 왔을 때 그 소년을 쓰러뜨린 것은 날이 넓은 할아버지의 칼이었다. 심지어 그때에도 몇몇 마을 어르신들은 자신을 아버지라 부르는 아이에게 칼을 쳐든 것은 대단히 잘못된 행동이라고 말했다.

제15장

 오비는 우무오피아에서 라고스까지 800킬로미터 남짓한 거리를 얼떨떨한 상태에서 달려왔다. 심지어는 동부 나이지리아에서 라고스까지 가는 여행객들이 통상적으로 들르는 중간 정도 거리에 위치한 아쿠레 식당에서 점심 식사를 하기 위해 멈춰 서지도 않은 채 아침부터 저녁까지 무감각한 상태에서 계속 달렸다. 이바단을 지나기 직전 단 한 차례 제정신으로 돌아온 적이 있었다. 고속으로 모퉁이를 막 돌자마자 한 대가 다른 한 대를 추월하려고 시도하던 소형 트럭 두 대와 맞닥뜨렸던 것이다. 충돌하기 일보직전이었다. 그 짧은 순간에 오비는 급하게 좌측으로 방향을 돌려서 덤불 더미에 처박히고 말았다.

 트럭 한 대는 멈춰 섰지만 다른 한 대는 제 갈 길로 가 버렸다. 인정 많은 트럭 운전사와 승객들이 오비의 상태가 어떤지 살펴보려고 달려왔다. 오비는 자신이 지금 어떤 상황에 처했는지 분간도 못하고 있었다. 그들이 오비를 도와 덤불 더미에 빠진 자동차를 끌어냈다. 벌써부터 가슴을 움켜쥐고 울고 있던 여자 승객들은 이 광경을 보고 진정으로 기뻐했다. 자동차를 다시 도로로 밀어 올린 후에야 비로소 오비의 몸이 부들부들 떨리기 시작했다.

"당신 정말로 운 좋았소." 트럭 운전사와 승객들이 몇몇은 영어로 또 다른 몇몇은 요루바어로 말했다. "저런 돼먹지 못한 운전사들 같으니." 트럭 운전사는 슬픈 표정으로 고개를 좌우로 흔들며 말했다. "오, 하늘 아버지시여!" 그는 이 문제를 하나님의 손에 맡겼다. "그렇지만 오늘 당신 정말로 운 좋은 줄 아쇼. 길 이쪽 편에 커다란 나무가 없었으니 망정이지. 집에 도착하면 진정으로 하나님께 감사 기도 드려요."

자동차를 살펴보니 한두 군데 조그만 흠집이 난 것을 제외하고는 심각한 손상을 입은 곳은 없었다.

"라고스 가는 길이쇼?" 운전사가 물었다. 아직도 말을 할 수가 없는 오비는 고개를 끄덕거렸다.

"운전 살살 하쇼. 이 길엔 무모하게 차를 모는 빌어먹을 놈들이 수두룩하니까. 가는 길에 사고를 하나 만나면 아베오쿠타 쪽으로 들어서는 게 좋을 거요. 오, 하늘 아버지시여!" 가슴 위로 양팔을 팔짱 낀 여자들이 마치 기적이라도 일어난 것처럼 오비를 바라보며 흥분을 감추지 못하고 떠들어 댔다. 그중 한 여자가 오비에게 하나님께 감사해야 한다고 엉터리 영어로 반복해서 말했다. 한 남자가 그녀의 말에 동의를 표했다. "그럼, 당신 아직 말할 수 있는 건 오직 전지전능하신 하나님 덕분이고말고." 실제로 오비는 아무 말도 하지 않았지만 그 남자가 말하려는 요점은 설득력이 있었다.

"돼먹지 못한 운전사들 같으니! 정말 죽여줘요."

"운전사 모두 다 그런 거 아니죠." 인정 많은 운전사가 말했다. "멍청이 같은 아까 그 인간 잘못이죠. 추월하면 안 된다고 내가 그렇게 신호를 주었건만 그냥 눈 깜짝 순간 나왔어요." 팔 동작과 함께 나온 그 마지막 말은 과속을 의미했다.

나머지 여행길은 아무런 사고 없이 진행되었다. 오비가 라고스에 도착했을 때에는 날이 어둑어둑해지고 있었다. 라고스 행정 구역으로 들어오는 운전사들을 환영하는 커다란 간판이 오비의 마음속에 잠자고 있던 공포감을 소생시켰다. 고향에서 보낸 지난밤 내내 오비는 클라라에게 어떻게 말해야 할지 머릿속에서 충분한 연습을 했다. 먼저 자신의 아파트로 갔다가 클라라에게 되돌아가지 말아야 할까 보다. 가는 길에 그녀의 집에 들러서 그녀를 데리고 자신의 집으로 가는 게 나을 거야. 하지만 클라라가 살고 있는 야바에 도착했을 때 오비는 먼저 자기 집에 들렀다가 다시 오는 게 나을 것 같다는 생각이 들었다. 그래서 그는 그곳을 지나쳤다.

오비는 몸을 씻고 나서 옷을 갈아입었다. 그런 다음 소파에 앉았는데 처음으로 엄청난 피로가 몰려드는 것을 느낄 수 있었다. 머리에 또 다른 생각이 떠올랐다. 그래, 크리스토퍼에게서 유용한 충고를 들을 수 있을지도 몰라. 오비는 자동차에 올라탄 다음 목적지가 크리스토퍼의 집인지 아니면 클라라의 집인지 확실치도 않은 채 자동차를 몰기 시작했다. 그렇지만 궁극적으로 찾아간 곳은 클라라의 집이었다.

가는 도중에 오비는 남자, 여자, 아이들로 구성된 기나긴 행렬과 맞닥뜨렸다. 그들은 빨갛고 노란 장식 띠로 허리 부분을 장식한, 풍성해 보이는 흰색 가운을 입고 있었다. 행렬의 대다수를 이루는 여자들은 등까지 내려오는 흰색 머리끈을 매고 있었다. 그들은 노래를 부르고 손뼉을 치며 춤을 추었다. 한 남자가 종으로 박자를 맞추었다. 행렬은 모든 교통을 방해하고 있었지만 오비는 마음속으로 고마워했다. 하지만 초조한 택시 운전사들은 귀청이 떨어져라 큰 소리로 기다랗게 경적을 울려 댔고 행렬은 자동차가 지나갈 수 있도록 조용히 갈라졌다. 앞에는 흰옷을 입은 두 명의 소년이 '영원히 신성한 천사 교회'임을 알리는 깃발을 들고 갔다.

오비는 모든 것이 대수롭지 않은 일인 것처럼 느껴지게 말하려고 최선을 다했다. 그저 일시적인 걸림돌일 뿐 그 이상 문제될 건 없다. 결국에는 모든 일이 잘 해결될 것이다. 어머니는 너무 오랜 기간 질병으로 시달렸기 때문에 마음이 무척 약해진 상태지만 곧 회복될 것이다. 아버지는 이미 설득된 거나 매한가지다. "당분간 우리는 그저 느긋한 마음으로 기다리기만 하면 되는 거야."라고 오비는 말했다.

클라라는 오른쪽 손가락으로 약혼반지를 문지르며 아무 말 없이 듣기만 했다. 오비가 말하기를 멈추자 그녀는 오비를 올려다보며 할 말을 다 했느냐고 물었다. 오비는 대답하지 않았다.

"다 한 거죠?" 클라라가 재차 물었다.

"뭘 다 해?"

"당신 이야기 말이에요."

오비는 대답 대신 숨을 깊이 들이켰다.

"그러니까 말이죠……. 여하튼 상관없어요. 유감스러운 건 딱 한 가지니까. 어쨌든 좀 더 현명했어야 했는데. 정말로 아무 상관없어요."

"무슨 말을 하는 거요, 클라라? 아, 바보 같은 행동 좀 하지 말라니까." 클라라가 반지를 빼내어 내밀자 오비가 말했다.

"당신이 받지 않으면 창문 밖으로 던질 거예요."

"제발 그렇게 하시죠."

클라라는 반지를 던져 버리지는 않았다. 하지만 집 밖으로 나가 자동차로 다가가더니 조수석 도구함에 반지를 떨어뜨렸다. 그녀는 다시 돌아와 농담이라도 하는 것처럼 손을 내밀며 말했다. "그동안 여러 모로 고마웠어요."

"이리 와서 앉아요, 클라라. 우리 유치하게 굴지 맙시다. 제발 부탁인데 문제를 더 복잡하게 만들지만 말아 달라니까."

"문제를 힘들게 만드는 사람은 당신 자신이에요. 더 이상 우리 스스로를 기만하지 말자고 내가 수도 없이 말했잖아요. 그럴 때마다 당신은 항상 나보고 유치하다고 말했죠? 여하튼 이제는 아무래도 상관없단 말이에요. 길게 이야기할 필요도 전혀 없다니까."

오비는 다시 자리에 앉았다. 창가로 다가간 클라라는 창에 기대어 서서 밖을 내다보았다. 오비는 한 차례 뭔가를 말하려고 했지만 몇 마디 하다 말고 그만두었다. 또다시 십 분 정도의 침묵이 흐른 다음 클라라가 말했다. "이제 그만 가 보는 게 좋지 않겠어요?"

"그래요." 오비는 자리에서 일어섰다.

"잘 가요." 클라라는 자세를 바꾸지 않았다. 그녀는 오비에게 등을 돌리고 서 있었다.

"잘 있어요." 오비가 말했다.

"당신한테 하고 싶은 말이 있었지만 이제는 상관없어요. 내 몸은 내가 돌볼 수 있어야 했으니까요."

혼비백산한 오비는 불안한 마음으로 물었다. "그게 뭐요?"

"아, 아무것도 아니에요. 그냥 잊어요. 내가 알아서 해결할 테니까."

오비는 그의 이야기를 들은 크리스토퍼의 반응이 너무나 생경하여 깜짝 놀랐다. 크리스토퍼는 인정사정없이 가혹한 말을 했고 오비가 하는 말을 항상 중단시켰다. 오비가 부모님의 결혼 반대 의사를 입에 올리자마자 그는 벌써 오비가 할 말을 빼앗았다.

"오비, 그러니까 말이지." 크리스토퍼가 말했다. "옛날부터 자네하고 그 문제를 얘기하고 싶었어. 하지만 남자와 여자 사이의 문제는 끼어들지 않는 게 상책이라는 걸 알고 있었거든. 더군다나 사랑을 대단하게 여기는 자네 같은 친구들은 특히 그렇지. 작년에 한 친구가 나를 찾아와 결혼하고 싶어 하는 처녀에 대해서 조언을 구한 적이 있었어. 난 그 처녀를 아주 잘 알고 있었어. 그러니까 아주 방종하다고 말할 수 있었지. 그래서 친구에게 그 여자와 결혼해선 안 된다고 말했지. 그랬더니 글쎄 이 형편없는 바보가 무슨 짓을 했는지 알아? 그 여자에게 가서 내가 한 말을 그대로 전한 거야. 그렇기 때문에 자네에게 클라라에 대해서는 한마디도 하지 않았던 거야. 자넨 나보고 편협하다고 말할는지 모르지만 내 생각에 우리는 아직 우리의 모든 관습을 무시할 수 있는 그런 단계에 도달하지 못했어. 자네는 교육이니 뭐니 하고 떠들겠지만 나라면 오수와 결혼하지 않을 거야."

"우리는 지금 자네 결혼을 이야기하고 있는 게 아니야."

"미안하네. 자네 어머니가 실제로 뭐라고 말씀하셨는데?"

"어머니는 정말로 끔찍한 말씀을 하셨어. 나한테 어머니가 죽을 때까지 기다리든가 아니면 자살하시겠다고 그러셨어."

크리스토퍼는 깔깔대고 웃었다. "우리 동네에 한 여인이 있었는데 어느 날 시장에 갔다가 집에 와 보니 두 자식이 우물에 빠져 죽어 있더란 말이지. 하루 종일 통곡하던 그녀는 자기도 우물에 가서 빠져 죽고 싶다고 말했어. 하지만 두말할 필요 없이 이웃 사람들은 그녀가 자리에서 일어날 때마다 붙잡았지. 그런데 사흘이 지나도 계속 그러니까 남편이 진절머리가 나서 그녀가 하고 싶은 대로 하게 혼자 내버려 두라고 말했던 거야. 그 여인은 우물로 달려갔어. 그렇지만 우물에 도착한 후 먼저 우물을 살짝 들여다보고는 오른발을 집어넣었다 꺼내고 그다음에는 왼발을……."

"정말 흥미로운 얘기로군!" 오비는 그의 말을 가로막았다. "그렇지만 장담하건대 우리 어머니는 그냥 하신 말씀이 아니야. 그건 그렇고 자네한테 부탁하고 싶은 건 아주 다른 문제야. 내 생각에 그녀가 임신한 것 같아."

"누가?"

"장난치지 마. 당연히 클라라지."

"그래그래, 알았어. 골치 아프게 생겼구먼."

"자네 혹시……."

"의사 말이야? 아니, 몰라. 그렇지만 최근 제임스한테 그런 문제가 생겨서 한두 사람 찾아간 걸 알아. 그럼 이렇게 하자.

내가 내일 아침 제임스에게 알아보고 전화해 줄게."

"내 전화로 하면 안 돼!"

"어째서? 단지 주소만 말해 줄 텐데. 꽤 많은 돈이 들어갈 거야. 물론 자네는 나한테 냉혹하다고 말하겠지만 이런 문제에 대한 나의 태도는 아주 달라. 동부에서 있을 때 한 처녀가 나한테 오더니 '생리가 없어졌어요.' 하더군. 그래서 내가 말했지. '가서 잘 찾아봐.' 냉혹하게 들릴지 모르지만……. 잘 모르겠다. 그런 문제는 난 이렇게 생각해. 그게 내 책임인지 내가 어떻게 알겠어? 나는 상당히 조심하느라 모든 예방 조치를 다 취하거든. 그게 전부야. 자네 경우는 아주 다르다는 걸 나도 잘 알아. 클라라의 경우는 다른 사람을 만날 시간이 전혀 없었으니까. 그렇다고 해도 말이지……."

나이 든 의사를 불안하게 만든 어떤 요소가 오비에게 있는 게 틀림없었다. 의사는 처음에는 기꺼이 할 것처럼 보였고 실제로 한두 가지 동정적인 질문을 던졌다. 그러더니 그는 내실로 들어갔고 내실에서 나왔을 때 그의 태도는 돌변해 있었다.

"미안합니다, 젊은 양반." 의사가 말했다. "하지만 당신을 도와줄 수가 없군요. 당신이 나한테 요구하는 건 범죄 행위이고, 그 행위로 인해 나는 감옥에 갈 수도 있고 면허증을 취소당할 가능성도 있어요. 그러나 그런 문제는 차치하고라도 나로서는 보호해야 할 명성이 있습니다. 지난 이십 년간 오점 하나 없이 시술을 해 왔습니다. 나이가 어떻게 되시죠?"

"스물여섯 살입니다."

"스물여섯이라. 그렇다면 내가 의료 행위를 시작할 때 당신은 여섯 살이었군요. 그리고 그 긴 세월 동안 나는 이런 음성적인 일에는 손을 댄 적이 한 번도 없었소. 여하튼 아가씨와 결혼하지 그래요? 아주 예쁘게 생겼는데."

"저 사람과 결혼하고 싶지 않아요." 클라라가 시무룩하게 말했다. 이곳에 들어오고 처음으로 내뱉은 말이었다.

"이 사람이 어때서 그럽니까? 내가 보기에는 아주 괜찮은 젊은이 같은데."

"결혼하지 않는다고 말했잖아요. 그걸로 충분하지 않아요?" 클라라는 악을 쓰다시피 말하더니 방을 뛰쳐나갔다. 오비는 아무 말 없이 클라라의 뒤를 따라 나왔고 말없이 자동차를 몰았다. 추천을 받은 다음번 의사의 집으로 가는 길 내내 두 사람 사이에는 단 한 마디의 말도 오가지 않았다.

다음번 의사는 젊고 매우 실무적이었다. 의사는 그들이 요청하는 수술을 전혀 하고 싶지 않다고 말했다. "그건 의술이 아닙니다." 의사가 말했다. "그런 걸 공부하려고 내가 영국에서 칠 년을 보낸 건 아니니까요. 하지만 비용을 지불할 의향이 있으시다면 해 드리겠어요. 비용은 30파운드입니다. 수술 전에 미리 비용을 내셔야 합니다. 수표는 안 받습니다. 순 현찰입니다. 어떠세요?"

오비는 혹시 30파운드 이하로는 안 되겠냐고 물었다.

"죄송하지만 가격은 어떻게 할 수 없습니다. 대수롭지 않은 수술이긴 하지만 이건 범죄 행위니까요. 그러니까 우리 모두가 죄인이지요. 지금 나는 큰 위험을 감수하는 겁니다. 집에 가서 잘 생각해 보시고 내일 2시에 돈을 가지고 다시 오십시오." 두 손을 마주 대고 부비는 의사를 바라보는데 특별히 불길한 느낌이 오비를 엄습했다. "내일 오시려면 금식해야 합니다." 의사가 클라라에게 말했다.

그들이 나오려고 할 때 의사가 오비에게 말했다. "두 사람이 결혼하지 그래요?" 그렇지만 의사는 그들에게서 아무런 대답도 듣지 못했다.

제16장

가장 시급한 문제는 다음 날 2시 전까지 30파운드를 조달하는 일이었다. 클라라에게 돌려줘야 할 돈도 50파운드나 되었다. 그렇지만 그건 잠시 미룰 수 있었다. 가장 간단한 방법은 대금업자에게 가서 30파운드를 빌리고 60파운드를 받았다고 사인해 주면 될 것이다. 그렇지만 그런 사람에게 가느니 자살하는 편이 나을 것이다.

오비는 이미 집에 남아 있는 돈을 세어 보았지만 다시 한 번 상자로 가서 세어 보았다. 지폐로 12파운드가 있었고 호주머니에 동전 몇 닢이 들어 있었다. 오비는 어머니한테는 단 5파운드만 드렸고 아버지에게는 한 푼도 드리지 못했다. 현재로서는 하루 속히 클라라의 50파운드를 마련해야 한다고 생각했기 때문이다.

크리스토퍼에게 물어봐야 무의미할 것이다. 그의 봉급은 열흘을 넘어가는 적이 한 번도 없었다. 그가 굶지 않고 지낼 수 있는 건 오로지 요리사로부터 이끌어 낸 기발한 규칙 덕분이었다. 매달 초가 되면 크리스토퍼는 그 달의 '식비'를 요리사에게 한꺼번에 주었다. "다음번 봉급날까지 내 목숨은 당신 손에 달렸소."라고 크리스토퍼는 말하곤 했다.

언젠가 오비는 요리사가 만일 중간에 돈을 가지고 자취를 감춰 버리면 어떻게 하느냐고 크리스토퍼에게 물은 적이 있었다. 크리스토퍼는 절대로 그런 일은 일어나지 않는다고 말했다. 심지어 이 경우처럼 고용인의 나이가 주인보다 거의 두 배나 많고 항상 주인을 아들처럼 취급하는 상황이라 할지라도 '주인'이 자신의 '고용인'에게 그토록 많은 신뢰감을 보이는 것은 극히 드문 일이었기 때문이다.

궁지에 몰린 오비는 심지어 우무오피아 진보연맹 회장을 찾아갈까도 생각했다. 그렇지만 오비는 그렇게 하느니 차라리 대금업자를 찾아갈 것이었다. 이런 고위직에 있는 젊은이가 무엇 때문에 자기 봉급의 반 정도밖에 못 벌고 가족까지 있는 사람에게 돈을 빌려야 하는지 회장이 알고 싶어 하리라는 사실은 별도로 친다 하더라도, 마치 고향 사람들이 자신의 결혼 대상에 대해 가타부타 말할 수 있다는 원칙을 오비가 수용한 것처럼 보일 것이기 때문이었다. "난 아직 그럴 정도로 추락한 건 아니야."라고 오비는 큰 소리로 외쳤다.

마침내 좋은 생각이 떠올랐다. 꼼꼼히 따져 보면 아마도 그다지 좋은 생각은 아닐지도 몰랐다. 하지만 다른 모든 생각들보다는 훨씬 나았다. 샘 오콜리 국무장관에게 요청해 보아야겠다. 아주 솔직하게 무엇 때문에 돈이 필요한지 말하고 반드시 석 달 안에 갚겠다고 말할 것이다. 아니 어쩌면 돈의 용도를 말해서는 안 될지도 모르겠다. 필요에 의해 꼭 말해야 할 사람 외에 한 사람이라도 더 알게 하는 건 클라라에 대한 예의가 아니었다. 크리스토퍼에게 말했던 이유는 단지 그가 어떤 의사와 상담해야 할지 알고 있을 것 같아서 그런 것이었다. 그날 저녁 아파트로 돌아오자마자 오비는 비밀 유지의 필요성을 강조하지 않았다는 생각이 떠올라 전화기가 있는 곳으로 달려갔다. 여섯 가구로 이루어진 아파트 한 동에 전화기가 단 한 대뿐이었지만 전화기는 마침 오비의 집 문밖에 있었다.

"여보세요. 아 그래, 크리스. 빼놓은 말이 있어 전화했어. 그 친구한테서 주소를 받을 때 환자가 누구라는 이야기는 하지 말아 줘…… 나 때문이 아니라……. 알잖아, 왜 그러는지."

다행스럽게도 크리스토퍼는 이보어로 임신이란 게 손바닥으로 덮을 수 있는 게 아니라고 말했다.

오비는 제발 바보처럼 굴지 말라고 말했다. "그래, 내일 아침. 사무실이 아니라 여기 집으로 전화해 줘. 다음 주 수요일까지는 일하러 가지 않아. 아, 그래. 정말로 고마워. 잘 있게."

의사는 조심스럽게 돈다발을 세더니 그것을 접어서 주머니에 넣었다. "5시에 다시 오세요." 하고 그는 오비를 내보내며 말했다. 그렇지만 자동차로 돌아온 오비는 운전을 할 수가 없었다. 온갖 끔찍한 생각들이 계속해서 머릿속으로 밀려들었다. 예감 같은 것을 믿지는 않았지만 여하튼 오비는 두 번 다시 클라라를 보지 못할 거라는 느낌이 들었다.

오비가 이런저런 생각으로 마비 상태가 되어 꼼짝 못하고 운전석에 앉아 있는데 의사와 클라라가 밖으로 나오더니 도로 옆에 주차되어 있던 자동차에 올라탔다. 그가 있는 쪽을 한 번 바라보던 클라라가 얼른 다른 방향으로 눈길을 돌리는 걸 보니 의사가 오비에 대해 무슨 말을 한 것 같았다. 오비는 자동차에서 뛰어나가 이렇게 소리치고 싶었다. "하지 마. 우리 지금 당장 결혼하자." 그렇지만 오비는 소리칠 수도 없었고 소리치지도 않았다. 의사의 자동차가 어딘가를 향해 달려갔다.

채 일 분 아니 기껏해야 이 분도 지나지 않았을 아주 짧은 순간에 오비의 마음은 벌써 정해졌다. 그는 자동차를 후진시켜 그들을 중단시키려고 의사의 자동차 뒤를 쫓아갔다. 그렇지만 그들은 이미 시야에서 사라지고 없었다. 오비는 이리 돌고 또 저리 돌아 보았다. 주요 도로를 가로질러 기세 좋게 달리던 오비는 간발의 차이로 커다란 빨간 버스와 부딪치지 않았다. 자동차 앞 유리 뒤에 사로잡힌 겁에 질린 파리와도 같이 오비는 뒤로 물러났다 앞으로 갔다 오른쪽으로 왼쪽으로 돌았다. 자전거를 타고 가던 사람들과 보행자들이 오비에게 욕을 해 댔다. 어떤 단계에서는 라고스 시민 전체가 일어나 커다랗게 한목소리로 "일방통행! 일방통행!" 하고 외쳐 대는 것 같았다. 오비는 자동차를 멈춘 다음 후진하여 골목길로 들어갔다

가 반대 방향으로 달렸다.

약 삼십 분 정도 이렇게 미친 사람처럼 정처 없이 달리던 오
비는 도로 옆에다 자동차를 세웠다. 손수건을 찾느라 오른쪽
호주머니, 왼쪽 호주머니를 더듬어 보았다. 손수건을 찾지 못한
오비는 손등으로 두 눈을 문질렀다. 그런 다음 두 팔을 자동차
핸들에 올려놓고 그 위에 머리를 기댔다. 얼굴과 두 팔이 맞닿
은 부분이 점차 축축해지더니 땀이 뚝뚝 떨어졌다. 우기가 오
기 전 마지막 두세 달로 지금이 한 해 중 최악의 시기였고 하
루 중 최악의 시간이었다. 공기가 탁하고 무겁고 무더웠다. 마
치 무쇠로 만든 망토와도 같이 지구를 뒤덮고 있었다. 오비의
차 안은 한층 더 심했다. 뒤쪽 창문을 내리지도 않았으므로
열기가 새 나가지 못하고 실내에 갇혀 있었다. 오비는 그런 사
실도 인식하지 못했다. 그렇지만 혹시 인식했다 하더라도 오비
는 아무런 행동도 취하지 않았을 것이다.

5시에 오비는 진료소로 되돌아갔다. 병원 안내원은 의사가
외출 중이라고 말했다. 안내원에게 오비는 혹시 의사가 어디에
갔는지 알고 있느냐고 물었다. 안내원은 퉁명스럽게 "아니요."
라고 대답했다.

"의사 선생님께 긴히 해야 할 아주 중요한 말이 있는데, 의
사 선생님 좀 찾아봐 줄 수 있겠소? 아니면……."

"의사 선생님이 어디에 가셨는지 저는 몰라요."라고 안내원
이 말했다. 그녀의 어투에는 도끼로 단단한 나무를 쪼개는 것
같은 정도의 부드러움이 깃들었다고나 할까.

오비는 의사가 돌아오기까지 한 시간 삼십 분 정도 기다렸
다. 클라라는 함께 오지 않았다. 의사는 온몸이 땀으로 흠뻑

젖어 있었다.

"아, 여기 계셨어요?" 의사가 물었다. "내일 아침에 다시 오십시오."

"그녀는 어디에 있죠?"

"걱정하지 마세요. 괜찮아질 겁니다. 하지만 혹시 힘든 상황이 발생할지도 몰라서 오늘 밤은 주의 깊게 살펴보려고 합니다."

"그녀를 볼 수 없나요?"

"안 됩니다. 내일 아침에 오셔서 보세요. 그것도 환자가 보기를 원하는 경우입니다. 잘 아시다시피 여자들이란 아주 특이하잖아요."

오비는 가정일을 돌보는 세바스찬에게 저녁 식사 준비를 하지 말라고 했다.

"주인님 아프세요?"

"그래."

"안됐습니다, 주인님."

"고맙다. 이제 그만 가라. 내일 아침이면 괜찮아질 거야."

책을 읽고 싶어서 오비는 책장으로 갔다. 다시 한 번 A.E. 하우스먼의 비관론을 읽고 싶다는 충동을 억누를 수 없었다. 그 책을 꺼내어 들고 침실로 들어갔다. 약 이 년 전 오비가 런던에 있을 때 지은 「나이지리아」라는 시가 적힌 종이가 끼워져 있던 페이지가 펼쳐졌다.

우리의 고귀한 조국을 신이시여 축복하소서.

태양이 빛나는 위대한 땅에서
자유를 위한 투쟁에서 승리하기 위해
용감한 백성은 평화의 길을 선택했도다.
우리의 순결함을 지키고 생명력과 유쾌함에 대한
우리의 열정을 유지하게 하옵소서.

우리의 고귀한 동포들을 신이시여 축복하소서.
여기저기 흩어져 있는 남자와 여자들을.
사랑하는 우리의 조국을 건설하기 위해
모두 함께 한마음으로 일하게 하소서.
지역, 부족, 언어의 차이는 잊게 하시고
언제나 한 사람 한 사람을 소중히 여기게 하소서.

1955년 7월, 런던에서

오비는 조용히 그리고 차분하게 조그만 공이 될 때까지 왼쪽 손바닥에 놓여 있던 종이를 구깃구깃 뭉친 다음 마룻바닥에 내던졌다. 그런 다음 그는 책장을 앞으로 뒤로 넘기기 시작했다. 오비는 결국 한 편의 시도 읽지 못했다. 마침내 그는 침대 옆에 있는 자그만 탁자에 책을 내려놓았다.

아침에 의사는 새로운 환자들을 진료하고 있었다. 복도에 놓인 등받이가 없는 두 개의 긴 의자에 앉아 있던 환자들이 한 사람씩 진료실에 쳐진 녹색 블라인드 뒤로 들어갔다. 오비는 안내원에게 자신이 환자는 아니지만 의사와 긴급하게 만날 약속이 있다고 말했다. 오늘의 안내원은 전날에 만났던 안내원이 아니었다.

"환자도 아닌데 의사 선생님과 무슨 약속 있죠?" 안내원이 물었다. 자기 차례를 기다리며 앉아 있던 몇몇 환자가 깔깔대고 웃으며 재치 있게 말하는 그녀를 성원해 주었다.

"전혀 아프지도 않은 사람 의사 보러 와요?" 안내원은 앞서 말한 발언의 미묘한 의미를 파악하지 못한 사람들을 위해서 다시 한 번 말했다.

의사의 종이 다시 울릴 때까지 오비는 초조한 나머지 복도를 왔다 갔다 했다. 안내원이 그의 앞을 가로막았지만 오비는 그녀를 밀치고 진료실 안으로 들어갔다. 그녀는 오비가 순서를 무시하고 들어왔다고 항의하려고 뒤쫓아 들어왔다. 그렇지만 의사는 그녀의 말에 전혀 신경 쓰지 않았다.

"아, 네." 마치 이전에 저 사람을 어디서 보았는지 기억해 내려고 애쓰는 사람처럼 일순간 머뭇거리던 의사가 오비에게 말했다. "환자는 지금 사설 병원에 있습니다. 합병증을 일으키는 사람들도 있다고 말했던 것 기억나시죠? 그렇지만 전혀 걱정하지 않으셔도 됩니다. 내 친구가 자기 병원에서 잘 돌봐 주고 있으니까요." 의사는 그 병원의 이름을 알려 주었다.

진료실 밖으로 나오자 환자 한 사람이 오비에게 한마디 하려고 기다리고 있었다.

"정부가 당신한테 자동차 주었다고 당신 마음대로 해도 된다 생각해요? 우리 모두 여기 기다리는데 당신 그저 쑥 들어가니 말이 돼요? 당신 생각엔 우리 여기 놀러 온 것 같아?"

오비는 한마디 대꾸도 하지 않고 지나갔다.

"어리석은 놈. 네놈한테 자동차 있다고 제멋대로 행동해도 된다 생각하나 봐. 머저리 같은 놈!"

병원 간호사는 클라라가 많이 아프며 방문객의 병문안은 사절이라고 오비에게 말해 주었다.

제17장

"휴가는 잘 다녀왔소?" 오비를 본 그린 씨가 물었다. 전혀 기대하지 않았던 질문이라 잠시 동안 오비는 뭐라 대답해야 할지 몰라 갈팡질팡했다. 그렇지만 마침내 그는 잘 다녀왔고 대단히 고맙다고 간신히 답변했다.

"당신네 민족이 뻔뻔스럽게도 특별 휴가를 가겠다고 요청할 수 있는지 종종 놀랍다니까. 특별 휴가의 취지는 유럽인들이 조스나 부에아처럼 서늘한 도시에 가서 휴식하라고 만들어진 것이었는데 말이야. 요즘에는 특별 휴가의 본래 의도가 완전히 무의미해졌다니까. 그런데 당신과 같은 아프리카 사람들은 지금 상태로도 지나칠 정도로 많은 특권을 누리고 있으면서 유유자적하게 지내려고 이 주씩이나 휴가를 요청하다니, 정말 울고 싶다니까."

오비는 특별 휴가가 폐지된다 하더라도 자신은 속상해하지 않을 거라고 말했다. 그렇지만 그런 문제는 정부가 알아서 결정할 일이었다.

"당신 같은 사람들이 나서서 정부가 그런 결정을 내리도록 만들어야 하겠지. 내 주장은 항상 똑같잖소. 나이지리아에는 자기 나라의 공익을 위하여 약간의 권리도 포기할 준비가 되어 있는 사람이 단 한 명도 없다니까. 당신네 장관들로부터 대부분의 말단 직원에 이르기까지 모두 그래. 그러면서 자신들의 나라를 직접 통치하고 싶다는 말을 하잖아."

그린 씨를 찾는 전화가 걸려 오는 바람에 대화는 갑자기 끝났다. 그는 전화를 받으러 자기 방으로 돌아갔다.

"그린 씨 말에도 일리가 있어요." 적당한 간격을 두고 마리가 과감하게 말했다.

"물론 있지요."

"당신이 그렇다는 건 절대로 아녜요. 하지만 솔직히 말해서 여기는 휴일이 너무나 많아요. 알죠? 사실 난 아무래도 좋아요. 그렇지만 영국에서는 일 년에 이 주 이상의 휴가를 받아 본 적이 없었거든요. 그런데 여기는 어떻죠? 넉 달이나 돼요." 이때에 그린 씨가 돌아왔다.

"그건 나이지리아 사람들의 잘못이 아니지요." 오비가 말했다. "모든 유럽 사람들이 자동적으로 고위직에 있고 모든 아프리카 사람들은 자동적으로 하위직에 있을 때 당신들을 위해 당신들이 너그러운 조건들을 만들어 낸 거잖아요. 이제 겨우 소수의 아프리카 사람들이 고위직에 들어오게 되었는데 당신들은 돌아서서 우리 아프리카 사람들을 비난하는군요." 그린 씨는 옆에 있는 오모 씨의 사무실로 들어갔다.

"나도 그렇게 생각해요." 마리가 말했다. "그렇지만 이제는 분명히 누군가가 이슬람교 공휴일을 모두 중단시킬 때예요."

"그렇지만 아시다시피 나이지리아는 이슬람교 국가입니다."

"아니죠. 북부가 그렇죠."

두 사람은 조금 더 입씨름을 벌였고 그러다가 마리가 갑자기 화제를 바꿨다.

"오비, 왜 그렇게 기진맥진해 보여요?"

"그동안 몸이 좋지 않았어요."

"저런, 안됐군요. 왜 그랬어요? 열병인가요?"

"그래요. 가벼운 말라리아 증세가 있었어요."

"팔루드린 안 먹었어요?"

"가끔 잊어버려요."

"쯧쯧." 마리가 혀를 차며 말했다. "부끄러운 줄 아세요. 약혼녀는 뭐라고 해요? 그녀는 간호사잖아요?"

오비는 고개를 끄덕였다.

"나라면 의사한테 가겠어요. 정말이지 많이 아파 보여요."

그날 아침 느지막이 오비는 봉급의 가불 문제를 상담하러 오모 씨에게 갔다. 오모 씨는 일반 명령과 재정 지시 담당자였기에 그런 일이 어떤 조건에서 가능한지를 오비에게 알려 줄 수 있었다. 오비는 클라라의 50파운드에 대해 확고한 결심을 해 둔 터였다. 다음 두 달 안에 그 돈을 마련하여 그녀의 은행으로 넣어 줘야 했다. 어쩌면 현재의 위기를 극복할 수도 있고 어쩌면 극복하지 못할 수도 있었다. 그러나 무슨 일이 있어도 그 돈만은 돌려줘야 했다.

마침내 오비는 병원에서 클라라를 볼 수 있었다. 그렇지만 그녀는 오비를 보자마자 침대에서 돌아누워 벽을 바라보았다.

병실에는 다른 환자들도 있었는데 대부분 어떤 일이 벌어졌는지 알고 있었다. 오비는 지금까지 살아오면서 이토록 당황스러웠던 적은 단 한 번도 없었다. 그는 곧바로 병실을 나왔다.

오모 씨는 특별한 상황에서는 관료에게 봉급을 가불해 줄 수 있다고 말했다. 그의 말투로 보아 특별 상황은 그의 개인적인 의지와 관련이 없지 않은 것 같았다.

"그리고 그나저나." 오모 씨는 가불 문제는 더 이상 이야기하기를 중단하더니 "25파운드에 대한 지출 내역을 제출해야 하고 잔여분은 반환해야 합니다."라고 말했다.

오비는 특별 휴가 수당이 자기 좋을 대로 사용해도 되는 무상으로 주는 선물이 아니라는 사실을 알지 못했다. 최대로 25파운드라고 가정하고 왕복 여행의 매 거리마다 그만큼의 여비 요청이 인정된다는 사실을 이제야 알게 된 오비는 등골이 오싹해지는 걸 느꼈다. 오모 씨는 '사실에 근거하여' 신청하는 거라고 말했다.

오비는 거리 계산 도표를 보면서 계산을 해 보려고 자기 책상으로 돌아갔다. 라고스에서 우무오피아까지의 왕복 여행길은 단 15파운드에 불과하다는 걸 알 수 있었다. '이것 참 난감한 일이로군.' 오비는 마음속으로 생각했다. 오모 씨는 25파운드를 줄 때 미리 알려 주었어야 했다. 여하튼 이제 와서 뭔가 해 본다는 건 너무 늦었다. 오비는 도저히 10파운드를 반환할 수가 없었다. 카메룬에서 휴가를 보냈다고 말해야만 할지도 모른다. 정말로 유감스러운 일이었다.

인생에서 이런 위기를 만난 후에 나타난 가장 중요한 결과는 오비가 난생처음으로 자기 행동의 주요 동기를 정밀하게 검토하게 되었다는 것이다. 그리고 그런 작업을 하면서 오비는 단지 아무 쓸데없는 짓으로 간주할 수 있는 많은 것들을 들춰 낼 수 있었다. 최종적인 분석을 통하여 오비의 모든 문제의 본질이라고 말할 수 있는 부족연맹에 매달 20파운드를 지불하는 문제를 예로 들어 보자. 어찌하여 오비는 자존심을 꿀꺽 삼키고 울며 겨자 먹기 식으로라도 그에게 허용된 넉 달간의 유예를 수용하지 못했던 것일까? 그와 같은 처지에 있는 사람이 그런 자존심을 택할 수 있단 말인가? 남자는 자존심과 예법에서 벗어나 가래를 삼켜서는 안 된다는 속담이 부족민들 사이에 회자되지 않는가?

오비는 상황을 있는 그대로 살펴본 후 자신이 편안하게 상환할 수 있는 그런 시기가 올 때까지 즉각적으로 지불을 중단하기로 마음먹었다. 문제는 이것이었다. 오비가 직접 가서 부족연맹에 말해야만 하는가? 오비는 그런 행동도 하지 않기로 마음먹었다. 그들이 자신의 일을 파고들 기회를 또다시 주지 않을 것이다. 그저 지불하기를 중단할 것이다. 그리고 만일 그들이 그 까닭을 물어 오면 먼저 가족에게 청산해야 할 재정적 의무 이행이 생겼다고 말할 것이다. 집안 사람들에 대한 재정적 의무 이행에 대해서는 누구라도 이해하기 때문에 공감을 해줄 것이다. 만일 공감하지 못한다면 단지 유감스러울 뿐이다. 그들은 동족을 법정에 세우지는 않을 것이다. 여하튼 그런 이유로는 하지 않을 것이다.

오비가 마음속으로 이런 생각들을 곱씹고 있을 때 문이 열리고 배달부가 들어왔다. 마지못해 오비는 벌떡 일어나 봉투를 받았다. 그것을 대충 훑어본 다음 뒤집어보니 봉투가 아직

개봉되지 않은 것이었다. 그는 셔츠 주머니에 봉투를 집어넣고 자기 자리로 돌아가 풀썩 주저앉았다. 편지를 배달하자마자 배달부는 사라지고 없었다.

오비는 지난밤에 클라라에게 편지를 써야겠다고 결심했다. 병원 사건을 곰곰이 다시 생각해 본 오비는 자신의 분노가 합당하지 못하다는 결론을 내리게 되었다. 여하튼 클라라가 자신보다 분노할 이유가 훨씬 더 많았다. 의심할 여지없이 클라라는 자신이 오비 덕분에 아직도 살아 있다고 생각하지 않았다. 물론 그녀는 오비가 얼마나 많은 낮과 밤을 잠도 자지 못하고 안절부절못하며 지내고 있는지 알 길이 없을 것이다. 그렇지만 혹시 안다고 해도 그녀가 감동하겠는가? 자신을 살해한 자가 깊은 슬픔에 잠겨 뉘우치고 있다는 사실을 안다고 해도 죽은 사람이 거기서 무슨 위안을 얻겠는가?

요즈음 거의 모든 시간을 침대에서 보내는 오비는 침대에서 빠져나와 책상으로 다가갔다. 편지를 쓴다는 게 오비로서는 쉽지 않았다. 먼저 마음속으로 한 문장 한 문장을 만들어 본 다음에 편지지에 썼다. 때로는 첫 문장을 생각해 내는 데 십 분이나 걸리기도 했다. 그는 "이번 사태에 대해서 진정으로 용서를 구합니다. 모든 게 내 잘못입니다……"라고 말하고 싶었다. 하지만 그런 말은 쓰지 않기로 했다. 그런 식의 자책은 순전한 사기였다. 결국 그는 이렇게 썼다.

"당신이 두 번 다시 날 보고 싶어 하지 않는다는 건 이해할 수 있습니다. 내가 당신한테 끔찍한 잘못을 저질렀으니까요. 그렇지만 이제 모든 게 끝났다는 걸 믿을 수가 없습니다. 나한테 기회를 한 번만 더 주시면 두 번 다시 당신을 실망시키지 않을 겁니다."

그는 되풀이해서 읽고 또 읽었다. 그런 다음 그는 '믿을 수가 없습니다'를 '아무래도 믿을 수가 없습니다'로 바꾸고는 편지 전체를 다시 썼다.

오비는 아침 8시에 출근 보고를 하기 전에 병원에 들러 편지를 전하기 위해 집에서 일찍 나왔다. 감히 병실로 들어가지 못하고 밖에서 간호사가 나타나기를 기다리며 서 있었다. 진료실 앞에는 벌써 수많은 환자들이 줄을 서서 기다리고 있었다. 공기 중에 페놀 냄새와 잘 모르는 약 냄새가 진동했다. 아마도 병원은 겉보기와는 달리 그리 불결하지는 않을 것이다. 약간 오른쪽으로 임신한 여자가 덮개가 없는 배수구에 대고 토하고 있었다. 오비는 구토한 걸 보고 싶지 않았지만 자기도 모르는 사이에 눈이 자꾸 그쪽을 향했다.

병실에서 일하는 두 명의 종업원이 오비의 옆으로 지나갔다. 그중 한 사람이 다른 한 사람에게 말하는 소리가 오비에게 들렸다.

"저 간호사 어디 아파?"

"내 어찌 알아." 다른 한 사람은 마치 공모의 책임을 떠맡기라도 한 것처럼 답변했다. "오늘 괜찮다 내일 아픈 이런 병 나도 알 수 없지."

"복부 무척 아픈 것 같던데."

제18장

　클라라는 통틀어 오 주 동안 입원해 있었다. 병원에서 퇴원하자마자 그녀는 칠십 일간의 병가를 받았고 라고스를 떠났다. 종합 병원에서 간호사로 일하는 여자 친구에게서 그 소식을 듣게 된 크리스토퍼가 오비에게 그 이야기를 전해 주었다.

　한 번 더 쓴맛을 경험한 후 오비는 클라라의 현재 마음 상태로는 그가 아무리 만나려고 애쓴다 하더라도 아무런 소용이 없을 거라는 충고를 들었다. "클라라도 마음을 바꾸게 될 거야." 크리스토퍼가 말했다. "회복할 시간이 필요하잖아." 그런 다음 크리스토퍼는 뜨거운 물을 뒤집어쓴 새끼들에게 어미 빈대가 해 줬다는 격려의 말을 이보어로 인용했다. 아무리 뜨거운 물이라 해도 결국에는 차가워질 테니까 낙심하지 말라고 어미는 새끼들에게 말했다.

　클라라의 은행 구좌에 50파운드를 넣으려던 오비의 계획은 여러 가지 이유로 인하여 수포로 돌아갔다. 어느 날 오비는 등기로 보내온 소포를 받았다. 도대체 누가 나에게 등기 소포를 보냈단 말인가? 오비는 나중에 등기를 보낸 사람이 국세청장이라는 사실을 알게 되었다.

마리는 오비에게 앞으로는 매달 은행을 통해서 분납하도록 조처를 취하라고 충고해 주었다. "그렇게 하면 신경 쓸 필요가 없어요." 마리가 말했다.

물론 그것은 다음번 과세 연도를 위해서는 유용한 충고였다. 올해로서는 여하튼 오비는 조만간에 32파운드를 구해야만 했다.

설상가상으로 어머니가 돌아가셨다. 오비는 어머니의 장례 비용으로 자신이 마련할 수 있는 돈을 몽땅 송금했다. 하지만 그토록 많은 자녀를 낳은 데다 유럽인들이 담당하는 일을 하고 있는 아들까지 둔 여인이라면 마땅히 지금보다 규모가 더 큰 장례식을 치렀어야 한다는 말까지 벌써부터 나돌고 있어서 여하튼 오비에게는 영원한 치욕거리로 남게 되었다. 마침 어머니가 돌아가셨을 때 휴가를 받아 고향에 갔던 한 우무오피아 사람이 라고스에 있는 우무오피아 진보연맹 집회에 그 소식을 가지고 왔다.

"수치스러운 일이었어요." 그 사람이 말했다. 그나저나 그 짐승 같은 놈(오비)이 무엇 때문에 고향에 가기 위한 허가를 받지 않았는지 사람들은 알고 싶어 했다. "바로 라고스라는 도시가 젊은이에게 그런 영향을 미칠 수 있다는 거지요. 젊은이들은 달콤한 일만 쫓아다니고 여자들과 가슴을 맞대고 춤을 추면서 고향과 자신의 일가친척을 잊어버리는 거지요. 그 오수 여자가 고향 사람들로부터 오비의 눈과 귀를 돌려놓으려고 그가 먹는 수프에 무슨 독을 넣었는지 누가 알겠어요?"

"요즈음 우리 모임에서 오비를 본 적이 있습니까?" 또 다른 사람이 물었다. "더 나은 모임을 찾았나 봅니다."

이 단계에서 나이가 듬직한 회원 중 한 사람이 목소리를 높였다. 그는 상당히 거만한 사람이었다.

"여러분이 말한 것 모두가 사실입니다. 하지만 여러분이 알아 둬야 할 게 한 가지 있어요. 이 세상에서 일어나는 모든 일에는 의미가 있는 법이죠. 그러니까 사람들은 이런 말을 하지 않습니까? '뭔가가 서 있는 곳에는 반드시 또 다른 게 그 옆에 서 있는 법이다.'라고 말입니다. 이런 것을 동족이라고 하지요. 이 세상에 그와 같은 건 어디서도 찾을 수가 없어요. 그렇기 때문에 우리가 얌을 땅에 심으면 또 다른 얌이 생산되는 법이죠. 오렌지 나무를 심으면 오렌지 열매가 열리고요. 지금까지 살아오면서 나는 많은 것을 보았지만 바나나 나무에 코코야자 열매가 열리는 건 결코 본 적이 없어요. 내가 무엇 때문에 이런 말을 하는 걸까요? 여기에 참석한 젊은이들은 내 말을 경청해 주었으면 좋겠어요. 왜냐하면 여러분은 노인들의 말에 귀를 기울이면 지혜를 배울 수 있기 때문이지요. 우무오피아로 돌아가면 나도 감히 노인네라고 말하기 어렵다는 걸 잘 알지만 여기 라고스에서는 여러분들에 비해서 나는 노인이란 말입니다." 그는 사람들의 반응을 기다렸다. "우리 모두가 이야기하고 있는 이 젊은이 말입니다. 그가 어떤 일을 저질렀습니까? 어머니가 돌아가셨다는 말을 듣고도 그는 아랑곳하지 않았어요. 정말로 이상하고 놀라운 일입니다. 하지만 나는 이전에도 그런 사례를 본 적이 있답니다. 바로 그의 아버지가 그런 짓을 했단 말입니다."

이 말에 약간의 소요가 일었다. "정말로 그랬었지." 또 다른 노인이 말했다.

"그의 아버지도 똑같은 행동을 했었지요." 이 이야기를 다른 사람에게 빼앗기지 않으려고 첫 번째 노인이 재빨리 말했다. "내가 추정해서 말하는 게 아닙니다. 또한 밖에 나가 이런 말을 하지 말라고 여러분에게 요청하지도 않을 겁니다. 그 청년의 아버지를 여러분 모두가 잘 알잖아요. 이삭 오콩코 말입니다. 글쎄 그 사람은 자기 아버지가 돌아가셨다는 소식을 들었을 때 남을 칼로 살해하는 자는 칼에 맞아 죽어야 한다고 말했다는군요."

"정말이고말고." 다른 사람이 또다시 말했다. "그 당시에도 그랬고 그 후에도 한참동안 우무오피아의 화젯거리였으니까. 당시 아주 어렸지만 나도 그 이야기를 들었소."

"아시겠죠?" 회장이 나서서 말했다. "사람이 영국에 가서 변호사나 의사는 될 수 있을지 모르지만 그렇다고 혈통이 바뀌지는 않는단 말입니다. 마치 땅에 앉아 있던 새가 날아가다가 개밋둑에 앉는 것과 똑같지요. 그래 봤자 새는 아직도 땅 위에 있는 겁니다."

오비는 어머니의 죽음이 가져온 충격으로 완전히 탈진 상태에 빠져 있었다. 카키색 제복을 입고 강철 모자를 쓴 우체부가 전보를 들고 자신의 책상을 향해 걸어오는 모습을 보자마자 오비는 직감적으로 알아차렸다.

영수증에 사인을 할 때 그의 손이 어찌나 부들부들 떨렸던지 결과적으로 전혀 그의 사인이라고 볼 수 없었다.

"전보를 수령한 시간도 쓰세요." 우체부가 말했다.

"지금 몇 시죠?" 오비가 물었다.

"선생님도 시계가 있잖아요."

우체부가 지적한 대로 오비는 시계를 차고 있었으므로 시계를 들여다보았다.

모든 사람들이 아주 친절하게 대해 주었다. 그런 씨는 원한다면 일주일 휴가를 줄 수 있다고 말했다. 오비는 이틀 휴가를 받았다. 그는 곧바로 집으로 돌아가 아파트 문을 걸어 잠갔다. 우무오피아에 가 보았자 무슨 소용이 있겠는가? 여하튼 오비가 도착했을 무렵이면 어머니는 이미 땅에 묻혔을 것이다. 집에 돌아갔는데 어머니가 없다는 생각은 끔찍했다! 오비는 침실에 숨어서 어린아이처럼 눈물을 주룩주룩 흘렸다.

눈물의 효과는 놀라웠다. 마침내 잠에 빠져든 오비는 밤새도록 한 번도 잠에서 깨어나지 않았다. 여러 해 동안 이런 적은 한 번도 없었다. 지난 몇 달 동안 오비는 그런 잠을 자 본 적이 없었다.

깜짝 놀라 잠에서 깨어나 보니 훤한 대낮이었다. 잠시 동안 무슨 일이 있었는지 전혀 생각나지 않았다. 그런 다음 어제의 생각이 불현듯 되살아났다. 목에 뭔가가 걸려 있었다. 오비는 잠자리에서 일어나 가만히 서서 지붕창을 통해 들어오는 빛을 응시하였다. 수치심과 죄책감이 마음속에 가득했다. 어머니가 어제 땅속으로 들어가 빨간 흙으로 뒤덮였는데 자신은 그녀를 위하여 단 하룻밤도 깨어 있지 못했던 것이다.

"정말로 무섭구나!" 오비는 말했다. 그의 생각이 아버지한테로 옮아갔다. 불쌍한 아버지, 이제 어머니도 안 계시니 죽은 목숨이나 다를 바 없을 텐데. 처음 한두 달은 그런대로 견딜 수 있겠지. 오비의 결혼한 누이들이 모두 다 집으로 돌아오겠지. 에스더 누이가 있으니 아버지를 잘 돌봐주겠지. 그렇지만 결국에는 누이들은 모두 다 돌아가야 할 텐데. 바로 그때가 엄청난 정신적 타격이 엄습하는 순간이 되겠구나. 모두가 떠나기 시작하는 바로 그 순간이. 어제 우무오피아를 향해 출발하지 않은 게 옳은 행동이었던가? 그렇지만 그가 가 보았자 무슨 소용이 있었겠는가? 휘발유를 사느라 돈을 써 가며 고향에 가는 대신에 장례식 비용을 위해 마련할 수 있는 돈을 몽땅 보내는 게 실질적으로 더 많은 도움이 되었다.

그는 머리와 얼굴을 씻고 오래된 면도칼로 수염을 깎았다. 그런 다음 그는 치약으로 잘못 알고 면도용 크림으로 치아를 닦다가 입안이 다 타는 줄 알았다.

은행에서 돌아오자마자 오비는 또다시 잠자리에 누웠다. 오후 3시경 조셉이 찾아올 때까지 그는 잠자리에서 일어나지 않았다. 조셉은 택시를 타고 왔고 세바스찬이 그에게 문을 열어 주었다.

"이 병들을 냉장고에 집어넣어라." 조셉이 세바스찬에게 말했다.

침실에서 나온 오비는 현관 계단에 맥주병들이 놓여 있는 것을 발견했다. 병이 열두 개는 되는 것 같았다. "이게 뭐야, 조셉?" 오비가 물었다. 조셉은 곧바로 대답하지 않았다. 그는 먼저 세바스찬을 도와 그것들을 치우고 있었다.

"내 거야." 마침내 조셉이 말했다. "어딘가 쓸 데가 있단 말일세."

오래지 않아 다수의 우무오피아 사람들이 도착하기 시작했다. 어떤 사람들은 택시를 타고 왔는데, 조셉처럼 혼자 타고 오지 않고 서너 명씩 팀을 이루어 택시 요금을 분담했다. 자전거를 타고 온 사람들도 있었다. 모두 통틀어서 스물다섯 명은 넘었다.

우무오피아 진보연맹 회장이 이코이 지역에서 찬송가를 불러도 무방한지 물었다. 이코이 지역이 유럽인들의 거주지였기 때문이다. 오비는 찬송가를 부르지 않는 편이 좋겠다고 말했다. 그렇지만 오비는 이런저런 사연이 있었음에도 불구하고 이토록 많은 사람들이 조의를 표하기 위해 그를 찾아와 주었다는 사실에 마음 깊이 감동했다. 조셉은 오비를 따로 부르더니 귓속말로 찾아온 사람들을 대접하라고 맥주를 사 온 거라는 이야기를 했다.

"고마워." 오비는 눈을 흐리게 할 것만 같은 눈물을 애써 삼키며 말했다.

"저 사람들에게 맥주를 여덟 병 정도 가져다 줘. 그리고 나머지는 내일 올 사람들을 위해 남겨 두고."

사람들은 도착하자마자 모두 다 오비에게로 다가가 "은도." 하고 말했다. 그는 어떤 사람에게는 한두 마디 말로 응대하였고 어떤 사람들에게는 그냥 고개만 끄덕였다. 오비의 슬픔에 대해 지나칠 정도로 연연해하는 사람은 한 명도 없었다. 그들은 간단히 오비에게 기운을 차리라고 말하고는 곧바로 통상적인 인생사에 대한 이야기를 나누었다. 이날의 뉴스는 국가적인 영웅이 되어 보겠다고 다짐할 때까지는 인기가 아주 많았던 정치인에 관한 이야기였다.

"어리석은 사람 같으니." 한 사람이 영어로 말했다.

"그 사람은 마치 식사를 실컷 먹은 다음에 자기 분수를 새까맣게 잊고서 결투를 하겠다고 자신의 치에 도전했던 은자라는 아주 조그만 새와 똑같다니까요." 또 다른 이보 사람이 말했다.

"오보도에서 경험한 게 있으니까 분별력이 생기겠죠." 또 다른 사람이 말했다. "자기 부족 사람들에게 연설하겠다고 갔는데 하도 형편없는 말을 하니까 군중들이 하나같이 손수건을 꺼내 코를 가렸단 말입니다."

"거기가 사람들이 그를 두들겨 팬 곳이 아닌가요?" 조셉이 물었다.

"아니, 그 일은 아바메에서 일어난 거지요. 그는 여성 지지자들을 트럭에 잔뜩 태우고 그곳에 갔는데 아바메 사람들이 어떤지 잘 아시잖아요. 그들은 시간을 낭비하는 법이 없어요. 그 사람을 흠씬 때려 준 아바메 사람들은 여자들 머리에 매여 있던 끈을 모두 빼앗았답니다. 여자들을 때리는 건 적절치 못하니까 그 대신 머리 끈을 뺏었다고 말했죠."

한쪽 모퉁이에서 일단의 그룹이 전혀 다른 대화를 나누고 있었다. 더 많은 사람들이 참여했던 대화가 일시적으로 중단되어 잠잠해진 가운데 이야기를 하고 있는 너새니얼의 목소리가 들렸다.

"거북이가 머나먼 일가친척을 찾아 긴 여행길에 올랐어요. 그렇지만 그는 떠나기 전에 가족들에게 해 아래 새로운 일이 발생하지 않는 한 사람을 보내어 그를 오게 하지 말라고 신신당부했답니다. 그가 떠난 후 그의 어머니가 돌아가셨는데, 문제는 어떤 방법으로 그를 돌아오게 하여 어머니를 장사 지내는가였죠. 만일 어머니가 돌아가셨다고 말하면 거북이는 그게 뭐 새로운 일이냐고 말할 테니까요. 그래서 아버지의 야자나무가 잎사귀 끝에 열매를 맺었다고 말했던 겁니다. 거북이는 이 말을 듣더니 그 기괴한 일을 보고자 집으로 돌아오겠다고 말했답니다. 이렇게 해서 어머니의 장례식이라는 짐에서 벗어나려고 했던 거북이의 노력은 수포로 돌아갔답니다."

너새니얼이 이야기를 끝마쳤을 때 당황스럽게도 오랜 침묵이 흘렀다. 그가 이야기를 시작할 때에는 주변에 있는 몇 사람에게만 말하려고 했던 게 분명했다. 그런데 갑자기 그는 방 전체를 대상으로 이야기하고 있다는 걸 알게 되었다. 그렇다고 해서 너새니얼은 중간에 이야기를 중단할 인물은 아니었다.

오비는 또다시 밤새도록 잠을 잤고 아침이 되자 죄책감에 젖어 잠에서 깨어났다. 그렇지만 어제만큼 통절하진 않았다. 그런 감정은 곧바로 몽땅 사라졌고 기이하게도 차분한 감정만 남았다. 죽음은 참 이상한 것이라고 그는 생각했다. 어머니가 돌아가신 지 채 사흘도 지나지 않았는데 어머니는 이미 아주 멀리 떠나고 없었다. 지난밤에 마음속으로 어머니의 모습을 그려 보려고 애썼지만 오비는 가장자리가 희미해진 그림만 발견했을 뿐이었다.

"불쌍한 어머니!" 일부러라도 합당한 감정을 나타내려고 애써 조작하면서 오비는 소리를 쳐 보았다. 그렇지만 아무런 소용이 없었다. 지배적인 감정은 평온함이었다.

아침 식사가 나왔을 때 꼴사납게도 오비의 식욕은 왕성했다. 하지만 그는 적은 양만 먹고 고의적으로 음식을 거부했다. 그렇지만 11시가 되자 그는 곱게 빤 카사바 가루에 설탕을 넣고 찬물을 부어 만든 개리를 조금 마시지 않을 수 없었다. 스푼으로 개리를 떠 먹으면서 오비는 춤곡을 흥얼거리고 있는 자신의 모습을 발견했다.

"정말로 무섭구나!" 그는 말했다.

그 순간 그는 다윗 왕의 이야기가 생각났다. 다윗 왕은 사랑하는 아들이 아픔으로 고통당할 때에는 음식을 거부했지만 아들이 죽자 몸을 깨끗이 닦고 나서 식사를 했다. 분명 그도 역시 그런 종류의 평온함을 맛본 게 틀림없었다. 사람의 지혜로는 도저히 헤아릴 수 없는 평온함이었다.

제19장

한동안 시달리던 죄책감에서 벗어난 오비는 불을 통과한 금속이라도 된 것 같았다. 아니면 그가 간헐적으로 써 내려간 일기장에 표현한 것처럼 된 것 같았다. "어째서 나는 늪에서 방금 빠져나온 아주 새로운 뱀과도 같은 기분이 드는지 모르겠다." 빨래도 끝내지 못한 채 그의 녹슨 칼날에 베어 손바닥에서 피를 흘리며 냇가에서 돌아오시던 불쌍한 어머니의 모습은 사라지고 없었다. 아니 그렇다기보다 이제 그 모습은 두 번째 자리를 차지했다. 오비는 이제 일을 한번 시작하면 제대로 마무리했던 여인으로 어머니를 기억하게 되었다.

오비의 아버지는 교회와 씨족 사이에 발생한 갈등을 놓고 절대로 타협하는 사람은 아니었다. 그렇긴 해도 아버지는 사실 행동형 인간이라기보다는 사고형 인간이었다. 실제로 아버지는 때때로 경솔하고도 과격한 결정을 내릴 때도 있긴 했지만 그런 경우는 아주 드물었다. 정상적인 상황에서 문제와 맞부딪치면 아버지는 그 문제를 이리 재고 저리 달고 위아래를 두루 두루 살펴 철저하게 검토하면서 행동을 미루는 편이었다. 그런 때에 아버지는 아내에게 철저하게 의지했다. 결혼하는 날부터 그랬다고 아버지는 항상 농담 삼아 말하면서 결혼식 날 어머니가 먼저 케이크를 자른 일을 언급하곤 했다.

선교사들은 자신들의 고유한 결혼 형태를 들여올 때 결혼식 케이크도 함께 가져왔다. 그러나 그런 의식은 곧바로 이 민족의 극적 감각에 맞추어 바뀌었다. 신부와 신랑에게 각각 칼을 주고 결혼식 사회자가 "하나, 둘, 셋, 시작!" 하면 먼저 케이크를 자르는 사람이 두 사람 중 주도권을 잡게 되는 것이었다. 이삭의 결혼식 날에는 아내가 먼저 케이크를 잘랐다.

그러나 오비의 마음속에 한층 더 소중하게 간직된 것은 신성한 숫염소 이야기였다. 결혼한 후 두 번째 해에 아버지는 아닌타라는 곳에서 교리문답 교사로 일했다. 아닌타의 위대한 신들 중에 우도라는 신이 있었는데 그에게 봉헌된 숫염소가 한 마리 있었다. 이 염소는 선교사들에게 골칫거리였다. 교회에 들어와 눕거나 배설물을 떨어뜨리는 것 외에도 염소는 교리문답 교사의 얌 뿌리나 옥수수 작물을 망쳐 놓았다. 오콩코 씨는 우도 사제에게 여러 차례 불평을 늘어놓았지만 (의심할 여지 없이 익살스러운 노인네였던) 그 사제는 우도의 숫염소는 자기가 가고 싶은 곳으로 얼마든지 자유롭게 갈 수 있고 자기가 하고 싶은 일을 제멋대로 할 수 있다고 대꾸했다. 염소가 오콩코의 예배당에서 휴식하겠다고 하면 그건 아마도 그들의 두 신이 친구임을 보여 주는 것이었다. 그러던 어느 날, 얌이 코끼리 어금니만큼이나 값비싼 시기였는데, 숫염소가 오콩코 부인의 부엌에 들어가 그녀가 요리하려고 준비해 두었던 얌을 몽땅 먹어 치우지만 않았더라면 그 문제는 그런 상태로 흘러갔을 것이다. 그녀는 날카로운 칼을 집어 들고 염소의 머리를 잘라 버렸다. 화가 난 마을의 원로들로부터 무서운 협박이 터져 나왔다. 여자들은 한동안 시장에서 그녀와 물품 거래를 하려 들지 않았다. 그렇지만 백인의 종교와 백인 정부가 이 씨족에게 행한 무력화가 얼마나 성공적이었는지 곧바로 이 문제는 잠잠해졌다. 이 사건이 발생하기 십오 년 전에 아닌타의 남자들은 이웃 마을 사람들과 전쟁을 일으켜 항복을 받아냈었다. 그런 다음 백인 정부가 끼어들어 와 아닌타의 모든 무기를 넘겨줄 것을 명령했다. 무기가 모두 수합되자 백인 정부는 공공연하게 군인을 시켜 그것들을 못 쓰게 망가뜨렸다. 오늘날 아닌타에는 '총기를 망가뜨린 연령 집단'이라고 불리는 연령층이 있다. 그들이 그해에 태어난 아이들이다.

이런 생각이 머리에 떠오르자 기묘하게도 오비는 기분이 좋아졌다. 그런 생각이 활력을 되찾게 해 주는 것 같았다. 더 이상 죄책감도 들지 않았다. 오비 역시 이미 죽었던 것이다. 죽음 너머에는 이상도 전혀 없고 속임수도 전혀 없고 다만 실재만 있을 뿐이다. 성급한 이상주의자는 "내가 설 자리를 주시오. 그러면 내가 이 지구를 움직여 보겠소."라고 말한다. 그렇지만 그런 자리는 존재하지 않는다. 우리 모두는 이 지구상에 서 있어야 하고 지구가 움직이는 속도에 맞추어 걸어가야 한다. 이 세상에서 가장 끔찍한 광경이라도 시력을 잃게 할 수는 없다. 우리가 아무리 원한다 해도, 어머니의 죽음은 잎사귀 끝에 열매를 매달고 있는 야자수와 같지 않다. 그리고 그것만이 우리가 갖고 있는 유일한 환상은 아니다……

또다시 장학금 시즌이 돌아왔다. 이 시기에는 할 일이 얼마나 많은지 오비는 날마다 서류를 집으로 들고 가야 했다. GM사가 내놓은 새 모델 시보레 자동차가 밖에 섰을 때 오비는 일을 하려고 막 자리를 잡고 앉았다. 그가 일하는 책상에서 바깥 모습이 아주 선명하게 보였다. 도대체 누굴까? 잘 나가는 라고스의 한 사업가인 것 같았다. 누굴 보러 왔을까? 이 아파트에 살고 있는 다른 모든 거주민들은 관청의 하위 직급에서 일하는 대수롭지 않은 유럽인들이었다.

그 사람은 오비의 문을 두드렸고, 오비는 그를 위해 문을 열고자 자리에서 벌떡 일어났다. 아마도 그 사람은 어느 다른 집으로 가는 길을 묻고 싶었을 것이다. 이코이 지역에 살지 않는 사람들은 동일하게 생긴 구역 사이에서 구분을 하지 못해 항상 어쩔 줄 몰라 했다.

"안녕하세요." 오비가 말했다.

"안녕하십니까? 오콩코 씨인가요?"

오비가 그렇다고 대답했다. 그 사람은 들어오더니 자신을 소개했다. 그는 상당히 값비싼 액바더*를 입고 있었다.

"여기 앉으시지요."

"감사합니다." 그 사람은 풍성하게 늘어진 가운의 소맷자락 어딘가에서 조그만 수건을 꺼내더니 얼굴을 닦았다. "당신의 소중한 시간을 빼앗고 싶지는 않습니다." 그는 폭넓은 소맷자

---

* 아프리카 요르바족의 지위 높은 사람들이 전통적으로 입는 헐겁고 긴 옷.

락에 가려져 있던 한쪽 팔뚝을 닦은 다음 다른 쪽 팔뚝도 닦으면서 말했다. "우리 아들이 이번 9월에 영국에 가려고 하는데 그 아이가 장학금을 받았으면 합니다. 혹시 그걸 위해 당신이 힘써 주실 수 있을까 해서 50파운드를 가져왔습니다." 그는 가운 앞쪽에 달린 호주머니에서 지폐 뭉치를 꺼냈다.

오비는 그럴 수 없다고 그 사람에게 말했다. "우선 제가 장학금을 주는 것이 아닙니다. 제가 하는 일은 단지 입학 서류를 검토한 다음 자격 요건을 충족시키는 사람들을 장학 위원회에 추천하는 겁니다."

"그게 바로 제가 원하는 겁니다." 그 사람이 말했다. "그저 추천만 해 주시면 됩니다."

"그렇지만 위원회가 당신의 아들을 뽑지 않을 수도 있습니다."

"그 점에 대해서는 걱정하지 마세요. 당신은 그저 당신이 할 일만 해 주시면 됩니다……."

오비는 아무 말도 하지 않았다. 단지 그 소년의 이름만 기억했다. 그 소년은 이미 최종 후보자 명단에 올라가 있었다. "아드님을 위해 등록금을 지불하시지 그러세요? 돈도 갖고 계시잖아요. 장학금은 경제적으로 어려운 사람들을 위한 겁니다."

그 사람은 껄껄대고 웃었다. "이 세상에 돈을 가진 사람이 어디 있나요." 그는 자리에서 일어나더니 지폐 다발을 오비 앞에 놓여 있는 보조 탁자에 놓았다. "이건 별거 아닙니다." 그 사람이 말했다. "우리 앞으로 잘 지내 봅시다. 절대로 우리 아이 이름을 잊지 마세요. 일간 다시 만나도록 하지요. 클럽에 오신 적이 있습니까? 이전에 뵌 적이 한 번도 없는 것 같아서요."

"저는 회원이 아닙니다."

"클럽에 꼭 가입하셔야 해요." 그 사람이 말했다. "그럼 이만 가 보겠습니다. 안녕히 계십시오."

낮이건 밤이건 그날 하루 종일 지폐 뭉치는 그 사람이 놓고 간 그 자리에 그대로 놓여 있었다. 오비는 그 위에 신문을 놓고 문단속을 했다. "정말 끔찍한 일이로군!" 오비는 투덜거리듯 말 했다. "끔찍해!" 하고 큰 소리로 외쳤다. 오비는 한밤중에 깜짝 놀라 잠에서 깨어났고 그 후 한동안 잠을 이룰 수가 없었다.

"춤을 아주 잘 추는걸." 자신의 몸을 오비에게 밀착시키며 가쁜 숨을 빠르게 몰아쉬는 그녀에게 오비가 말했다. 자신의 목에 그녀의 두 팔을 두르게 하고 오비는 그녀의 입술을 자신 의 입술 가까이로 끌어당겼다. 더 이상 두 사람은 하이라이프 박자에 신경 쓰지 않았다. 오비는 그녀를 침실 쪽으로 이끌었 다. 그녀는 마음이 내키지 않는 것처럼 저항하는 몸짓을 보이 더니 순순히 따라왔다.

분명 그녀는 순진무구한 여학생이 아니었다. 그녀는 자신이 어떻게 해야 하는지 잘 알고 있었다. 여하튼 그녀도 이미 최 종 후보자 명단에 올라가 있었다. 그렇다 해도 환멸감은 끔찍 했다. 그렇지 않은 척해 봐야 아무 소용이 없었다. 적어도 사 람은 솔직해야 했다. 오비는 자동차로 그녀를 다시 야바로 데 려다 주었다. 친구에게 털어놓으면 혹시 그 일을 웃어넘길 수 있지 않을까 해서 오비는 집으로 돌아오는 길에 크리스토퍼의 집에 들렀다. 그러나 그 이야기를 하지 못한 채 오비는 다시 그 집을 나왔다. 아마도 훗날 언젠가 말할 수 있겠지.

다른 사람들도 왔다. 사람들은 아무개 씨가 아주 신사라고 말하곤 했다. 그 사람은 돈을 받기도 하지만 일을 제대로 잘 처리해 준다고 소문이 나 있었으므로 다른 사람들도 부탁을 하기 위해 뒤따랐다. 그렇지만 오비는 최소한의 교육 수준이나 다른 지원 자격을 갖추지 못한 사람들은 그 누구라 해도 절대로 지원해 주지 못하겠다고 단호하게 거절했다. 그런 점에 있어서 오비는 흔들리지 않았다.

이윽고 오비는 은행에서 초과 인출한 돈과 국무장관인 샘 오콜리 씨에게 진 빚도 모두 다 갚았다. 최악의 상황은 이제 끝났으므로 오비에게는 과거보다 훨씬 더 행복할 일만 남았다. 그런데 그렇지 못했다.

그러던 어느 날 누군가가 20파운드를 들고 왔다. 그 사람이 떠난 후 오비는 이제 더 이상 이런 일을 참을 수가 없다는 걸 깨달았다. 사람들은 이런 일에 익숙해진다고들 하는데 오비는 결코 그렇지 않았다. 이런 사건이 반복될 때마다 이전보다 백 배는 더 견디기 힘들었다. 돈은 책상에 놓여 있었다. 오비는 돈이 놓여 있는 쪽을 쳐다보고 싶지 않았지만 그에게는 다른 선택의 여지가 전혀 없는 것 같았다. 오비는 자리에 앉은 채 생각에 잠겨 마비된 사람처럼 그저 돈을 바라보고 있었다.

누군가가 문을 노크하는 소리가 들렸다. 그는 벌떡 일어나 돈을 움켜쥐고 침실로 달려갔다. 침실 문에 거의 다다랐을 때 두 번째 노크 소리가 그의 발목을 붙잡았고 그는 그 자리에 꼼짝 못하고 서고 말았다. 그 순간 그는 마룻바닥에 방문객이 놓고 간 모자를 처음으로 보고는 안도의 한숨을 쉬었다. 그는 호주머니에 돈을 찔러 넣고 문으로 다가가 열었다. 두 사람이

방 안으로 들어왔다. 한 사람은 방금 왔던 방문객이었고 다른 한 사람은 난생처음 보는 사람이었다.

"당신이 오콩코 씨지요?" 처음 보는 사람이 물었다. 오비는 거의 알아듣기 힘든 목소리로 그렇다고 대답했다. 방이 빙글빙글 돌기 시작했다. 그 사람이 뭔가 말하고 있었지만 열에 들뜬 사람에게 들려오는 소리처럼 아주 멀리서 나는 소리 같았다. 그는 오비의 몸을 수색하더니 표시가 되어 있는 지폐를 찾아냈다. 마치 오지의 관할 지역 경찰관이 아무것도 이해하지 못하고 열광하는 폭도에게 소요 단속령을 읽어 주면서 해산을 명령하는 것처럼 그는 여왕의 이름을 인용하면서 이런저런 말을 하기 시작했다. 그동안 다른 한 사람은 경찰차를 호출하기 위해 오비의 문밖에 놓인 전화를 이용했다.

왜 그랬을까 모두들 이상하게 여겼다. 지금까지 보았듯이 박학다식한 판사는 교육받은 젊은이가 어떻게 저따위 짓을 할 수 있는지 도저히 이해할 수 없었다. 영국 문화원 직원도, 심지어는 우무오피아 사람들도 알 수 없었다. 또한 그토록 확신에 차 있던 그린 씨 역시 알지 못했다고 추정할 수밖에 없다.

교차로에 선 식민지 지식인의 기대와 시련
― '탈'식민의 어려움

우리는 문화의 교차로에서 살았다. 그것은 지금도 마찬가지이다. 그러나 교차로 시대가 부여하는 독특한 특징과 분위기를 나는 어릴 때보다 분명하게 감지할 수 있었다. 내가 여기서 얘기하는 문화는 물론 아프리카라는 이름에 부여된 소위 영적 공허니 정신적 스트레스라는 따위의 쓰레기 같은 편견과는 무관하다. 아프리카라는 어둠의 속을 역류해 나아가는 사악한 힘 혹은 비이성적 열정과도 아무런 관련이 없다. 이러한 편견의 배후에는 사실 인종 차별주의라는 신비가 도사리고 있다. 그러나 진정 큰 문제는 이러한 편견에 기대어 사는 사람들이 어떤 형태로든 자신들의 이성이 아프리카의 이성보다 더 우월하다거나 자신들의 삶의 태도가 아프리카의 그것보다 더 그럴듯하다는 따위의 증거를 보이고 있지 못하다는 점이다.

― 치누아 아체베, 이석호 옮김,『제3세계 문학과 식민주의
비평』(인간사랑, 1999), 65쪽.

1

앨버트 치누아루모구 아체베(Albert Chinualumogu Achebe)는 1930년 11월 16일에 아프리카 서부 지역 기니 만에 위치한 나이지리아의 오기디에서 태어났다. 아체베는 고향에서 기독교계 미션 스쿨을 다녔고 이바단 대학에서 영문학을 공부했다. 그 후 수도 라고스에 있는 나이지리아 국영 방송국에서 일했으며 시인 크리스토퍼 오킥보와 함께 출판사를 설립하기도 했다. 1967년 나이지리아 대학의 선임 연구원으로 활동하기 시작한 아체베는 나이지리아 및 미국 여러 대학의 영문학과 교수를 거쳐 1985년 나이지리아 대학의 명예교수가 되었으며, 1996년에는 미국 하버드 대학에서 명예박사 학위를 받았다.

아체베가 "자신의 과거로 회개하며 돌아가는 방탕한 한 탕아의 제의적 귀향과 맹세를 그린 작품"이라고 말한 그의 첫 번째 소설『모든 것이 산산이 부서지다』(1958)는 19세기 말과 20세기 초 선교사들과 손잡은 식민 정부 세력과 갈등을 일으키는 나이지리아 토착 부족인 이보(또는 이그보)의 반서구적인 투쟁적 삶을 그리고 있다. 첫 번째 소설의 속편이라고 할 수 있는 두 번째 소설『더 이상 평안은 없다』(1960)의 시대적 배경은 2차 대전이 끝난 후인 1950년대로 나이지리아 정부가 영국의 식민 정부로부터 완전히 독립하지 못한 과도기이다. 이 소설은 포스트식민 시대에 소위 서구식 교육을 받은 지식인들이 통치하는 아프리카 국가들의 정치적 사회적 부패, 그리고 경제적 압박을 받는 젊은이가 겪는 가치관의 혼란 등을 다루고 있다. 아체베는 이밖에도『신의 화살』(1964)과『민중의 사람』(1966)을 연이

어 발표했다. 어떤 의미에서 1890년부터 1965년까지 나이지리아의 역사를 기록한 4부작이라고 말할 수 있는 위의 소설들에서 아체베는 서구 식민주의의 관습들과 가치들이 전통적인 아프리카 사회에 부과되는 과정에서 나타나는 사회적 심리적 해체 과정을 냉철하게 묘사한다. 작가는 식민주의와 제국주의라는 문화적 위기 속에서 아프리카 국가들이 어떻게 부상하는가에 초점을 맞춘다.

이 외에도 아체베는 시집, 단편 소설집, 에세이집 그리고 아동을 위한 작품집도 출간하였고 비평집으로는 『제3세계 문학과 식민주의 비평 — 희망과 장애』(1988)를 썼다. 이 평론집에서 아체베는 반식민주의 소설로 높이 평가되는 조셉 콘래드의 중편 소설 『암흑의 핵심』에 나타난 인종 차별주의를 냉혹하게 추적함으로써 커다란 비평적 반향을 일으킨 바 있다.

2

『더 이상 평안은 없다』는 나이지리아 동부의 이보족 출신인 오비 오콩코의 이야기이다. 고향 마을을 떠나 영국에서 영문학을 공부하고 귀국하여 식민지 공무원으로 일하는 오콩코는 서구식 삶의 방식을 받아들여 합리적인 삶을 살고자 노력하지만 결국은 뇌물 수수로 체포되어 재판을 받는다. 『모든 것이 산산이 부서지다』에서 영국의 식민 통치에 저항하며 투쟁했던 오비의 할아버지 이야기를 기록한 아체베는 본래 그의 아들이자 오비 오콩코의 아버지인 이삭 오콩코에 관한 소설을 계획했다.

그러나 이보 전통문화를 버리고 기독교로 개종하여 교리문답 교사가 된 변절자에 관한 소설 쓰기를 포기하고 그 대신 손자인 오비 오콩코의 이야기로 두 번째 소설을 꾸몄다. 이 소설의 주인공인 오비의 완전한 이보 이름은 '오비아줄루'로 '마침내 평안해진 마음'이란 뜻이다. 딸만 네 명을 내리 낳은 후 얻은 아들로 인해 드디어 평안해진 아버지의 마음을 나타내는 이름인 것이다.

그러나 소설의 주인공인 오비의 삶은 결코 평안치 못하다. 이보족 출신으로 사 년간 영국 유학까지 다녀온 오비는 이전에는 백인들이 도맡았던 고급 공무원 직인 장학 위원회의 사무관으로 일하게 되어 "오직 하나뿐인" 이보족의 자랑거리가 되었다. 그런데 그는 그만 "교육도 받고 찬란한 미래가 약속되어 있는 젊은이가 어떻게 이런 일을 저지를 수 있었는지 도무지 이해할" 수 없는 존재가 되고 만다. 소설 주인공의 이름과 소설 제목은 각각 기대와 시련을 나타낸다. 이 소설의 제목은 1922년 「황무지」라는 시를 발표하며 영어권에서 최고의 시인으로 등극한 T. S. 엘리엇(1888~1965)의 시 「동방 박사들의 여행」에서 마지막 구절을 따온 것이다.

우리는 우리의 터전인, 이 왕국으로 돌아왔다.
그러나 여기에 *더 이상 평안은 없다*. 저희들의 신을 부여잡는 이방인들의 낡은 율법하에서는.
나는 또 한 번 달갑게 죽어야 하리라.
　　　　—「동방 박사들의 여행」(이탤릭체는 역자의 것)

성경의 『마태복음』 2장을 보면 동방 박사들이 그리스도의 탄생을 경축하기 위해 베들레헴을 방문한다. 동방의 현자인 이들은 여행을 마치고 고국으로 돌아와 삶과 죽음의 문제를 다시 한번 사유한다. 예수의 탄생은 삶을 의미하지만 삶은 곧 죽음이기에 진정한 삶의 탄생은 그리스도의 죽음에서 나올 수 있다. 이러한 역설 앞에서 그들은 방황한다. 이 사태를 돌파하기 위해 "나는 또 한 번 달갑게 죽어야" 하는 것인가?

새로운 문명의 빛을 찾아 영국에 갔다가 돌아온 오비 오콩코 역시 동방 박사들과 마찬가지로 두 세계의 교차로에 갇혀 있다. 전통적인 나이지리아의 세계 그리고 영국과 아프리카가 뒤섞인 새로운 세계가 그것이다. 오비는 나이지리아가 식민지 시대를 마감하고 독립되기 직전의 전환기에 아프리카 전통과 서구 방식의 갈등 속에 존재하는 여러 가지 모순을 드러내고 있다. 식민지 사회의 공무원들의 부패 즉 뇌물 수수를 반대하고 그에 저항하던 그가 결국 영국 식민주의자들과 나이지리아 기득권층의 함정 수사에 빠져 뇌물 수수 죄로 체포되는 아이러니를 보여 주는 것이다.

이 소설에서 대표적 식민주의자인 윌리엄 그린은 아프리카인을 두고 이렇게 말한다. "그들은 모조리 타락했어요. (중략) 우리가 그들에게 서구 교육을 가져다주었는데 그게 그들에게 무슨 소용이 되었단 말입니까?" 그린은 검은아프리카를 문명화시키는 빛을 가져다주리라는, 소위 '백인의 의무'로 아프리카에 왔을 터이다. 그러나 그린은 아프리카에 대한 편견으로 뒤틀린 식민주의자에 불과할 뿐이다.

그린 씨가 아프리카를 사랑하는 건 분명하지만 단지 어떤 일부만이었다. (중략) 본래 그가 이곳에 올 때에는 분명 가슴에 어떤 이상을 품고 있었을 것이다. 암흑의 핵심에, 기묘한 종교 의식이나 입에 담기도 무서운 관습을 수행하는 야만적인 부족민들에게 빛을 가져다주겠다는 이상이 있었을 것이다. 그러나 이곳에 도착했을 때 아프리카는 그를 배반했다. 인간 제물로 그득한 그의 사랑하는 오지는 도대체 어디에 있단 말인가? (중략) 1900년이었다면 아마도 그린 씨는 위대한 선교사 대열 속에 자리 잡았을 것이다. 1935년이었다면 그는 학생들 앞에서 교장의 뺨을 때리며 만족한 웃음을 지었을 것이다. 그렇지만 1957년에 그는 단지 악담을 퍼부을 수 있을 뿐이었다. (제11장)

그린은 나이지리아에 온 지 십오 년이나 되었지만 아프리카 사람과 문화를 진정 사랑하지 못하는 철저한 식민주의자였고 인종 차별주의자였다.

3

이 소설에는 이보 전통문화와 서구 근대문화 사이의 갈등이 확연히 드러난다. 무엇보다 명백한 예로 오비의 할아버지 오그부에피 오콩코는 전통수구주의자, 아버지 이삭 오콩코는 변절자인 서구문화추수자로 볼 수 있다. 그러나 은연중에 대립각을 세우는 인물들은 바로 오비의 아버지와 어머니이다. 아버지 이삭은 일찍이 기독교를 믿기 위해 할아버지의 집을 떠났고 그의 장례식에도 참석하지 않았다. 그는 교리문답 교사로 고향인 우무오피아로 돌아와 온 가족을 기독교인으로 만들고 전통적인 관습들을 모두 이단적인 행동으로 치부한다. 그는 아프리카의 풍요로운 옛날이야기까지도 아이들에게 말해 주지 못하도록 아내를 단속했다. 그리고 기독교를 통하여 우무오피아 마을의 전통문화를 몰아내고 그곳을 기독교화 하려고 노력한다.

우무오피아 마을의 목사는 영국 유학을 떠나는 오비에게 "옛날이라면 우무오피아가 자네에게 전쟁에 나가 적의 머리를 집으로 가져오라고 명령했을 것이네. 그렇지만 이제 우리는 그런 어둠의 시기에서 그리스도의 보혈로 구원을 받았지. 오늘 우리는 지식을 가져오라고 자네를 보내는 걸세. 주님을 경외하는 마음이 지혜의 시작임을 반드시 기억하게나."라고 충고한다.

오비의 아버지는 "백인들의 물건에 대해 철저하고 완벽한 믿음"을 갖고 있었다. 그는 특히 백인들의 활자화된 문어(文語)를 그들의 힘의 상징으로 보았고 서양인들의 말의 신비에 대해 깊은 존경심을 표했다. 이것은 어떤 의미에서 영원하지 못한 아프리카의 구전 전통에 대한 거부라 할 수 있다. 아버지와 달리 오비와 특별한 유대 관계가 형성되어 있던 어머니는 아프리카 구전 전통의 하나인 이야기하기를 좋아했다.

어머니도 글을 읽을 수는 있었지만 가족의 성경 읽기에는 한 번도 참석하지 않았다. (중략) 어머니는 신앙심이 아주 돈독한 분이었지만 혹시라도 어머니 마음대로 해도 좋다고 한다면 자녀들에게 외할머니한테 들었던 옛날이야기들을 더 들려주고 싶어 했을지도 모른다. (중략) 실제로 어머니는 누나들에게는 그렇게 옛날이야기들을 해 주곤 했다. (중략) 어머니는 아버지가 그렇게 하는 걸 금지하자 더 이상 하지 않았다. (제6장)

어머니는 아버지의 말에 절대적으로 순종하지만 실천의 측면에서 남편보다 훨씬 더 민첩하고 대담했고, 그런 아내를 남편은 철저하게 의지했다. 그리하여 그녀는 죽은 후에 "일을 한번 시작하면 제대로 마무리했던 여인"으로 오비의 기억 속에 남는다.

또한 어머니와 관련된 일화로 초등학교 시절 이야기가 등장한다. 오비는 '구술하기'라는 수업 시간에 급우들 앞에서 아무 이야기도 발표할 수 없어 수치심과 절망감에 빠진다. 그러자 어머니는 오비에게 옛날이야기를 들려주고, 오비는 후에 어머니로부터 들은 새끼 양과 암표범 이야기를 멋들어지게 발표한다. 아체베는 창조로서의 이야기의 중요성을 여러 곳에서 언급한다.

보편적이고 창조적인 회선곡은 사람과 이야기를 중심으로 회전한다. 사람들은 이야기를 창조하고, 이야기는 사람들을 창조한다. (중략) 나이지리아는 무궁무진한 구전 문학의 보고이다. (중략) 인간 사회의 창조도 마찬가지이다. 나이지리아가 지향하는 바도 새로운 환경과 새로운 민족의 창조에 다름 아니다. 따라서 나이지리아가 그 같은 일을 시행하고 유지하기 위해서는 이야기를 구성해 갈 창조적인 에너지가 필요하다.

—— 치누아 아체베, 앞의 책, 271, 277, 279쪽.

오비는 영국 유학 중에도 아프리카인으로서의 나이지리아에 대한 민족 주체성을 추구했다. 우선 모국어인 이보어에 관한 거의 무의식적인 애정이 그것이다. 오비는 "혼자 있을 때조차 큰 소리로 말하지 못하고 마음속 깊이 숨겨 두었던 말들을 머릿속에서 되새겼다. 이상하게도 그런 말들이 모두 다 모국어였다." 영국 유학 시절 오비는 식민지하의 민족에게 집과도 같은 존재인 언어의 중요성을 깊이 깨닫고 기회만 되면 이보어를 사용하려고 애썼다. 또한 나이지리아가 다민족국가여서 영어가 공용어인 터라 다른 종족 출신의 학생을 만나면 영어로밖에 의사소통을 할 수 없다는 사실을 굴욕스럽고 안타깝게 여겼다. 언어가 없는 민족은 영혼이 없는 민족이다. 오비는 자신들을 언어가 없는 민족이라고 추정할 서구인들의 편견을 깨뜨리고 싶어 한다. "그들이 지금 우무오피아로 와서 훌륭한 대화술을 만들어 낸 사람들이 나누는 대화를 들을 수 있다면 (중략) 다른 나라 사람들에게 살아가는 방식을 가르친다고 큰소리치는 사람들의 지배하에서도 여전히 삶의 즐거움이 파괴되지 않은 채 진정한 삶의 모습을 보여 주고 있는 남녀노소를 직접 볼 수 있으면."

오비는 또한 평범한 이보어 노래에 숨겨져 있는 심원한 의미도 발견한다. 이는 문맹률이 높은 아프리카에서 아프리카의 정신이 노래와 속담 등을 통해 다음 세대로 효과적으로 전달됨을 보여 주는 것이다. 오비를 영국으로 떠나보내는 잔치 자리에서 기도회를 인도하는 무지몽매한 어머니 친구의 입에서도 고치에서 실이 풀리듯 속담이 술술 흘러나온다. 게다가 오비가 조국 나이지리아를 노래한 시를 두 번씩이나 소설에 실어 놓은 것에서 조국에 대한 꿈과 목적이 분명한 아체베의 주체 의식과 문화적 자긍심을 느낄 수 있다.

4

주인공 오비 오콩코는 절친한 고향 친구인 조셉으로부터 "기독교 집안의 양육과 유럽식 교육을 받으며 자라난 오비가 자기 나라에서 이방인과 같은 존재가 되었다."라는 평가를 받는다. 실제로 오비는 윌리엄 그린과 같은 식민주의자들에 둘러싸인 채 아프리카와 나이지리아의 전통, 언어, 이야기, 노래 등을 회복시키려 노력하지만 탈식민 시대를 살아가는 개화된 아프리카인으로서 일상생활에서 시련을 경험하지 않을 수 없다. 오비에게 가장 절망적인 경험은 연인 클라라에 대한 자기 부족의 편견과 오해였다. 클라라가 영국 유학까지 마치고 수간호사로 일하는 엘리트 여성이라 할지라도 나이지리아 전통 사회에서는 천민 계급인 '오수'에 불과하다. 나병 환자처럼 취급되는 그런 여자와의 결혼은 서구식 교육을 받은 계몽된 친구도 기독교로 개종한 부모도 결코 받아들일 수 없는 것이다. 오비는 독실한 기독교 신자인 아버지에게 강력하게 항의한다. "우리 조상님들은 무지몽매했기 때문에 우상들에게 바쳐진 무고한 사람을 오수라 불렀잖아요. (중략) 그렇지만 우리는 이제 복음의 빛을 보지 않았나요?"

자신과 특별한 유대 관계가 형성되어 있다고 생각했던 어머니의 반대는 한층 더 완강하다. "그 아가씨와 결혼하고 싶으면 내가 죽을 때까지 기다려야 한다는 거란다. (중략) 내가 살아 있는 동안 네가 그 짓을 하면 내 죽음에 대한 책임을 네가 져야 할 거다. 내 목숨을 끊어 버릴 테니까." '복음의 빛'을 본 사람들까지 이런 어리석고 부당한 관습에 매여 있음에 오비는 깊은 절망감에 빠진다. 사랑하여 약혼까지 한 여자와의 결혼을 부모의 동의 없이 감행할 수 없단 말인가? 임신 중절이라는 목숨을 담보로 한 클라라의 선택에 오비는 어째서 그토록 무기력하게 추종적인 태도를 취하는가? 족장을 생각나게 하던 아버지와 난생 처음으로 직접적인 인간적 접촉을 이루었다는 행복감에 도취되어 오비의 마음이 약화된 것인가? 자신의 집을 버리고 선교사를 따라간 아버지를 할아버지는 저주했다. 부모의 축복이 아니라 저주를 받고 살아온 아버지에 대해 오비는 처음으로 연민의 감정을 느낀다. 현대의 정신으로 아무리 투철하게 무장한 오비라 할지라도 다 그렇고 그런 세상사에 굴복할 수밖에 없는 것인가?

이 소설에서 주인공이 겪는 마지막 시련은 식민지 관료 사회의 부정부패이다. 정부의 고위직에 있던 오비는 계속되는 뇌물 수수의 유혹을 물리쳐 왔지만 결국 받아들인다. 과연 오비는 타락한 젊은이에 불과하단 말인가?

작품의 초반부에서 오비는 식민지 공무원 사회에서 뇌물이 자연스럽게 오가고 출세하기 위해서는 불가피한 수단이며 일단 높은 지위에 오르면 아랫사람들로부터 뇌물을 받는 게 당연시되는 현실에 대해 탄식한다. 또한 오비는 유학을 마치고 고국으로 돌아오는 배에서 관세를 깎아 줄 테니 뇌물을 내놓으라는 젊은 세관원의 요청을 단호히 거절한다. 그리고 귀국 후 영국에서 공부할 수 있게 해 준 우무오피아 진보연맹에서 연설할 때 오비는 자신이 받은 교육이 독립국가로 진입하는 나이지리아를 위해 봉사하기 위한 것임을 천명한다. 그 후 장학생 선발에 커다란 영향력을 미치는 고급 관리로 일하게 된 오비는 자신의 여동생을 영국 유학 장학금 수혜자가 될 수 있게 추천해 달라는 마크라는 신사의 청탁을 보기 좋게 거절한 후 묘한 승리감에 도취되어 마치 자신이 "호랑이라도 된 것 같은 기분"을 느낀다.

뇌물을 받는 대신 거절하면 더 많은 문제가 발생할 수 있다. 마음 놓고 술에 취한 순간이라 할지라도, 말썽거리는 뇌물을 받는 데 있는 것이 아니라 뇌물을 받는 대가로 해야 하는 일을 해 주지 못하는 데에 있다고 국무장관이 말하지 않았던가? 그리고 혹시 당신은 뇌물을 거절한다고 해도 당신의 '형제'나 '친구'가 자신이 당신의 대리인이라고 말하면서 당신 대신 뇌물을 받고 있는지 어떻게 알겠는가? 말 같지도 않은 소리! 청렴결백하기는 아주 쉬웠다. 그저 "아무개 씨, 죄송합니다. 하지만 전 이런 논의는 더 이상 지속할 수 없습니다. 안녕히 가십시오."라고 말할 수 있는 능력만 갖추면 되었다. (제9장)

'현자(賢者)의 돌'인 대학 학위는 오비에게 말단 공무원보다 고액의 연봉을 받고 멋진 자동차를 굴리고 사치스러운 가구가 비치된 구역에서 살 수 있는 고급 공무원의 자리를 보장해 주고, 유럽인에 버금가는 대우를 받게 해 주었다. 그러나 그럼에도 불구하고 장학금 환급금, 부모님 생활비, 동생 학비, 자동차 유지비, 세금 등 지불해야 할 것이 너무 많아 오비는 엄청난 재정적 압박을 받는다. 그러던 중에 다른 많은 나이지리아 젊은이들처럼 대학 교육을 열망하는 똑똑한 아가씨인 마크의 여동생은 오비를 직접 찾아와 몸이라도 바치겠다는 공격적인 태도를 취한다. 또한 뇌물의 속성에 대해 장시간 토론하는 장면에서 친구 크리스토퍼는 오비에게 "만일 아가씨가 자네하고 잠자리를 같이 하겠다고 제의하면 그건 뇌물이 아니야. (중략) 그 아가씨는 자진해서 즐거운 시간을 보내겠다고 왔던 거야. 뇌물 수수하고는 아무런 관련이 없다고 생각되는데."라고 말한다. 어느 사회건 간에 특히 후진 사회일수록 공무원의 부패 지수가 높은 게 상식화되어 있다. 식민지 사회의 관료일수록 식민주의자 고위직에게 성상납을 포함하여 돈을 바쳐야 승진도 할 수 있다. 대민 봉사하는 하위직에도 액수의 차이는 있으나 뇌물 수수는 같은 수준에서 이루어진다. 뇌물 수수와 같은 부정부패는 식민 통치를 경험하고 난 후 전통 사회에서 근대 국가로의 이행 과정에서 나타나는 고질적인 사회 병리 현상이다.

다시 장학금 시즌이 돌아오고 오비는 새로운 유혹과 회유에 시달린다. 뇌물 수수와 성상납을 수용한 오비는 그동안 진 빚도 갚고 어머니도 돌아가셔서 어느 정도 경제적 압박에서 벗어날 것만 같았다. 하지만 20파운드의 "표시가 되어 있는 지폐"를 받은 오비는 현장에서 잡히고 만다. "왜 그랬을까 모두들 이상하게 여겼다. (중략) 교육받은 젊은이가 어떻게 저따위 짓을 할 수 있는지 도저히 이해할 수 없었다." 자신의 소신을 끝내 지키지 못한 식민 지식인 오비는 박학다식한 판사, 영국 문화원 직원, 확신에 차 있는 그린, 심지어 우무오피아 사람들 그 어느 누구의 이해도 받지 못하는 난감한 상황에 처한다. 아슬아슬한 밧줄 타기는 이제 끝났다. 한 식민지 지식인의 도덕적 몰락은 징후적이다. 오비에게 이제 더 이상 평안은 없으리라.

5

치누아 아체베는 오늘날 영어로 글을 쓰는 아프리카 문인들 중 가장 탁월한 작가로 평가받고 있으며, 그의 작품과 비평은 수십 개 국어로 번역 소개되었다. 영어권에서 지금까지 영국 문학과 미국 문학이 독점적 지위를 누렸지만 이제는 영미 문학 이외에 영어로 쓰인 문학인 '영어권 문학(Literature in English)'에 대한 관심이 세계화와 다문화주의의 영향으로 크게 확산되고 있다. 호주 문학, 캐나다 문학, 뉴질랜드 문학, 남아프리카 문학, 인도 문학, 서인도 제도 문학 나아가 나이지리아를 포함한 아프리카에서 영어로 쓰인 문학들이 모두 여기에 속한다. 한때는 '영연방 문학(Commonwealth Literature)'으로 불렸고 제3세계 문학으로도 간주되었다. 이제 영미 문학이나 유럽 문학 중심주의를 넘어서는 새로운 '세계 문학(World Literature)'의 지형 속에서 나이지리아 문학 같은 주변부 문학이 오히려 중심으로 진입하는 추세이기도 하다. 이런 의미에서 아체베의 문학은 우리에게는 오히려 신선하고 색다른 경험을 제공하며 우리의 상황과도 더 어울리는 새로운 영역이 될 수 있다. 이것이 현시점에서 아체베 문학이 우리에게 줄 수 있는 가능성이다. 그가 소설에서 제시하는 포스트식민주의(postcolonialism) 문제들을 우리는 다시 반추할 수 있다.

포스트식민주의 문제는 한때 식민주의를 경험한 나라들의 공통적인 문제이다. '포스트'라는 접두어는 '후기'란 의미와 '탈(脫)'의 의미를 모두 내포한다. 우리는 식민주의의 후유증을 삶과 학문과 문화의 구석구석에서 아직도 경험하고 있다. 그것은 우리가 아무리 털어 내려 해도 젖은 잎사귀처럼 달라붙어 잘 떨어지지 않는다. 식민주의의 잔재를 쉽게 떨어 버릴 수 있다면 얼마나 좋겠는가? 우리는 아직까지도 '식민지 수탈론'과 '식민지 근대화론'에 대한 논쟁을 끝내지 못했다. 아마도 진실은 그 중간, 사이 또는 교차로에 있지 않을까.

우리는 아체베의 이 소설을 읽으면서 위와 같은 무거운 문제와 씨름을 하지만 동시에 즐거움을 느낄 수 있다. 우선 그의 소설을 통해 우리는 아프리카와 나이지리아의 다채로운 문화를 알게 되었다. 다양한 종족과 문화를 가진 나이지리아에서 아체베는 이보 이야기들과 속담들을 차용하고 시와 노래도 도입한다. 그의 소설은 플롯도 역동적이고 제시되는 제재도 매우 흥미롭다. 오늘날과 같은 다문화 시대의 잡종(hybridity) 문학의 가능성마저 엿보인다.

대부분의 아프리카 작가들은 아프리카식 경험 및 아프리카식 운명에 기대어 글을 쓴다. 그들에게 그 운명은 현재의 도제 살이를 염두에 둔 것이지 차제에 나타날 유럽인과의 동일성을 염두에 둔 것이 아니다. (중략) 평화를 지향하는 모든 문학은 반드시 특정지역을 그 이야기 중심에 담아내야 하며, 과거와 현재를 아우르는 그 지역의 역사적 필연성과 그 지역주민의 열망과 운명을 담보해 내야 한다.

— 치누아 아체베, 앞의 책, 129쪽.

아체베의 소설은 무엇보다 고유한 전통 사회에서 식민지화를 겪고 근대화로 넘어가는 이행 과정을 그린다. 그의 문학 목표는 단순한 '서구 중심적 보편성'이 아니라 각 지역에 토대를 둔 '구체적 보편성'이다. 그는 문학을 그저 현실을 모방하거나 재현하는 예술 작품으로만 보지 않는다. 자기 발견을 통하여 독자들을 가르치고자 한다. 그는 결국엔 현재에 안주하지 않고 변화하는 힘을 요구한다. 아체베의 말로 이 해설을 마무리하자.

문학의 역할을 사물을 있는 그대로 보게 하는 일에만 국한해서는 안 된다는 점이다. 문학은 사회적 이동과 변화에 필요한 역동적인 힘을 제공하는 역할도 감당해야 하기 때문이다. (중략) 문학은 변화와도 깊숙한 관련을 맺어야 한다. (중략) 문학은, 그것이 말로 혹은 문자로 전수되든 현실에 대한 이차적 통제권을 부여한다는 사실이다. 그것은 허구적으로 만들어진 한 안전하고 통제 가능한 세계에서 우리가 현실 세계를 살면서 실제적으로 부딪칠지도 모르는 정신적 통일성에 대한 해체의 위협에 맞서 당당히 직면하도록 도움을 준다. (중략) 우리가 낯설고 혁명적인 현대 세계로의 여행을 시작할 때 이보다 더 바람직한 마음의 준비를 문학 외의 그 어디에서 마련할 수 있겠는가?

—— 치누아 아체베, 위의 책, 277, 281쪽.

그러나 이와 같은 문학의 역할은 나이지리아의 아체베에게만 필요한 게 아니다. 그것은 우리에게도 그리고 전 세계 시민들에게도 절실히 필요한 것이 아니겠는가.

2009년 4월
이소영

작가 연보

1932년   11월 16일 나이지리아 동부 이보족 마을인 오기
          디에서 출생. 본명은 앨버트 치누아루모구 아체베
          (Albert Chinualumogu Achebe). 목사인 아버지가 영
          국 빅토리아 여왕의 남편 이름을 따 아들의 세례명
          을 앨버트라 함.
1944년   우무아히아에 있는 중고등학교에 입학.
1948년   이바단 대학(당시엔 런던 대학교 소속)에 입학해 영문
          학, 사학, 신학을 공부.
1954년   라고스의 나이지리아 방송국에서 프로듀서로 근무
          하기 시작하면서, 아프리카 여러 지역과 미국 등지
          를 여행.
1956년   런던의 BBC에서 방송 관련 업무를 연수.
1958년   『모든 것이 산산이 부서지다』 출간.
1960년   『더 이상 평안은 없다』 출간.

1961년	크리스티 친웨 오콜리(Christie Chinwe Okoli)와 결혼. 국제 방송인 나이지리아 소리 방송을 창설.
1962년	단편집 『계란 제물』 출간. 하이네만(Heinemann) 출판사의 아프리카 작가 시리즈 초대 편집자가 됨.(이 시리즈는 오늘날까지도 아프리카 작가, 이후 서인도 제도 작가들을 가장 체계적으로 방대하게 소개하는 중요한 역할을 하고 있음.)
1964년	『신의 화살』 출간. 이 작품으로 뉴 스테이츠맨 족 캠벨 상 수상.
1966년	『민중의 사람』 출간. 우무오피아를 떠나 도시로 이주한 소년의 경험과 성장을 다룬 아동서 『치케와 강』 출간.
1967년	방송국 직책을 사임하고, 비아프라 공화국의 외교관으로 활동. 시인인 크리스토퍼 오킥보와 함께 비아프라의 중심지인 에누구에서 출판사 시타텔 북스 설립. 나이지리아 대학 선임 연구원으로 활동.
1971년	시집 『경계하라, 동포여』 출간. 나이지리아 문예지 《오키케》 창간을 주도.
1972년	미국 매사추세츠 주 애머스트 대학의 객원교수로 초빙. 미국의 흑인 작가 제임스 볼드윈(James Baldwin)과 교류. 미국 다트머스 대학에서 명예박사 학위 받음. 『경계하라, 동포여』로 영연방 시상 수상. 아동 도서 『표범은 어떻게 발톱을 갖게 되었나』(존 이로아가나치 공저) 출간.
1973년	시집 『비아프라의 크리스마스』 출간. 나이지리아의

이상과 현실 사이의 괴리를 다룬 단편집 『전쟁의 소녀들』 출간.

1975년　　미국의 코네티컷 대학에서 객원교수로 초빙. 산문집 『창조일의 아침』 출간. 아동 도서 『피리』 출간. 로터스 어워드(Lotus Award for Afro-Asian Writers) 수상.

1976년　　나이지리아 대학 영문학 교수가 됨.

1977년　　아동 도서 『북』 출간.

1978년　　비아프라 내전에서 숨진 동료 시인 크리스토퍼 오킥보의 시를 모은 『그를 묻지 마라 : 크리스토퍼 오킥보 추모 시집』(두벰 오카포 공편) 출간.

1982년　　이보 시선집 『아카 웨타』(공편) 출간.

1984년　　나이지리아의 무질서, 종족 분쟁, 부패 등과 함께 특히 지도력의 부재를 비판한 시평(時評) 『나이지리아의 문제점』 출간.

이보 문화를 다루는 격월간지 《우와 은디 이보》 창간.

1985년　　1960년에서 1985년 사이에 발표된 아프리카 대표 단편 스무 편을 선정하여 수록한 『아프리카 단편집』(C. L. 이너스 공편) 출간. 나이지리아 대학 명예교수로 임명.

1987년　　미국의 메사추세츠 대학 교수(1987~1988)로 임명. 『사바나의 중심가』 출간. 이 작품이 부커 상(Man Booker Prize) 후보에 오름. 나이지리아 최고 문화훈장인 국가 공로상 수상.

1988년　　산문집 『희망과 장애물』 출간.

1990년	교통사고로 하반신 마비의 중상을 입음.
	미국 뉴욕 주 바드 대학 언어문학 석좌교수로 임명.
1992년	1980년대 아프리카 여러 지역을 대변하는 단편을 모은 『하이네만 현대 아프리카 단편소설집』(C. L. 이너스 공편) 출간.
1996년	미국 하버드 대학에서 명예박사 학위를 받음.
1997년	인터뷰 모음인 『아체베와의 대화』 출간.
1998년	『또 하나의 아프리카 : 로버트 라이언스 사진집』(로버트 라이언스 사진, 아체베 글) 출간. 미국 브라운 대학에서 명예박사 학위를 받음.
2000년	1988년 하버드 대학에서의 강연을 묶은 『고향과 유배지』 출간.
2002년	독일 출판협회가 수여하는 평화상 수상.
	남아프리카 공화국 케이프타운 대학에서 명예박사 학위를 받음.
2004년	비아프라 내전의 상흔을 기록한 시집 『시선집』 출간. 나이지리아의 정치 상황에 대한 항의로 나이지리아 연방공화국 지도자 훈장을 거부함.
2007년	부커 국제상(Man Booker International Prize) 수상.
2008년	메이슨 어워드(Mason Award) 수상.
	나이지리아 대학 명예교수이자 바드 대학의 언어문학 석좌교수로 재직 중.

세계문학전집 **208**

더 이상 평안은 없다

1판 1쇄 펴냄 2009년 4월 30일
1판 14쇄 펴냄 2023년 3월 14일

지은이 치누아 아체베
옮긴이 이소영
발행인 박근섭, 박상준
펴낸곳 (주)민음사

출판등록 1966. 5. 19. (제 16-490호)
서울특별시 강남구 도산대로1길 62(신사동) 강남출판문화센터 5층 (우편번호 06027)
대표전화 02-515-2000 팩시밀리 02-515-2007
www.minumsa.com

한국어 판 © (주)민음사, 2009, 2017. Printed in Seoul, Korea

ISBN 978-89-374-6208-5 04800
ISBN 978-89-374-6000-5 (세트)

세계문학전집 목록

세계문학전집은 계속 간행됩니다.